KB019936

여섯 가지
키워드로 읽는

INDIAN MYTHOLOGY

인도신화
강의

여섯 가지 키워드로 읽는 **인도신화 강의**

발행일 초판 3쇄 2024년 10월 10일 초판 1쇄 2022년 3월 1일 | **지은이** 김영
펴낸곳 북튜브 | **펴낸이** 박순기 | **주소** 경기도 고양시 덕양구 소원로 181번길 15, 504–901
전화 070-8691-2392 | **팩스** 031-8026-2584 | **이메일** booktube0901@gmail.com

ISBN 979-11-977503-2-8 03890

 책으로 만나는 인문학강의 세상

여섯 가지
키워드로 읽는

김영 지음

INDIAN MYTHOLOGY

인도신화
강의

Booktube 북튜브

머리말

지금 이 순간에도 인도에서는, 새로운 신과 신화가 태어나고 있습니다. 단 하나의 이야기가 시대별로 새롭게 창작되어, 마치 가지마다 땅으로 뿌리를 내리는 반얀 나무처럼 거대한 숲을 이루곤 합니다. 나무 한 그루가 이처럼 큰 숲을 이룰 수 있다면, 수천 년 동안 전해져 온 셀 수 없는 이야기들이 어떤 밀림을 이루었을지는 짐작하기도 어려울 것입니다.

인도신화라는 광대한 밀림 속에서 길을 잃지 않는 것은 불가능합니다. 진리를 피워 내는 기화요초에 홀리지 않는 것만도 다행이지요. 다행히 이 정글을 가로지르는 두 개의 고속도로가 있습니다. 바로 인도의 대서사시 『마하바라타』와 『라마야나』입니다. 두 서사시는 이전 시대의 방대한 신화를 갈무리하여, 이후 시대에 마르지 않는 수원이 되었습니다. 게다가 서사시에서 뻗어 나온 물줄기는 동남아시아뿐만 아니라 중국 땅까지 적셔, 풍성한 이야기를 키워 냈답니다. 이 책에서는 양대 서사시를 타고 달리며, 인도신화의 주요 주제 여섯을 빠르게 조망합니다. 하지만 종교 혁명을 일으킨『우파니샤드』, 힌두교의 신약성서『바가와드 기타』등의 경전을 비롯하여, 세계 우화의 원본『판차탄트라』, 인도 문학의 정수『샤쿤탈라』등 다양한 뷰포인트에서 인도를 감상하는 기회를 빼놓지는 않았습니다.

인도사상은 말로 표현할 수 없는 가르침을 이야기로 전합니다. 낯설고 이해하기 어려운 이야기일수록 귀한 진리를 감추고 있지요. 양파 썩은 내가 나는 열대과일 두리안은 사나운 걸껍질을 벗겨야 기름진 과육을 먹을 수 있습니다. 인도신화를 이해하는 것은, 밀림에 들어가 두리안처럼 괴상한 과일을 딴 뒤 온갖 노력을 기울여 먹고 소화시켜야 하는 일입니다. 이 책에서는 한입 크기로 잘라 놓은 과일처럼 인도신화를 소개하여, 이해를 위한 노력은 줄이되 이야기의 맛은 살렸습니다. 이 책이 삶의 의미를 음미하는 데, 지침이 되기를 기대합니다. 인도신화는 삶을 맥락화하고 의미화하는 데 가장 강력한 도구이니까요.

2022년 1월 김영 씀

차 례

1 이 책에서 인용된 산스크리트어 문헌은 별도의 국역본 표기가 없는 한, 지은이가 산스크리트어 원문을 저본으로 하여 직접 번역한 것입니다. 『마하바라타』, 『라마야나』, 『리그 베다』, 『디가 니까야』 등 서사시 및 힌두와 불교의 경전을 인용하는 경우, 문헌의 제목과 권, 장, 절만을 표기했으며, 여러 문헌을 참조하여 지은이가 재구성한 신화 이야기에는 인용출처를 달지 않았습니다. 그 밖의 문헌을 인용한 경우에는 해당 인용출처가 처음 나오는 곳에 자세한 서지사항을 밝히고, 이후에는 저자명, 서명, 쪽수만을 간단히 밝혀 주었습니다(예시 : 조지프 캠벨, 『신의 가면 2, 동양신화』, 이진구 옮김, 까치, 1999, 11쪽 / 캠벨, 『신의 가면 2, 동양신화』, 19쪽). 인용출처의 자세한 서지사항은 권말의 '참고문헌'에 한 번 더 표기했습니다.

2 단행본·정기간행물의 제목에는 겹낫표(『 』)를, 단편·시 등의 제목에는 낫표(「 」)를 사용했습니다.

3 인명·지명 등 외국어 고유명사는 2002년 국립국어원에서 펴낸 외래어표기법을 따라 표기했습니다. 단 산스크리트어의 표기는 지은이가 정리한 '산스크리트어 표기 원칙'을 따라 표기했으며, 해당 표기 원칙은 오른쪽의 url 혹은 QR 코드를 통해 확인할 수 있습니다.

https://bookdramang.
com/2773

동양신화의 토대

도(道)와 다르마(Dharma)

수렵에서 농경과 목축으로 인류의 생활방식이 바뀌자, 하늘을 관측하던 사람들은 행성과 항성의 운행을 하늘의 법칙으로 여기게 되었습니다. 바빌론에서 시작된 수학과 천문학은 이 하늘의 질서를 인간의 삶에까지 적용하기 시작합니다. 자연과 우주의 리듬에 따라 살아가기 위해 달력을 만들어 내거든요. 끊임없이 반복되는 계절과 한 해[年]의 순환을 알려 주는 달력에 따라, 사람들은 파종을 하고 수확을 거두었습니다. 인간이 언제 무슨 일을 해야 할지는 하늘의 법칙에 따라야 하는 것이었지요. 법칙의 발견은 우주의 질서에 사회와 인간의 질서를 일치시키는 새로운 신화를 일으키게 됩니다. 이 신화는 "끊임없이 반복되는 일정한 형식의 질서"[1]가 대우주뿐만 아니라 사회라는 중우주, 그리고 인간이라는 소우주 모두를 이루고 있다는 믿음이었습니다.조지프 캠벨, 『신의 가면 1, 원시신화』, 이진구 옮김, 까치, 2003, 176쪽 중국의 오행(木, 火, 土, 金, 水)과 인도의 5대 원소(물, 불, 흙, 공기, 바람)는, 인간의 몸이 우주와 같은 구성 요소로 이루어져 있다는 믿음을 보여 주지요. '하늘에서 이루어지듯이 땅에서도 이루어지이다'라는 성경의 말씀처럼, 하늘에서 해와 달과 행성들이 주어진 궤도를 따르듯이 땅에서는 인간 모두가 주어진 법칙(섭리)을 따라야 한다고 생각했던 것입니다. 천문학에 바탕을 둔 새로운 신화는 메소포타미아뿐만 아니라, 인도와 중국을 비롯한 여러 문명에서도 나타납니다. 자연의 질서가 곧 인간의 질서인 신화적 원리를 중국에서는 '도'(道), 인도에서는 '다르마'(Dharma), 그리고 이집트에서는 '마트'(Maat)라고 불렀습니다. 또한 이 원리는 "17세기 말부터 19세기 초반까지 지배 이념으로서 중요한 역할을 담당"프랭크 터너, 『예일대 지성사 강의』,

---

1 "동양인의 삶을 근본적으로 규정하는 영원회귀의 신화는 끊임없이 반복되는 일정한 형식의 질서를 보여 준다."(조지프 캠벨, 『신의 가면 2, 동양신화』, 이진구 옮김, 까치, 1999, 11쪽)

서상복 옮김, 책세상, 2016, 189쪽했던 서구의 자연 종교와도 닮아 있습니다. 자연 종교의 바탕이 된 뉴턴의 우주론은, 자연법칙이 우주뿐만 아니라 인간 사회를 구성하고 있는 모든 요소의 구조를 결정한다고 보았기 때문입니다. 그렇지만 '도/다르마'를 서양에서 생각하는 불변의 법칙이라고 이해하면 안 됩니다. '도/다르마'는 만물을 움직이는 에너지 또는 기(氣)와도 닮은 개념이니까요.

인도의 '다르마'는 '질서', '진리', 그리고 '정의' 등을 뜻하며, '이치', '법칙성', 그리고 '원칙' 등을 뜻하는 중국의 '도'에 상응하는 개념입니다. 인도신화 이야기를 한다면서, 왜 '도를 아십니까?' 따위의 주제를 설명하고 있냐고요? 그것은 '도/다르마'가 인도와 중국뿐만 아니라, 동양신화의 토대를 이루는 근원적인 신화원리이기 때문입니다. 이렇게 '도/다르마'의 원리가 지배하는 신화적 세계 속에서는 신이 가장 중요한 위치를 차지할 수 없습니다. 이 원리는 신도 따라야 하는 온 우주의 법칙이니까요. 다시 말해, 동양에서는 신이라도 모든 것을 지배하지 못합니다.

물론 이 원리는 동양만의 법칙이 아닙니다. 농경이 자리잡았던 동서양 어디에서나 흔적을 찾아볼 수 있지요. 다만, 후대에 일신교가 뿌리내린 서양보다는 농경사회의 토대를

유지해 온 동양에서 더욱 두드러진 원리이니, 편의상 동양 신화의 특징으로 보겠습니다.[2]

만물의 신성함

"신의 영역과 인간의 영역을 분리하는 새로운 의식이 신화와 의례에서 나타나기 시작"캠벨, 『신의 가면 2 : 동양신화』, 15쪽한 곳은 최초로 도시국가가 발전했던 수메르라고 합니다. 이 분리는, 이후 종교와 신화의 성격을 좌우하는 큰 단절을 가져온 것으로 보입니다. 더 이상 인간은 "신이 되기 위해 만들어진" 존재가 아니라, "먹고 입는 신들에게 봉사하기 위해 창조된"미르치아 엘리아데, 『세계종교사상사 1』, 이용주 옮김, 이학사, 2005, 100쪽 존재가 되었기 때문이지요. 이 단절은 인간이 신과는 완전히 다른 존재가 된 것, 즉 신과 인간이 영원히 갈라진 것을 의미합니다. 문명의 요람이었던 메소포타미아에서 발생한 이 충격적인 단절은, 조로아스터교[3]에서 시작되어 유대교

---

2 동양과 서양이라는 기준보다는, 신의 권능에 따라 신화를 분류하는 것이 합리적이라고 볼 수 있다.
3 기원전 1400~1200년에 조로아스터(Zoroaster)가 창시한 종교로서, 하나의 최고신을 믿는다.

에서 완성[4]된 유일신의 등극에 주춧돌을 제공했을 것으로 여겨집니다. 이 단절 이후로 신과 인간이 동질적 존재인가, 혹은 서로 완전히 다른 존재인가, 두 가지 상반된 관점에 따라 신화적 토대 또한 두 가지로 갈라지게 되었습니다. 인간이 신의 피조물에 불과하다고 말하는 신화, 그리고 인간이 신적 실체와 다르지 않다고 말하는 신화가 서로 맞서게 된 것이지요. 이 세계 밖의 초월적 존재가 이 세상 만물을 창조했다는 생각과, 신과 인간을 비롯한 만물이 초월적 존재의 일부(혹은 자체)라는 생각은 완전히 다릅니다. 앞의 생각은 유일신교가 굳건히 뿌리내린 서양에서, 뒤의 생각은 다신교의 토대가 오랫동안 유지된 동양에서 주로 영향력을 발휘했지요. 그리하여 성경의 하나님이 흙으로 인간을 빚을 때, 동양의 신은 자기 자신이 피조물 모두로 분화합니다.

태초에는 인간 모습의 영혼(아트만)만이 있었다. 그는 다른 존재를 원했기 때문에, 자기 자신을 둘로 나누었다. 이렇게 해서 남편

---

4 기원전 622년경 유다의 왕 요시야(Josiah)는 야훼 이외의 신들에 대한 예배를 금지했다. 일신론에 대한 최초의 기술은 기원전 500년경 「제2 이사야서」(Second Isaiah)에 나온다.

과 아내가 생겨났다. 그는 자신의 일부였던 여자와 결합하며 인간을 낳게 했다. 하지만 그의 아내는 남편에게 불만을 가졌다.

'어떻게 자기 자신에게서 생겨난 존재인 나와 결합할 수 있단 말인가?'

그래서 그녀는 남편을 피해 모습을 바꾸어 숨기로 했다. 그녀는 암소가 되었다. 그러자 그는 수소가 되어 그녀와 결합하여 소를 낳게 했다. 다시 그녀가 암말이 되자, 그는 수말이 되어 그녀와 결합했다. 그녀가 암탕나귀가 되면 그는 수탕나귀가, 그녀가 임염소가 되면 그는 숫염소가 되었다. 이렇게 해서 그는, 개미에 이르는 생물 전부를 양성의 성교를 통해 창조했다. '내가 바로 창조다. 내가 모든 것을 창조했기 때문이다'라고 그는 알았다. 그래서 그는 창조가 되었다. 이와 같이 아는 자는 그의 창조 안에 있게 된다.『브리하다란야까 우파니샤드』1권 4장 1~5절

　

서양의 인간은 신의 피조물에 불과하지만, 동양의 인간은 "본래적인 신적 실체의 현현"[5]이라고 할 수 있습니다. 중

---

5 "인도의 경우에는 신 자신이 분화되어 인간만이 아니라 모든 피조물이 된다. 그러므로 만물은 하나의 본래적인 신적 실체의 현현이다. 그 외에는 어떤 것도 존재하지 않는다."(캠벨, 『신의 가면 2, 동양 신화』, 19쪽)

국의 반고 신화와 인도의 푸루샤 신화도 거인의 몸에서 세상 만물이 생겨났다고 노래하지요. 세상 만물이 신성한 거인의 몸을 나눠 가진 동질적 존재라는 것입니다.

천 개의 머리, 천 개의 눈, 천 개의 발을 지닌 푸루샤

그는 온 사방의 대지를 덮고 그 너머로 열 손가락을 뻗고 있나니.

푸루샤는 진정 이 모든 것이며, 존재해 왔고 존재하는 모든 것이라.

불멸의 지배자인 그는 음식으로 더 크게 자라도다.

그의 위대함이 이와 같으나, 이보다 더 위대한 것이 푸루샤니.

그의 4분의 1이 모든 피조물이며, 4분의 3이 하늘에 있는 불멸의

것이로다.

이 푸루샤를 제물로 삼아 신들이 희생제를 펼칠 때

봄이 희생제의 정제버터(기$_{ghī}$. 제사 공물)요, 여름이 장작(제화를

지피는 연료), 그리고 가을이 공물이었느니라.

그의 입은 브라만(사제 계급)이 되고, 왕족(전사 계급인 크샤트리

야)은 그의 팔로 만들어졌으며,

그의 넓적다리는 바이샤(평민)가 되고, 그의 발로부터는 슈드라
(노예 계급)가 태어났도다.

달은 그의 마음에서 생겨나고, 그의 눈에서 해가 생겨났나니.
입으로부터는 인드라(신들의 왕인 제석천. 제우스와 같은 천둥번개
의 신)와 아그니(불의 신. 신들의 사제)가, 숨결로부터는 와유(바람
의 신)가 생겨났도다.

배꼽은 창공이 되고, 머리로부터는 하늘이 생겼으며
발로부터 대지가, 귀로부터 사방이 생겨났도다.
이리하여 그들(신들)은 세상을 이루었도다.『리그 베다』 10권 90장
1~13절에서 발췌

　　이처럼 동양의 신화에서는, 창조주와 피조물이 성경의
신화에서처럼 분명히 구별되지 않습니다. 모든 생물, 사물,
그리고 현상에까지 영적 존재가 있다는 애니미즘이 신화의
기저를 이루고, 이를 토대로 다신교와 정령숭배가 나타나
기 때문이지요. 다시 말해, 동양에서는 만물이 모두 신성합
니다. 그렇다면 신과 인간은 뭐가 다를까요? 인간도 신처럼
신성한 존재라면 말입니다.

1장

섭리

신들은 왜 바다를 저었나

바다를 젓는 신들과 아수라들

인도신화에서는 신과 아수라처럼 막강한 힘을 가진 존재도 섭리를 따라야 하는 필멸의
존재이다. 어느 순간 자신의 필멸성을 깨달은 신들과 아수라들은 불사약을 얻기 위해 만
다라 산을 젓기막대로 삼고 뱀들의 왕 와수키를 밧줄로 삼아 바다를 젓기 시작한다.

필멸의 신들, 불사약을 구하다

옛날 먼 옛날에, 신들은 젊고 힘이 넘쳤다. 어느 날 문득 그들은 생각했다.

'노쇠와 질병으로부터 벗어나, 언제까지나 우리가 불멸일 수는 없지 않은가?'

현명한 신들은 바다를 저어 불사약을 얻기로 결심했다. 물의 제왕 바다에는 없는 것이 없기 때문이다. 바다를 젓는 것은 아주 힘겨운 일이었기 때문에, 신들은 이복형제인 아수라들과 힘을 합쳐야 했다. 바다를 휘젓는 막대기로 만다라 산을 쓰려 했지만, 신과 아수라 모두 힘을 합쳐도 산을 들어 올릴 수 없었다. 만다라 산은 높이가 땅 위로 사백 리, 땅 밑으로 사백 리에 이를 만큼 거대하기 때문이다. 그래서 신들의 신인 비슈누와 브라흐마에게 그들은 도움을 청했다. 두 신은 세계를 떠받치고 있던 뱀 셰샤를 불러, 산을 바다로 옮기라는 명을 내렸다. 그리하여 산을 번쩍 들어 올린 뱀과 함께, 신과 아수라 들이 바다로 나가 말했다.

"바다여, 불사약을 얻기 위해, 지금 우리가 그대의 물을 저으려 하오."

"제게도 불사약을 조금 나눠 주십시오. 저도 만다라 산을 견뎌야 하지 않습니까."

이런 조건으로, 바다가 허락했다. 이제 신과 아수라 들은 거대한 거북이 왕에게 부탁했다.

"바다 밑에서 만다라 산을 받쳐 주시오."

거북이 왕이 흔쾌히 자기 등을 갖다 대자, 신들의 왕 인드라가 그 위에 만다라 산을 올려놓았다. 그들은 뱀들의 왕 와수키를 산에 둘둘 감고는 신들은 와수키의 꼬리 쪽을, 아수라들은 머리 쪽을 잡고 늘어섰다. 그들은 와수키를 밧줄로, 만다라 산을 막대로 삼아[1] 바다를 젓기 시작했다. 막대에 감긴 밧줄을 한쪽씩 번갈아 잡아당기면, 막대가 제자리에서 돌면서 바다를 휘저었다. 산에서 자라던 온갖 약초와 나무의 수액이 바닷물에 섞여, 바다가 우유처럼 변했다. 이렇게 천 년이 지나자, 밧줄이 된 뱀의 독니가 산의 바위를 부수면서, 끔찍한 독이 바다 위에 퍼졌다. '할라할라'라고 하는 이 치명적인 독은 신·아수라·인간뿐만 아니라 온 세상을 태우기 시작했다. 신들은 위대한 신이자 짐승들의 주인인 쉬바에게 구원을 청할 수밖에 없었다.

"구해 주소서, 저희를 지켜 주소서!"

---

1 인도에서는 액체를 오래 저어야 할 때 손으로 막대를 잡고 젓는 것이 아니라, 막대를 줄로 감아 양쪽에서 줄을 번갈아 잡아당긴다. 그러면 돌출부가 달린 막대가 제자리에서 돌면서 액체를 휘젓게 된다.

신들의 소리를 듣고 신들의 신인 쉬바가 그곳에 나타났다. 소라고 둥과 원반을 가진 비슈누도 모습을 드러냈다. 비슈누가 미소를 짓더니, 삼지창을 든 쉬바에게 말했다.

"최고의 신이시여! 신들 가운데 첫번째가 님이시니, 바다를 저어 처음 나온 것은 님의 것입니다. 그러니 이 독을 받으소서!"

이렇게 청하고 나서 비슈누가 사라져 버리자, 쉬바는 신들이 두려워하는 독을 죄다 마셨다. 독에 중독되어 쉬바의 목이 퍼레졌다. 맹독이 없어지자, 신과 아수라 모두는 다시 바다를 저었다. 이번에는 젓기막대가 된 만다라 산이 바다 깊숙이 가라앉아 버리고 말았다. 신들이 비슈누를 칭송하며 그의 도움을 청했다.

"님께서는 온 존재, 특히나 신들의 의지처이시니, 팔심 좋은 분이시여, 우리를 지켜 주소서!"

다시 나타난 비슈누는 거북이로 변해, 가라앉은 산을 등으로 받쳐 올려 해저에 내려놓았다. 그러더니 손으로 산꼭대기를 누르고는, 신들과 함께 바다를 저었다. 오래지 않아, 흰 옷을 입은 부의 여신 락슈미와 술의 여신 수라, 새하얀 말 우차이슈라와스, 그리고 천상의 보석 카우스투바가 차례로 바다에서 나왔다. 그 후 신들의 의사 단완타리[2]가 마침내 불사약이 든 표주박을 손에 들고 나왔다. 신들이 흥분한 틈을 타고, 아수라들이 먼저 불사약을 차지했다. 신들이 불사약을 빼앗기고 갈팡질팡하자, 비슈누는 모히니라는 어여쁜 여인으로 변한 뒤 아수라들에게 다가갔다. 아리따운 그녀의 모습에 넋이 나간 아수라들은 그녀에게 누구냐고 물었다. 모히니가 수줍은 듯이 말했다.

"저는 불사약을 들고 나왔던 단완타리의 누이랍니다. 제가 바다에서 나올 때는 아무도 보고 있지 않았지요. 지금 배필을 찾고 있어요."

아름다운 그녀를 차지하고 싶었던 아수라들은, 자신들에게 불사약을 나눠 달라고 그녀에게 부탁했디.

"그러지요. 불사약을 모두에게 고루 나눠 드릴 테니, 눈을 꼭 감고 계셔야 해요. 저는 맨 나중에 눈을 뜨신 분과 혼인할 거예요."

모히니는 그들에게 불사약을 건네받았다. 그리하여 그녀가 불사약을 갖고 신들에게 도망칠 때, 아수라들은 모히니를 아내로 맞고 싶은 욕심에 모두 눈을 감고 있었다.

신들이 비슈누에게 받은 불사약을 나눠 마시고 있을 때, 아수라인 라후가 신으로 위장하여 약을 마시려 했다. 하지만 해와 달이 이를 비슈누에게 일러바쳤다. 막 불사약을 삼키려는 순간, 라후는 비슈누에게 목이 잘리고 말았다. 그는 목 위만 불사가 되었다. 그

---

2 신들의 의사로서, 인도 전통의학인 아유르베다의 전설 속 창시자이다.

뒤로 라후는 해와 달을 미워한 나머지, 틈날 때마다 둘을 삼켜 일식과 월식을 일으킨다고 한다.

이후 남은 불사약을 차지하기 위해, 신과 아수라는 전쟁을 벌였다. 비슈누가 회전하는 원반을 날려 아수라를 자비 없이 살육했기 때문에, 아수라 족은 절멸하다시피 했다. 그리하여 전쟁에서 이긴 신들이 세상을 다스리게 되었다.『마하바라타』1권

인도에서는 신도 늙어 죽는 존재였습니다. 태어나 성장이 끝나면 늙기 시작해서 결국 죽음에 이르는 것이, 인간에게만 아니라 신에게도 자연의 섭리였던 것입니다. 신들은 이 섭리를 피하기 위해, 천 년이 넘도록 힘들게 바다를 젓지요. 인도신화에서 신들이 불로불사를 얻은 방법은 퍽 다양합니다. 위 이야기에 나온 불사약 말고도 고행을 하거나, 제사를 지내거나, 신성한 약초인 소마의 즙을 마시는 것이 영생을 얻는 수단이었습니다. 그런데 불로불사도 아닌 존재를 애초부터 신이라고 할 수 있을까요? 늙어 죽는 신이라면, 인간과 다를 것이 없는데요?

신들은 바다를 저어 불사약을 얻으려고 했습니다. 바다를 저을 때, 보석뿐만 아니라 아름다운 여신과 천마도 나왔지요. 비슈누의 아내가 된 부의 여신 락슈미도, 술의 여신 수

라도 이때 바다에서 나왔다고 합니다. 인도에서는 바다를 '보물창고'라고 부릅니다. 그래서 부의 여신도 바다에서 나왔나 봅니다. 물의 신이자 바다의 신인 와루나의 딸 수라는 술이 인격화된 여신입니다. '수라'라는 말은 산스크리트어로 술을 뜻하는데, 신들을 또한 '수라'라고 부릅니다. 바다에서 술이 나오자, 신들은 기꺼이 술을 마시며 즐기고 아수라들은 술을 마시지 않았기 때문입니다. 그래서 신들을 '수라', 아수라들을 '아수라'라고 부르게 된 깃이지요. (산스크리트 단어 앞에 '아'를 붙이면 부정의 뜻이 된답니다. 수라는 '술을 마시는 자', 아수라는 '술을 마시지 않는 자'가 되지요.) 아수라들도 아니고 신들이 술을 좋아한다니, 참 인간적이지요? 술을 바치는 제사도 있답니다.

바다를 저을 때 좋은 것만 나온 것은 아닙니다. 세상을 다 태울 수 있다는 무서운 독이 생겼기 때문이지요. 비슈누는 얌체같이 쉬바에게 독을 떠맡기고 사라져 버립니다. 쉬바는 세상의 안녕을 위해 기꺼이 그 독을 마시지요. 그때 쉬바의 아내 파르와티가 남편이 죽을까 봐 겁이 나서 그의 목을 잡는 바람에, 독이 목에 걸려 쉬바의 목이 파래졌다고 합니다. 그 뒤로 쉬바는 '푸른 목'이라는 별칭을 얻게 되지요. 인도에서는 세상을 창조하는 것이 브라흐마, 유지하는 것이 비슈누, 그리고 파괴하는 것이 쉬바라고 하여, 이 삼신을 신들의 신으로 생각합니다(어려움이 있을 때마다, 신들은 이들 삼신에게 몰려가 청원을 하지요). 하지만 세 신의 역할이 꼭 그렇게 나뉘어 있는 것은 아닙니다. 쉬바가 세상을 지키기 위해 맹독을 마시는 것만 봐도 알 수 있지요.

하여간 비슈누가 여자로 모습을 바꾼 모히니가 얼마나 아름다웠는지, 쉬바마저 그녀에게 홀딱 반해서는 그녀와 사랑을 나누어 아들까지 낳았다고 합니다. 아리따운 모히니의 활약으로 신들은 불사약을 마시고 불로불사를 얻게 됩니다. 그럼 신들에게 불사약을 빼앗긴 아수라들은 어찌 되었을까요? 물론 그들은 불사신이 될 수 없었고, 인간처럼 죽어야 하는 존재로 남게 되었다고 합니다(그 대신 아수라들은 죽은 자를 되살리는 주술을 알고 있답니다).

인도의 신은 불로불사의 몸도, 전지전능한 초월신의 지위도 갖고 있지 않습니다.[3] 지금은 불로불사를 누리지만, 자연의 섭리에 따라 주기적으로 우주가 파괴될 때 신들 역시 무(無)로 돌아갈 존재인 것이지요. 이처럼 인도의 신은 초월

---

3 후대에 비슈누와 쉬바가 초월신의 지위까지 오르기는 한다. 그러나 그들 역시 다르마를 초월하는 존재라기보다는 다르마 그 자체를 상징한다고 볼 수 있다.

적 힘을 가진 존재가 아니라, 자연의 섭리를 수호하는 관리자에 불과합니다. 실질적으로 세상을 굴러가게 하는 것은 자연의 섭리지요. 이 섭리를, 수천 년 전부터 낭송되어 온 경전 베다에서는 '리타'라고 했답니다. 리타는 우주를 지탱하는 자연법칙이자, 자연현상의 규칙성이라고 할 수 있지요. 리타에 따라 새벽이 밝아오고 태양이 떠오르며 강이 흐른다고 베다는 노래하고 있습니다. 낮과 밤이 번갈아 찾아오고, 계절이 순환하며, 열두 달로 한 해가 마무리되는 것도 리타의 힘이지요. 이 섭리는 자연의 법칙뿐만 아니라 인간의 사회적 규율을 의미하기도 했습니다. 사회의 질서는 자연의 질서를 따라야 한다고 믿었기 때문이지요. 리타의 의미는 후에 '다르마'란 말에 고스란히 계승되었습니다. 운명(모이라)을 피할 수 없었던 그리스의 신들처럼[4], 인도의 신들도 다르마를 거스를 수는 없었습니다. 신과 인간을 비롯한 만물이 따라야 하는 법칙이 다르마니까요.

시간이 흐를수록 다르마는 '섭리'로서의 성격보다는, 힌두교도의 삶을 규정하는 법칙 또는 법률의 성격을 띠게 됩

---

4 "정해진 운명은 신도 피할 수 없다."(헤로도토스, 『역사 1』, 천병희 옮김, 숲, 2009, 93쪽)

니다. 그래서 후대에는 힌두교의 신분제(카스트)가 다르마의 핵심으로 자리 잡게 되지요. 하지만 섭리로서든 종교 계율로서든, 다르마를 어기면 누구나 벌을 받아야 한다는 사실은 변하지 않았습니다. 법으로 규정된 다르마에 따르면, 죄 없는 여인과 최상위 계급인 브라만을 죽이는 것은 중죄 중의 중죄입니다. 신들의 제왕이라도 브라만을 죽인 죄를 피할 수는 없지요. 브라만을 죽인 까닭에, 인드라는 인간계의 왕 나후샤에게 신들의 왕 자리를 내준 적도 있답니다. 심지어 신들의 신이라는 비슈누도 여인을 죽인 죄로 인간 세상에 태어나는 벌을 받았지요.

아수라들의 스승 슈크라는 어느 날 쉬바를 만나 약초와 주문을 더 얻을 생각으로 카일라사 산을 향해 떠났다. 스승 없이 신들과 싸울 자신이 없었던 아수라들은, 신들에게 사자를 보내 휴전을 제의했다. 휴전 후에는 그들 모두 수행자가 되어, 숲에 머물며 스승을 기다리고 있었다. 한편 쉬바를 만난 슈크라는, 신들을 물리칠 수 있는 힘을 달라고 그에게 청했다. 슈크라의 지혜와 덕을 잘 알면서도, 쉬바는 차마 신들을 저버릴 수가 없었다. 고민 끝에 그는 감당하기 어려운 고행을 슈크라에게 시키기로 했다. 천 년 동안 물구나무를 선 채 짚을 태운 연기를 들이마시는 혹독한 고행이었다.

그런 고행이라면 제아무리 슈크라라도 해볼 엄두조차 내지 못할 것이라고 쉬바는 생각했다. 하지만 그의 말이 떨어지기가 무섭게, 슈크라는 고행에 들어갔다. 이 사실을 알고 신들은 당황했다. 슈크라가 천 년의 고행을 견디어 낸다면, 신들의 패배는 결정된 것이나 다름없기 때문이다. 그래서 신들은 슈크라가 없는 틈을 타서 아수라들과 싸우기로 했다. 신들에게 대적할 만한 힘을 갖지 못한 아수라들은, 슈크라의 어머니이자 브리구 성자의 아내인 카위야마타에게 도움을 청했다. 그녀는 아수라들을 공격해 오는 인드라에게 으름장을 놓았다.

"지금 당장 물러나지 않으면, 당신을 하늘의 왕 자리에서 끌어내리고야 말겠소."

카위야마타의 힘을 잘 아는 인드라는 슬며시 군사를 거둬들이려고 했다. 하지만 비슈누는 철군을 말리고 나서, 그녀가 주문을 읊기 전에 원반을 날려 그녀의 목을 잘라 버리고 말았다. 이 광경을 지켜보던 브리구 성자는 경악하며 비슈누를 저주했다.

"이 악독한 독사 같으니! 너 따위를 찬미하다니, 신들은 죄다 대가리 없는 머저리로다. 간악하고 음흉한 자야, 어찌 여인을 살해하는가? 이 죄로 너는 인간 세상에 셀 수 없이 태어나야 할 것이다."

성자가 물을 떠다가 아내의 얼굴에 뿌리자, 그녀는 잠에서 깨어나듯 되살아났다.

나중에 화가 풀린 성자는, 비슈누가 쌓은 선행을 참작해서 그에게 내린 저주를 조금 누그러뜨려 주었다. 그가 인간 세상에 태어나 악을 몰아내는 영웅이 될 것이라고, 자신의 저주를 약하게 해주었던 것이다. 그러나 인간 세상에 태어나는 것 자체를 비슈누가 피할 도리는 없었다. 그리하여 비슈누는 인간 세상에 여러 화신(아바타)으로 태어나게 되었다. 한편 인드라의 훼방에도 불구하고 천 년 고행을 무사히 마친 슈크라는, 죽은 이를 되살리는 주술을 얻었다. 스승의 힘으로 되살아난 아수라들이 다시 신들과 대적했음은 물론이다.

인도에서는 인간이라도 신을 능가하는 막강한 힘을 얻을 수 있습니다. 고행을 통해 힘을 얻을 수 있기 때문이지요. 그러다 보니, 팔이나 다리를 드는 기초적인 것부터, 사방에 불을 피우고 땡볕을 쬐는 더위 고문까지, 기기묘묘한 갖가지 고행이 발달했습니다. 누구나 고행을 하면, 그 대가를 받을 수 있으니까요. 신들의 신이라는 브라흐마·비슈누·쉬바 삼신은, 고행을 한 자가 설사 마왕이라고 할지라도 반드시 고행자에게 고행의 대가를 내려 주어야 합니다. 그러니 슈크라가 천 년 고행을 견디어 내면, 쉬바는 신들을 물리칠 수 있는 힘을 그에게 줄 수밖에 없는 것입니다.

고행만큼이나 효과가 확실한 주문과 저주도 있습니다. 주문은 보통 옛 경전 베다에 나오는 만트라를 말합니다. 신성한 찬가 자체에 주술적 힘이 있다고 믿었거든요. 저주도 마찬가지입니다. 물론 효력 있는 저주를 아무나 내릴 수 있는 것은 아니지만, 위에 등장한 브리구 성자는 대단한 위력을 가진 브라만입니다. 신과 아수라에게도 인간처럼 계급이 있는데, 신들의 스승인 브리하스파티와 아수라들의 스승인 슈크라가 브리구 성자와 같은 브라만입니다. 그럼 대체 브라만은 뭘 하는 계급일까요?

인도의 다르마를 이해하는 중요한 열쇠 말은 카스트(신분제도)[5]입니다. 카스트는 신분뿐만 아니라 직업까지 지정하는 중요한 개념이지요. 힌두교에는 크게 네 개의 계급이 있습니다. 최상위 사제 계급인 브라만은 종교의식을 담당하고, 전사인 크샤트리야는 왕족으로서 세상을 다스리며, 평민 바이샤는 농업과 상업 등에 종사합니다. 이 상위 세 계급은 힌두교의 옛 경전인 베다를 배울 수 있습니다. 최하위 슈

---

5 원래 카스트는 '자티'(태생에 따라 정해지는 직업, 부모로부터 대물림됨)를 번역한 말이었지만, 오늘날에는 '와르나'(계급)와 자티를 아우르는 신분제도라는 뜻으로 쓰인다. 자티는 와르나와 불가분의 관계에 있다.

드라는 노예로서 상위 계급을 섬길 수 있을 뿐입니다. 태초에 신들이 신성한 거인 푸루샤를 제물 삼아 세상을 창조할 때, 브라만은 그 거인의 입에서, 크샤트리야는 팔에서, 바이샤는 넓적다리에서, 그리고 슈드라는 발에서 나왔다고 베다는 전합니다.『리그베다』 10권 90장 12절 그래서 브라만은 입으로 진리를 말하고, 크샤트리야는 팔(완력)로 싸우며, 바이샤는 부지런히 다리를 움직여 일하고, 슈드라는 다른 계급의 발치에서 시중을 드나 봅니다. 이 사성계급에 들지도 못하는 신분인 불가촉천민은, 보기만 해도 부정을 탄다는 인간 세균 취급을 받습니다. 주로 부정한 것(오물, 머리카락, 가죽 등)을 다루는 직업에 종사한답니다. 원래 같은 계급끼리만 혼인하는 것이 원칙이지만, 서로 다른 카스트가 섞이는 것을 이 원칙이 막지는 못했습니다. 그래서 계급이 서로 다른 부모에게서 태어난 다양한 혼종 계급이 존재하지요. 어머니가 아버지보다 한 단계만 신분이 낮은 경우, 아이들은 아버지의 신분을 물려받을 수 있습니다. 그러나 슈드라 어머니에게서 난 아이는 전부 슈드라가 된다고 하네요. 오늘날까지도 신분 제도는 인도 사람들의 결혼을 지배하는 중요한 원칙입니다.

다마얀티, 신을 버리고 인간과 결혼하다

전통적으로 인도에서는 딸 가진 아버지가 사위를 선택하여, 사위에게 선물처럼 딸을 줍니다. 그렇지만 크샤트리야 계급의 여성(공주)은 아버지가 개최한 대회에 모여든 남자들 가운데에서 자신이 직접 남편을 선택할 수 있었습니다.[6] 이 대회는 공주의 선택을 받기 위해 크샤트리야 용사들이 가문과 왕국을 자랑하고, 무용을 과시하며 결투를 벌이는 장이었지요. 이런 대회를 '낭군고르기장'(스와얌와라)이라고 합니다. 육체적 힘을 가장 중시하는 크샤트리야 계급에 어울리는 남편 고르기라고 할 수 있습니다.

> 옛날 어느 왕국에 다마얀티라는 총명한 공주가 살았다. 공주는 여신 가운데에서도 보기 어려운 아름다움을 지니고 있었다. 그녀를 본 왕 전부를 사로잡고도 모자라, 그녀를 단 한 번도 본 적 없는 이웃나라 왕 날라까지도 불타오르게 하는 아름다움이었다. 날라, 이 잘생기고 부유한 왕은 다마얀티의 소문을 듣는 것만으로도 가슴

---

6 공주의 부친인 왕이 선택하기도 한다.

속에 타오르는 사랑을 참을 수 없게 되었다. 그는 말을 다루는 일에도 주사위 노름에도 흥미를 잃고, 내궁의 숲에서 홀로 시간을 보내곤 했다. 어느 날 날라는 황금 날개를 지닌 백조 떼가 숲에서 노니는 것을 보고, 그 가운데 한 마리를 사로잡았다. 왕의 손에 잡힌 백조가 애원했다.

"왕이시여, 저를 죽이지 마세요. 전하의 소원을 들어드리겠나이다. 다마얀티에게 당신 이야기를 해서, 당신 아닌 사내는 그녀가 생각조차 하지 못하도록 해드릴게요."

본 적도 없는 여인과 사랑에 빠진 날라는 물론 백조를 놓아주었다. 그 백조는 다마얀티가 사는 곳으로 날아가서, 사뿐히 공주 곁에 내려앉아 속삭였다.

"공주님, 이웃 나라에 날라라는 왕이 살고 있답니다. 인간 세상에서 그처럼 준수한 사내를 찾아보기는 힘들 거예요. 날씬한 허리를 가진 고운 분이시여, 공주님도 날라 못지않게 아름다우세요. 선남선녀 두 분이 맺어지신다면, 더 바랄 것이 있을까요?"

마음이 흔들린 다마얀티는 백조에게 부탁했다.

"날라에게도 그렇게 전해 주렴."

백조는 다시 날라에게 날아가, 그녀의 말을 전해 주었다. 그 후 다마얀티는 멍하니 날라를 생각하며, 수시로 긴 한숨을 쉬게 되었다. 넋 나간 것처럼 보이는 다마얀티의 모습에 그녀의 아버지는,

딸이 사내를 생각할 만큼 나이가 찼다는 것을 떠올렸다. 그래서 다마얀티가 남편을 고르는 낭군고르기장을 연다는 것을 세상 모든 왕에게 공표했다. 이 소식은 신들의 귀에도 들어갔다. 제왕 인드라를 비롯해, 불의 신 아그니, 물의 신 와루나, 그리고 죽음의 신 야마까지도 다마얀티를 아내로 얻고자 대회장으로 떠난 것이다.

당연히 날라도 다마얀티와 결혼할 수 있다는 기대에 차서, 공주가 있는 궁성을 향해 가고 있었다. 우연히 길 위에서 날라를 본 신들은, 잘생긴 그의 모습에 놀라 하늘마차를 공중에 세워 두고 땅으로 내려왔다. 이 수려한 청년이 날라라는 것을 알게 된 신들이 그에게 말을 걸었다.

"이보시오, 날라! 우리를 좀 도와주겠소? 우리의 전령이 되어 주시오."

그러자 날라가 물었다.

"그리하겠습니다. 그런데 님들은 누구십니까? 제가 뭘 해드리면 될까요?"

"우리는 죽음 없는 신이오. 모두 다마얀티에게 가는 길이라오. 그대가 먼저 다마얀티에게 가서, 인드라와 세상의 수호신들이 그녀를 얻으러 왔으니 신들 중 하나를 남편으로 고르라고 전해 주시오."

인드라가 이렇게 말하자, 날라는 가슴이 덜컥 내려앉았다. 신들의 명을 피하려고 날라는 공손하게 두 손을 모으고 말했다.

"저도 다마얀티를 아내로 삼으려고 여기 왔으니, 저를 보내시는 것은 온당치 않습니다."

하지만 신들이 그를 재촉했다.

"진실을 말한다는 왕이여, 처음엔 돕겠노라고 하더니 이제 와서 무슨 소리요? 어서 가시오."

뱉은 말을 거둘 수도 없게 된 날라가 핑계를 대었다.

"병사들이 물샐틈없이 궁을 지키고 있을 터인데, 어찌 제가 경비를 뚫고 들어갈 수 있겠습니까?"

"들어갈 수 있을 것이오."

인드라가 이렇게 답했다.

자신의 말에 묶인 날라가 마지못해, "그럼 그리하겠습니다"라고 수락하는 순간, 그는 이미 다마얀티의 방 안에 서 있었다. 달빛 같은 다마얀티를 보자, 그녀를 차지하고 싶은 욕망은 더욱 커졌다. 하지만 그녀를 아내로 삼으려는 신들의 뜻을 거스를 수는 없었다. 날라를 본 방 안의 여인들은 죄다 그의 아름다움에 말문이 막혔다. 다마얀티가 정신을 차리고 물었다.

"티 없이 아름다운 분이여, 그대는 누군가요? 왕이 빈틈없이 지키는 이곳에, 어떻게 들키지 않고 들어왔나요?"

"나는 날라라고 하오. 신의 사자라서 이곳에 몰래 들어올 수 있었소. 어여쁜 여인이여, 인드라와 아그니, 그리고 와루나와 야마가 그대를 아내로 얻고 싶어 한다오. 그들 가운데 남편을 고르시오. 이 말을 전하기 위해 내가 왔소. 복 많은 여인이여, 내 말을 들었으니 마음을 정해 뜻대로 하시오."

이렇게 말하며, 그는 자신의 마음을 감출 수밖에 없었다. 하지만 이미 날라를 사랑하게 된 다마얀티가 단호하게 말했다.

"왕이여, 내가 원하는 것은 그대뿐입니다. 백조의 말이 아직도 내 마음을 태우고 있어요. 그대에게 마음을 바친 나를 버린다면, 나는 독을 마시거나, 물이나 불 속에 뛰어들거나, 그도 아니면 목을 맬 것입니다."

신들의 노여움을 살까 봐 두려워진 날라는 그녀의 마음을 거절했다.

"세상의 수호신들을 두고, 어찌 죽음이 있는 인간을 택할 수 있단 말이오? 죽을 수밖에 없는 자가 신을 거스른다면, 죽기밖에 더 하겠소? 티 없이 아름다운 여인이여, 날 지켜 주시오. 제발 신을 남편으로 선택하시오!"

다마얀티는 눈물에 잠겨 날라를 설득했다.

"왕이여, 신들과 함께 낭군고르기장에 오세요. 그러면 세상의 수호신들이 지켜보시는 가운데, 내가 그대를 선택할게요. 남편을 고르는 것은 내 권리이니, 그렇게 하면 누구도 신들께 잘못을 저지르지 않게 되지요."

그러자 날라는 그녀를 아내로 얻을 수 있다는 희망에 다시금 부풀어 신들에게 돌아갔다.

"왕이여, 어여쁘게 웃는 다마얀티가 그대에게 뭐라 하던가요? 숨김없이 말해 보시오."

신들이 묻자, 날라가 대답했다.

"신성한 신들이시여, 아리따운 여인에게 제가 말을 전했지만, 그녀의 마음은 이미 제게 기울어 있었습니다. 다마얀티는 낭군고르기장에서 저를 선택하겠다고 하더군요."

길일 길시에 열린 다마얀티의 낭군고르기장에는 용맹한 왕들이 자리를 가득 메웠다. 왕들의 뒤를 이어, 눈부신 다마얀티도 대회장에 들어왔다. 왕들이 하나하나 거명되는 동안, 그녀는 날라와 똑같이 생긴 왕이 다섯이나 되는 것을 보고 당황했다. 다마얀티의 마음을 알고 있는 네 신이 전부 날라와 똑같은 생김새로 모습으로 바꾼 것이다. 누가 진짜 날라인지 알 수 없게 되자, 공주는 기가 막혔다.

'신의 몸에는 분명 표식이 있다고 들었는데, 땅에 서 있는 저들 다섯 누구에게도 그런 표식이 없구나!'

이렇게 생각하며 망설이던 다마얀티는, 결국 신의 자비를 구할 수밖에 없었다. 그녀는 두 손을 모으고, 떨리는 목소리로 탄원했다.

"백조의 말을 들은 순간부터 제가 날라 왕을 남편감으로 생각해왔다는 것이 진실이라면 신들이시여, 이 진실의 힘으로 그분을 제게 보여 주소서. 제가 말과 생각으로 털끝만 한 거짓도 저지르지 않았다면 신들이시여, 이 진실의 힘으로 본모습을 드러내 주소서."

날라의 모습을 하고 있던 신들은 날라를 향한 그녀의 사랑이 얼마나 간절한지를 알게 되자, 저마다 자신이 신이라는 표식을 그녀에게 보여 주었다. 그러자 땀을 흘리지 않거나, 눈을 껌뻑이지 않거나, 걸고 있는 꽃목걸이가 시들지 않거나, 땅에 발을 딛지 않고서 있는 신을 다마얀티는 찾아낼 수 있었다. 진짜 날라는 약간 시든 화환을 목에 건 채, 땀을 흘리고 눈을 깜빡이며 대지를 딛고 서 있었다. 그런 날라에게 다마얀티는 화환을 걸어 주며 그를 남편으로 선택했다. 그녀의 사랑에 감동한 나머지, 신들은 날라에게 여덟 가지 축복을 내려 주었다. 신들의 왕 인드라는 제사를 지내는 동안 날라가 신들의 모습을 볼 수 있도록 해주었다. 그리고 그가 걷는 길에 장애가 없으리라는 축복도 내려 주었다. 불의 신 아그니는 날라가 원할 때마다 불이 나타나게 해주겠다고, 그리고 그가 사는 곳을 자신이 사는 곳처럼 환히 밝혀 주겠다고 약속했다. 죽음의 신이자 다르마의 왕인 야마는 날라가 다르마를 굳건히 따를 수 있게 해주겠다고 약속하고는, 맛있는 음식을 먹을 수 있게 해

주는 축복도 같이 내려 주었다. 마지막으로, 물의 신 와루나는 날라가 원할 때마다 물이 나타나게 해주겠다는 약속과 함께, 향기로운 화환을 그에게 걸어 주었다. 그리고 신들은 다 함께, 쌍둥이를 낳을 것이라는 축복을 다마얀티 부부에게 내렸다. 『마하바라타』 3권

이리하여 어여쁘고 현명한 다마얀티는 날라와 결혼했답니다. 그런데 다마얀티는 왜 인간을 남편으로 골랐을까요? 신과 결혼하면, 하늘나라에서 근심 없이 살 수 있지 않을까요? 게다가 다마얀티를 아내로 맞기 위해 찾아온 신들은, 넷 다 힘 좀 쓰는 수호신이랍니다.

남편 후보 1번 인드라 : 동쪽의 수호신이자, 천상을 지배하는 왕입니다. 번개를 무기로 쓰는, 인도의 제우스지요. 전설적인 미모의 아내가 있는 유부남인데도, 바람기는 제우스 못지않습니다. 최고의 미모를 가졌다는 웬 여인에게 홀려, 몸에 천 개의 눈이 더 생겼다고 하네요. 그녀를 더 잘 보기 위해서였다나요. 두 눈 가지고는 만족이 안 되는 바람둥이인가 봅니다.

남편 후보 2번 아그니 : 신들의 사제를 맡고 있는 불의 신입니

다. 불에 공양물을 부으면, 그가 신들에게 가져간다고 하지요. 남동쪽을 수호하는 신이기도 합니다. 인드라만큼은 아니지만 바람기가 있어서, 성자의 아내들을 쫓아다닌 전력이 있습니다. 아내가 둘이고, 아들과 손자도 많습니다. 머리가 하나인지 둘인지, 아니면 셋인지도 잘 모르겠네요.

남편 후보 3번 와루나 : 서쪽을 수호하는, 물의 신이자 도덕의 신입니다. 옛날엔 최고신이었지만, 인드라에게 자리를 내주고 말았습니다. 술의 여신 수라는 그의 아내인지 딸인지 확실하지 않습니다.

남편 후보 4번 야마 : 남쪽 세계(저승)를 수호하는 죽음의 신입니다. 저승세계의 판관인 염라대왕의 원조랍니다. 검은 피부에 붉은 눈을 가졌다고 하니, 안타깝게도 미남은 아니로군요. 쌍둥이 여동생 야미와 결혼했다고 합니다.

죄다 유부남이니, 다마얀티로서는 이들 신 가운데 하나와 결혼하는 것이 싫었을 수도 있겠습니다. 아니면, 신들은 늙지 않으니 자신만 늙어 버릴까 봐 걱정이 되었을까요? 그렇지만 천계에는 노쇠가 없다고 합니다. 신들이 사는 하늘나라는 열매가 흐드러지게 열리는 천상의 나무와 다채로운 보석으로 꾸며진 곳입니다. 추위와 더위도, 피로와 더러움도, 어둠과 늙음도 그곳에는 없답니다. 슬픔이나 고통은 물론, 분노와 탐욕, 혹은 성스럽지 못한 그 어떤 것도 천계에는 없지요. 푸른 잎이 무성한 나무에는 언제나 꽃과 열매가 열리고, 갖가지 연꽃과 향기로운 꽃이 연못 가득 피어 있습니다. 꽃으로 뒤덮인 대지는 감미롭게 노래하는 아름다운 새들로 가득하지요. 서늘하고 향기로운 바람이 부는 신들의 거처에서는 언제나 모두가 만족스럽고 행복하답니다.『마하바라타』3권 이런 천국을 포기하다니, 역시 사랑의 힘은 대단한 것 같습니다.

그렇지만 늘 툴툴거리는 말세의 신 칼리는 이들의 기특한 사랑 때문에 열받고 맙니다. 감히 인간 주제에 신을 거절해? 다마얀티와 날라는 괘씸죄에 걸린 것이지요.

다마얀티 부부에게 축복을 내리고 하늘로 돌아가던 네 신은, 말세의 신 칼리가 드와파라와 함께 오는 것을 보았다.

"다마얀티의 낭군고르기장에 가는 중입니다. 그녀를 제 신부로 맞고 싶어서요."

칼리가 인드라에게 말하자, 인드라는 싱긋 웃으며 대답했다.

"낭군 고르기는 벌써 끝났소. 다마얀티는 우리 모두를 두고 날라를 남편으로 골랐다오."

그러고 나서 신들은 하늘로 가버렸다. 칼리는 분개하며 다짐했다. "인간 주제에 감히 신이 아닌 인간을 고르다니! 드와파라, 화를 가라앉힐 수가 없구려. 아무래도 내가 날라의 몸에 들어가, 그를 차지해야겠소. 그에게서 왕국을 빼앗고, 그가 더 이상 다마얀티와 즐길 수 없게 할 것이오. 그대도 주사위 노름에 끼어, 날 도와주시오."

날라의 몸속으로 들어가기 위해, 칼리는 그의 틈을 찾는 데에만 무려 열두 해를 보냈다. 마침내 칼리는 날라에게서 허점을 찾아내는 데 성공했다. 소변을 본 날라가, 부정하게도 오줌 묻은 발을 씻지 않고 저녁 제사를 지낸 것이다. 그 틈을 놓치지 않고 칼리가 날라의 몸에 들어갔다. 드와파라는 이웃 나라 왕의 몸에 들어가, 날라가 주사위 노름을 하도록 부추겼다. 칼리에게 몸을 빼앗긴 날라는 제정신을 잃고 노름에 빠져서는, 금은이며 옷, 수레 할 것 없이 가진 것을 줄줄이 잃었다. 왕의 노름을 말려 보려고 대신과 백성이 궁으로 몰려들자, 다마얀티는 그들을 만나 보라고 남편에게 애원했다. 하지만 날라는 여러 달 동안 노름에만 빠져서는, 아내에게 한 마디도 하지 않았다. 슬프고 두려워진 그녀는 마부 와르슈네야를 불러, 쌍둥이 아들딸을 친정에 데려가 맡기도록 했다. 명에 따라 위다르바에 아이들을 데려다 준 와르슈네야는, 아요디야로 가서 리투파르나 왕의 마부가 되었다. 곧 날라는 왕국과 전 재산을 잃었다.

"아직도 내기로 걸 만한 것이 남아 있소? 다마얀티 말고는 내게 다 잃은 것 같은데? 그녀를 걸고 노름을 계속합시다."

이웃나라의 왕이 비웃자, 날라는 분노로 찢어질 것 같은 심장을 숨긴 채 입을 다물 수밖에 없었다. 그는 장신구를 모두 벗어 던지고, 옷만 걸친 채 궁을 떠났다. 다마얀티도 가진 것 없이 그의 뒤를 따랐다. 궁성 밖으로 나온 그들은 물만으로 사흘을 버텨야 했다. 날라에게 모든 것을 빼앗은 이웃나라 왕은, 사람들이 그에게 무언가를 베푸는 것마저 엄금했기 때문이다. 굶주림에 지친 날라는, 어느 날 황금 날개를 가진 새떼를 보았다. 그는 입은 옷을 벗어 새들을 덮쳤다. 하지만 새들이 옷을 낚아채더니 멀리 날아가 버렸다. 벌거벗은 채로 고개를 숙이고 서서, 날라가 다마얀티에게 말했다.

"죄 없는 아내여, 비참하고 고통스러워 나 자신조차 챙길 수 없구려. 여기 이 길이 당신 아버지의 나라로 가는 길이오."

그 말을 들은 다마얀티는 걱정과 눈물에 목이 메어 애절하게 말했다.

"옷 한 자락 걸치지 못한 채 배고픔에 지쳐 있는 당신을 이 인적 없는 숲에 두고, 어떻게 나 혼자 떠날 수 있겠어요?"

"당신을 버리려는 생각은 없었소. 순진한 아내여, 왜 그런 생각을 했소? 내 자신을 버릴지언정 당신을 버리진 않으리다."

날라도 아내에게 이렇게 약속할 수밖에 없었다.

"왕이여, 친정으로 가야 한다면 우리 둘이 함께 가요. 부왕께서는 당신을 존중해 줄 거예요. 그곳에서라면 편하게 지낼 수 있을 것이고요."

다마얀티는 이렇게 날라를 설득하려 했다. 그러나 날라는 아내의 제안을 거절했다.

"장인의 왕국 또한 내 것이나 다름없긴 하지만, 이런 꼴로는 가지 않겠소. 이렇게 비참한 몰골로 당신 마음을 아프게 하면서, 어찌 그곳에 간단 말이오?"

옷 하나로 두 몸을 감싸고 이리저리 떠돌다가, 두 사람은 빈 오두막에 들어가 맨바닥에서 잠을 청했다. 아내가 먼저 잠들어 버리자, 왕은 처지를 비관했다.

'죽는 것이 나을까? 아니면 아내를 떠나는 것이 나을까? 내게 헌신적인 여인이 바로 나 때문에 고생하는구나! 아내는 자기 친척에게 갈 수 있을 텐데, 나 때문에 이렇게 끝도 없는 고생을 하는군.'

그는 아내를 떠나기로 결심했다. 칼로 옷을 반으로 나눈 다음[7], 자고 있는 다마얀티를 뒤로 한 채, 날라는 미친 듯이 밖으로 달려나

갔다. 하지만 그는 이내 다시 돌아와 잠든 아내를 보며 한탄했다.

'온갖 들짐승이 들끓는 무서운 숲속을, 나 없이 아내가 어떻게 오간단 말인가?'

날라는 이렇게 떠났다가 되돌아오기를 반복하다가, 결국 자고 있는 아내를 인적 없는 숲에 버려 두고 가 버렸다.『마하바라타』 3권

인도 사람들은 우주가 생성되었다가 파괴되기를 반복한다는 우주관을 가지고 있습니다. 그리고 하나의 우주가 존속되는 시간을 네 개의 기간(유가)으로 나누지요. 또한 다르마를 황소에 비유하여, 황소의 다리 수로 각 유가의 특징을 표현한답니다. 다르마(정의)라는 황소가 다리 네 개를 모두 가지고 있어 온전히 서 있는 첫번째 유가를 크리타(1,728,000년), 다리 하나가 부족하지만 아직은 굳건히 서 있는 두번째 유가를 트레타(1,296,000년), 다리를 두 개만 가져 불안정한 세번째 유가를 드와파라(864,000년), 그리고 하나뿐인 다리로 위태롭게 서 있는 네번째 유가를 칼리(432,000년)라고 하지요. 각 유가의 길이는 4 : 3 : 2 : 1의 비율을 이루

---

7 인도에서는 바느질하지 않은 긴 직사각형 천을 몸에 감아서 옷으로 입기 때문에, 반으로 잘라서 입을 수도 있다.

고 있고, 우주 순환의 한 주기는 네 유가를 모두 합해 432만 년입니다. 마지막 칼리 유가가 끝날 때, 무서운 불이 일어나 세계를 전부 태워 버린다고 하지요. 위 이야기 속에서 신으로 등장하는 칼리와 드와파라는 각각 네번째와 세번째 유가의 현신입니다. 유가 자체를 인격화하여 신으로 만든 것이지요. 악이 만연하기 시작한 드와파라 유가와, 악이 정의를 압도하는 말세인 칼리 유가의 신이라면, 얼마나 못됐을지 짐작이 가지 않나요? 오늘날까지도 뭔가 잘못된 일을 보고 "말세다, 말세야!"라며 혀를 차는 것을 보면, 특히 칼리의 위력이 대단한 것 같습니다.

어쨌든 걸보리 서 말만 있어도 처가살이는 안 한다는 사나이 자존심 때문에, 갸륵했던 다마얀티의 사랑은 이렇게 파경을 맞게 됩니다. 아내를 숲속에 버리고 가 버리는 무책임한 남편을 고른 자기 자신을 탓해야 할까요?

신과 성자

그리스 신화 속에서도 신과 인간은 사랑을 나누고, 정식으로 결혼하기도 합니다. 인간 왕과 혼인하여 영웅 아킬레우스를 낳은 테티스 여신과, 인간 공주 프시케를 아내로 맞은

사랑의 신 에로스가 대표적이지요. 인도에서는 신과 인간의
결혼이 더 흔합니다. 우선 지상의 왕이라면, 자신의 왕국을
흐르는 강의 여신을 명목상으로나마 아내로 두고 있습니다.
하늘의 신도 인간 아내를 맞아들이고, 인간 남자도 여신과
결혼을 한답니다. 어쨌든 결혼으로는 인간이 차별받지 않습
니다. 인간과 사랑에 빠지는 것은 마찬가지인데, 인도의 신
은 그리스 신과 어떻게 다르냐고요?

먼 옛날, 위대한 영혼을 가진 성자 가우타마는 아내 아할리야와
함께 수많은 계절 동안 고행을 하고 있었다. 어느 날 성자가 집에
없다는 것을 알고, 신들의 왕 인드라는 그 성자의 모습으로 변해
서 아할리야를 찾아갔다. 그리고 성자의 아내에게 말했다.

"욕망에 사로잡힌 사내는 여인의 가임기[8]를 기다리지 못하오. 그
러니 허리 고운 여인이여, 당신과 지금 사랑을 나누고 싶구려."

그가 남편의 모습을 한 인드라라는 것을 알아채고도, 아할리야는
자신의 욕망을 따르기로 했다. 마음이 원하는 것을 하고 나서, 그
녀는 최고의 신에게 속삭였다.

---

8 달거리가 끝난 날부터 16일간을 말한다. 그러나 이 기간 이외의 날에 관계하는 것이
  엄격히 금지된 것은 아니다.

"원하는 것을 이루셨으니, 신 중의 신이시여, 속히 가세요. 당신 자신과 저를 늘 지켜 주셔야 해요, 내 사랑!"

"엉덩이 예쁜 여인이여, 완전히 만족했으니 나는 온 대로 갈 것이오."

인드라는 웃으며 아할리야에게 이렇게 대답하고는, 성자가 두려운 나머지 서둘러 오두막을 나왔다. 그러나 그곳을 벗어나기도 전에 인드라는, 목욕을 마치고 돌아오는 성자와 그만 마주치고 말았다. 성자를 보자 신들의 왕은 벌벌 떨면서 얼굴을 띨구었다. 품행 나쁜 인드라가 자신의 모습을 한 것을 보고, 성자는 이내 모든 것을 알아차렸다. 그는 화가 나서 인드라를 저주했다.

"사악한 자여, 내 모습을 하고 해서는 안 될 일을 저질렀으니, 너는 고환이 없어지리라."

성자가 이 말을 하자마자, 인드라의 두 고환은 바닥에 떨어지고 말았다. 그는 아내에게도 저주를 내렸다.

"품행 나쁜 여인아, 여기서 수천 년 동안, 너는 음식도 없이 공기만을 마시며 고통 받게 될 것이다. 또한 모습이 보이지 않게 된 채로, 재 위에 누워 살게 될 것이다."

그러고 나서는 아슈람을 떠나 버렸다.

한편 거세된 인드라는 두려움에 찬 얼굴로 신들에게 하소연을 했다.

"내가 위대한 성자의 화를 돋우어, 그로 하여금 큰 저주를 내리게 했소. 성자가 가진 고행의 힘을, 내가 빼앗았다오. 이는 신들이 해야 할 일을 내가 대신 한 것이오. 하지만 그의 분노 때문에 나는 고자가 되었소. 그러니 빼어난 신들이여, 그대들 모두는 내 고환을 회복시켜 주어야 할 것이오."

인드라의 말을 듣고 신들은, 다 함께 조상신들에게 가서 말했다.

"인드라가 고환을 잃었나이다. 여기 고환이 있는 숫양을 바치오니, 숫양의 고환을 취하시고 인드라의 것은 속히 돌려주소서."

그러자 그곳에 모인 조상신들이 숫양의 고환을 뿌리째 뽑아 인드라에게 심어 주었다. 이때부터 인드라는 숫양의 고환을 갖게 되었다고 한다.『라마야나』 1권

인도에서는 신들의 왕인 인드라의 자리까지도 고행으로 얻을 수 있다고 믿습니다. 고행으로 큰 힘을 얻은 성자가 자신의 자리를 위협할까 봐, 인드라는 성자를 유혹하라고 요정을 보내기도 하고, 몸소 고행을 방해하기도 한답니다. 보고 듣고 맛보고 냄새 맡는 감각기관을 통제하고 기쁘고 화나고 슬프고 즐거운 감정을 제어하는 것이 고행의 기본이기 때문에, 여인에게 마음을 빼앗기거나 화를 내면 고행의 힘이 사라지거든요. 물론 성자를 화나게 하면 무서운

저주를 받기 때문에, 고행을 방해하려면 각오와 요령이 필요하답니다. 그래도 인간 성자에게 거세까지 당하는 신들의 왕이라니, 측은하기까지 합니다. 수없이 바람을 피웠어도 제우스는 이런 수모까지 당한 적은 없으니까요. 무려 신들의 왕이 이런 일을 당하는 것을 보면, 인도신화에서 신이 어떤 지위를 차지하고 있는지 분명히 알 수 있습니다. 하지만 인드라가 처음부터 이렇게 체면을 구겼던 것은 아니랍니다. 힌두교의 옛 경전 베다에 등장했을 때는, 그에게도 제신의 왕다운 위세가 가득했기 때문이지요.

> 하늘과 대지조차 그를 경배하고,
>
> 산은 그의 숨결마저 두려워하나니.
>
> 소마(제사에 바치는 신성한 약초)를 마시는 자,
>
> 천둥번개로 무장하고 천둥번개를 손에 쥔 자,
>
> 인간들아, 그가 바로 인드라니라. 『리그베다』 2권 12장 13절

그렇지만 좋은 시절(베다 시대)이 끝나자, 인드라를 비롯한 신들은 인간에게도 망신을 당하는 처량한 신세가 됩니다. 그래서 인드라도 성자 앞에서 벌벌 떨게 되었지요. 베다의 신들은 왜 몰락했을까요? 아무래도 붓다가 몰락의 중요

한 원인이었던 것 같습니다. 무려 신들의 왕을 보디가드로 부렸거든요.

어느 날 암바타라고 하는 브라만 학생이 붓다를 찾아왔다. 그가 신분을 내세워 잘난 척을 하자, 붓다는 그의 자만심을 지적했다. 붓다가 자신을 경멸했다고 여긴 암바타는, 붓다에게 욕설을 퍼붓고 나서 말했다.

"고타마여, 사키야 출신들은 거만하기 짝이 없소. 성미도 급한 데다 거칠고 포악하지. 게다가 비천한 주제에, 브라만을 존경하지도 숭상하지도 않소."

그러자 붓다가 암바타에게 말했다.

"암바타여, 내가 그대에게 질문하겠다. 그대가 내 질문에 대답하지 않고 얼버무리거나 침묵하거나 도망간다면, 그대의 머리는 바로 이 자리에서 일곱 조각이 날 것이다. 암바타여, 그대의 선조가 사키야족 여노비의 아들이라는 것을, 그대는 들어 본 적이 없는가?"

그 말을 듣고 암바타는 침묵했다. 그때 인드라가 시뻘겋게 달구어져 불꽃을 튀기는 철 곤봉을 들고, 암바타의 머리 위에 나타났다. '붓다께서 질문하셨는데 감히 암바타가 대답하지 않으면, 내 이 자리에서 그의 머리를 일곱 조각 내리라'라며, 제신의 왕이 벼르고 있었다. 인드라를 본 암바타는 두려움에 소름이 돋아, 붓다에게 이렇게 대답했다.

"고타마시여, 말씀하신 그대로 제가 들었나이다." 『디가 니까야』

크샤트리야 사키야족 출신인 붓다(고타마 싯다르타)는 시시때때로 지내야 하는 갖가지 제사뿐만 아니라, 신분제까지 철폐해 버린 혁명가였습니다. 브라만들이 지켜 오던 오랜 전통에 정면으로 반기를 든 것이지요. 어느 날 암바티리고 하는 브라만 학생이 찾아와서, 자신은 고귀한 브라만이고 붓다는 비천한 크샤트리야라며 붓다를 모욕합니다. 그러자 붓다는 그의 자존심을 꺾기 위해, 암바타의 선조가 사키야족 노비의 아들이라는 것을 밝히지요. 이를 인정하기 싫었던 암바타는, 붓다의 질문에 대답하지 않고 침묵을 지킵니다. 그러자 인드라가 나타나, 암바타의 머리를 일곱 조각내버리겠다고 벼르지요. 신들의 왕 인드라가 붓다의 말을 실행하는 행동대장이 된 셈입니다. 결국 암바타는 인드라가 무서워, 가문의 비밀을 밝히게 되지요. 신분으로라도 붓다를 누르려 했던 이 브라만은 오히려 자신의 천한 태생이 밝혀져 다른 브라만들에게 무시를 당하게 됩니다. 신분을 내세워 잘난 척하는 브라만들이 마뜩잖았던 붓다는, 다시 암바타를 태생 논란에서 구해 주지요.

　이렇게 인간인 붓다의 보디가드 노릇을 하는 신들의 제왕 인드라를 보면, 인도의 신이 인간보다 나은 것이 대체 뭔지 의심하게 됩니다. 깨달음을 얻어 윤회에서 벗어난 인간이, 그렇지 못한 신보다 우월하다는 생각을 인도신화에 자리 잡게 한 것이 불교입니다. 깨달은 인간(아라한)은 다시 윤회 속으로 들어가지 않지만, 신은 아직 깨닫지 못했기 때문에 윤회 속에서 빠져나올 수 없다고 여겼거든요. 반복되는 우주의 순환 속에서 계속 나고 죽는 것을 신도 피할 수 없으니까요. 그래서 불교 경전에 나오는 신들은 심지어 인간으로 다시 태어나 빨리 깨달음을 얻어야겠다고 생각하기도 합니다. 이렇게 제신의 왕이 붓다의 보디가드 노릇을 하고 있으니, 불교와 자이나교 때문에 궁지에 몰린 브라만들은 인드라를 위시한 신들을 못마땅하게 여길 수밖에 없었을 것입니다. 그래서 아예 신들을, 성자에게 협박이나 당하는 모자란 존재로 만들어 버리지 않았을까요?

　인도의 신은 다르마를 초월하는 절대적인 힘을 갖지 못했습니다. 그런 신을 인도 사람들은 어떻게 여겼을까요? 옛 그리스에서처럼 하늘에 사는 귀족쯤으로 여기지 않았을까요? 실제로 인도에서 신은 인간과 그리 다른 존재가 아니었습니다. 말을 바치는 제사를 백 번 지내면 인간이라도 신들의 왕 인드라가 될 수 있었고(인드라는 신들의 왕을 지칭하는 자리의 이름이지, 신의 이름이 아닙니다. 신화 여기저기에 등장하는 인드라는 '샤크라'라는 본래 이름을 가지고 있지요), 빼어난 왕은 신들을 이끌고 아수라와의 전쟁터를 누비기도 했으며, 인간들의 왕이 신들의 왕으로 추대된 적도 있었으니까요.

신들의 제왕 인드라는 자신에게 위협이 되는 브라만을 죽이고, 그 죄가 두려워 숨어 버렸다. 그러자 땅에서는 빛이 사라지고 숲이 시들었다. 신과 성자 모두 두려움에 떨었다. 신들은 자신들의 왕이 될 수 있는 자를 찾기 시작했다. 그러나 누구도 제신의 왕이 되려는 자가 없었다. 신과 성자들은 생각 끝에, 인간 세상의 뛰어난 왕 나후샤를 떠올렸다. 그가 신들의 왕이 되어 주기를 기대하며, 신과 성자들이 그에게 가서 청했다.

"우리의 왕이 되어 주소서."

나후샤는 생각 끝에 이를 거절했다.

"제게는 그럴 만한 힘이 없습니다. 여러분을 제대로 지킬 수 없지요. 힘 있는 자만이 왕이 될 수 있는 법입니다. 인드라라는 지위는 언제나 막강한 힘을 지닌 존재가 차지해 왔으니까요."

신과 성자들은 그에게 다시 한번 청했다.

"우리의 힘을 받아 왕국을 다스리면 됩니다. 신과 성자, 아수라며 나찰이며 할 것 없이 모두에게서 조금씩 힘을 나눠 받으면, 그대는 막강한 위력을 지니게 될 것입니다. 부디 언제나 다르마를 앞서 행하는, 만물의 제왕이 되어 주소서."

그러자 나후샤는 이 청을 받아들여, 천상의 왕국을 다스리기 시작했다.

이렇게 신과 인간이 크게 다르지 않은데, 잘못이 없는 인간을 벌할 수 있는 권한이 신에게 있을 리가 없지요. 앞서 날라와 다마얀티의 이야기에서 칼리는 몹시 화가 났지만, 일단 날라가 뭔가 작은 잘못이라도 저지를 때까지 기다려야 했던 것입니다. 인도 사람들은 매일 해가 뜰 때와 질 때 간단한 가정 제사를 지내는데(요즘에는 주로 아침에만 지냅니다), 날라가 부정하게도 오줌 묻은 발을 안 씻고 정화수를 만졌던 것이지요. 인도에서는 오줌, 침, 머리카락 등등 사람의 몸에서 나오는 것을 부정하다고 여긴답니다. 그러니 부정한 것을 정화하지 않고(발을 씻지 않고) 제사를 지내는 것은 잘못이 됩니다.

인간이 잘못을 저지를 때까지 기다려야 보복도 할 수 있는 나약한 인도 신은, 죄 없는 욥을 사탄에게 내준 성경 속

유일신인 하나님과는 사뭇 다릅니다. 욥은 아무 죄가 없는 의로운 사람이었지만, 사탄과 하나님의 내기 때문에 재산과 자식을 모두 잃게 되거든요. 어느 날 사탄이 오자 하나님은, 욥이 바르고 자신을 두려워한다며 그를 칭찬합니다. 그러자 사탄은, 욥이 누리는 복을 빼앗으면 그가 눈앞에서 하나님을 저주할 것이라고 장담하지요. 그 말을 들은 하나님은, 사탄이 욥에게서 그가 가진 모든 것을 빼앗도록 합니다. 욥은 졸지에 자식 열과 재산을 모두 빼앗기고, 심한 종기까지 앓게 됩니다. 욥이 죄를 지었기 때문에 벌을 받는 것이라며 친구들마저 그를 비난하지요. 이처럼 하나님은 죄 없는 사람도 시험에 들게 할 수 있습니다. 하나님에 비해 인도의 신은 권위가 몹시 부족하지요. 인도 사람들은 간단히 신을 부정하기도 한답니다.

어느 날 갑작스럽게 소년 하나가 죽었다. 죽은 아들을 보고 그의 어머니는 고통에 잠겨 생각했다.

'왜 내 아들이 죽었을까? 살면서 나는 늘 믿음으로 신을 섬겨 왔다. 신의 힘을 칭송하며, 덕과 믿음이 있는 사람에게 신은 복만을 준다고 생각했었지. 내 아들에게 덕이 있었다. 신에 대한 믿음도 있었고. 신이 힘과 의지, 그리고 덕을 지녔다면, 왜 내 아들이 죽

었겠는가? 그러므로 신은 없다. 신의 힘과 의지 또한 없다.'_{Madhav}

Deshpande, *A Sanskrit Primer*, Ann Arbor, Mich: Center for South and Southeast Asian

Studies, University of Michigan, 1997, p. 88

그리스 신에게도 권위는 한참 부족합니다만, 그리스에
서 신과 인간은 완전히 다른 존재입니다. 많고 많은 제우스
의 인간 아들 가운데, 올림포스에 오른 이가 헤라클레스뿐
인 것만 봐도 알 수 있지요. 인도에서 천국은, 자기 직분에
만 충실해도 누구나 갈 수 있는 곳입니다. 심지어 인간 이하
의 취급을 받는 천민까지도 신들 세계의 일원이 될 수 있지
요. 하지만 그리스에서는 아무리 영웅이라고 해도, 신계에
갈 수 없습니다. 인간만을 위한 낙원 엘리시온이 따로 있지
요. 인간이 신이 될 수 있다는 생각만으로도 불경 중의 불경
을 저지르는 일입니다. 신에게 도전한 인간은 혹독한 대가
를 치러야 했답니다. 아테네 여신에게 베 짜기로 도전했던
아라크네는 거미가 되고, 천마 페가수스를 타고 신들이 사
는 올림포스에 오르려 했던 벨레로폰은 장님에 절름발이가
되고 맙니다. 자식 자랑 좀 했다가, 아들딸 열넷을 죄다 잃은
니오베는 또 얼마나 불쌍한가요? 그리스 신은 인간에게 교
만(hubris)의 죄만큼은 엄히 물을 수 있었습니다. 인도의 신

은 그런 권능을 갖지 못했습니다. 신보다 뛰어난 인간이 수두룩한 인도에서, 신을 앞지르려 한다는 교만의 죄가 있을 수 없지요. 감히 아내를 빼앗으려 한 놈이라도, 자비를 구하면 용서해야 하는 것이 인도의 신이니까요.

옛날에 라후라고 하는 아수라가 쉬바에게 까불었답니다. 겁도 없이 쉬바 신의 아내인 파르와티 여신을 달라고 한 것이지요. 분노한 쉬바 신은 미간에 있는 세번째 눈에서 굶주린 괴물을 하나 만들어 냈습니다. 끔찍한 몰골의 깡마른 괴물을 보고 두려움에 질린 라후는, 어이없게도 신의 자비를 애걸하며 쉬바의 품에 뛰어듭니다. 탄원하는 이를 보호해야 하는 쉬바는, 괴물에게 그를 살려주라고 하지요. 그러자 먹을 것이 없어진 괴물은 먹을 것을 달라고 쉬바에게 다시 탄원했고, 무심한 신은 "네 몸을 먹으렴"이라고 답했답니다. 미친 듯이 배가 고팠던 괴물은 제 몸을 게걸스럽게 먹어치웠고, 결국 괴물에게는 얼굴만 남게 되었지요. 그러자 쉬바 신은 그를 '키르티무카'(영광의 얼굴)라고 명명하고는 자신의 사원 입구에 올려 두었습니다. "너를 숭배하는 데 게으른 자는 결코 나의 은총을 얻지 못하리라"라고 하면서요.『스칸다 푸라나』에서 발췌

키르티무카는 신의 분노와 파괴적인 힘을 상징하지만,

어쩐지 그보다는, 자신의 모든 것을 (몸마저도) 버려야 신에게 갈 수 있다는 것을 뜻하는 상징 같습니다.[9] 하여간 무례한 놈을 마음대로 벌주지도 못하면, 인도 신은 무슨 일을 할 수 있냐고요?

제사 줄게, 복을 다오!

힌두의 옛 경전 베다를 살펴보면, 신과 인간은 제사를 매개로 하는 관계였다는 것을 알 수 있습니다. 인간이 제물을 올리면, 신은 그것을 흠향하고 복을 내려 주는(내려 줘야만 하는) 호혜적 관계였던 것이지요.

> 들이켜소서, 영웅 인드라여, 소마를 들이켜소서!
>
> 즐거움을 주는 즙이 님을 기쁘게 할 터이니….
>
> 님의 보호를 갈구하며 님을 찬양하는 데 마음을 쏟나니,
>
> 부디 님께서 주시는 부의 선물을 저희가 지금 누리게 하소서!
>
> 『리그베다』 2권 11장 11~12절

---

9 신과의 합일을 의미한다고도 한다.

소마는 마약처럼 환각을 일으키는 신성한 약초라고 합니다. 부와 신의 가호를 바라면서, 사람들은 소마의 즙을 제사에 올렸지요. 공물을 올리고 찬가를 부르며 신을 즐겁게 했으니, 신은 당연히 나를 보호하고 부유하게 만들어 주어야 한다는 생각을, 이 수천 년 된 찬가에서 엿볼 수 있습니다. 과장해서 말하면, 신과 인간은 서로 주고받는 '기브 앤 테이크'의 관계였다고나 할까요? 그러니 인간의 제물을 받는 신이 인간을 무시할 수는 없었을 것입니다. 세사를 받지 못하는 신은 힘도 약했고요.

옛날 옛날에, 차와나라는 성자가 있었다. 빛이 넘치는 그는 강변 가까이에서 고행을 하고 있었다. 꼼짝하지 않고 기둥처럼 서 있는 고행이었다. 얼마나 오랫동안 그가 움직이지 않았는지, 그의 몸 위에 개미떼가 집을 지을 정도였다. 오랜 시간이 흐른 뒤, 사르야티라는 왕이 사천 명의 여인과 함께 그 강변으로 놀러 왔다. 그 여인들 가운데에는, 눈부시게 아름다운 공주 수칸야도 있었다. 단정하고 도도한 그녀는, 사랑의 신처럼 젊고 아름다웠다. 꽃이 흐드러지게 핀 나뭇가지를 꺾고 있는 그녀를 성자가 보았다. 빛나는 여인을 보자, 성자는 욕망을 느꼈다. 고운 처녀에게 그가 말을 걸었지만, 그녀는 말라 버린 그의 목소리를 듣지 못했다. 그저 수칸야는 개미탑 속에서 반짝이는 성자의 두 눈을 보았을 뿐이다.

'저게 뭐지?'

궁금해진 그녀는 가시나무 가지로 개미탑을 쑤셨다. 눈을 찔려 역정이 난 성자는, 왕의 군사들이 똥오줌을 쌀 수 없게 해버렸다. 배설하지 못해 큰 고통을 겪고 있는 군사들에게 왕이 물었다.

"혹시 너희 가운데 누가 차와나 성자께 잘못을 저지르지 않았느냐? 고행에만 전념하시는 성마른 분이다. 알고 그랬든 모르고 그랬든 그분을 괴롭힌 적이 있다면, 지금 당장 사실대로 말해라."

그러자 군사들 모두 하소연했다.

"저희 중 누구도 잘못을 저지르지 않았나이다. 제발 왕께서 사실을 밝혀 주소서."

왕은 군사들을 어르고 달랬지만, 누가 성자를 화나게 했는지 끝내 밝혀낼 수 없었다. 왕과 군사들이 괴로워하는 것을 보고, 수칸야가 아버지에게 말했다.

"개미탑 속에서 반짝이는 것을, 제가 반딧불인 줄 알고 찔러 보았습니다."

공주의 말을 들은 왕은 서둘러 개미탑으로 뛰어가, 나이 많은 성자를 찾아냈다. 왕이 두 손 모아 용서를 구했다.

"어린 딸이 철없이 저지른 잘못을 부디 용서해 주소서."

"이 땅의 수호자여, 그대의 딸은 우아하고 아름답구려. 딸을 내게 주면 용서하겠소."

성자의 요구를 듣자, 왕은 망설이지 않고 고결한 성자에게 딸을 주었다. 아내를 얻은 성자는 기뻐하며 왕을 용서해 주었다.

그리하여 성자를 남편으로 맞은 수칸야는, 열심히 고행하며 남편에게 정성을 다했다. 또한 손님과 불을 잘 섬겼다. 어느 날 천상의 의사인 쌍둥이 아슈윈이 연못에서 막 목욕을 마친 그녀를 보았다. 실오라기 하나 걸치지 않은 그녀는 인드라의 딸인 듯 자태가 고왔다.

"늘씬한 다리를 가진 여인이여, 그대는 누구의 여인이오? 이 숲에서 대체 뭘 하고 있소?"

아슈윈이 묻자, 수칸야는 옷을 갖춰 입고 나서 두 신에게 대답했다.

"저는 사르야티의 딸이자 차와나의 아내입니다."

아슈윈이 웃으며 그녀에게 다시 말했다.

"복 많은 여인이여, 그대 부친은 어쩌자고 늙어 빠진 사내에게 그대를 주었소? 번개처럼 빛나는, 그대 같은 딸을 말이오. 빛나는 여인이여, 여신 가운데에서도 그대처럼 아리따운 이는 보지 못했소. 이렇게 때에 찌든 옷이 아니라, 값진 옷과 갖가지 장신구가 그대에게 어울릴 것이오. 이토록 고운 몸으로, 어찌하여 그대는 사랑의 기쁨과는 먼 남편을 섬기는 것이오? 차와나를 버리고, 우리 둘

중 하나를 남편으로 고르는 것이 낫겠소. 신의 딸 같은 여인이여,
젊음을 헛되이 흘려보내지 마시오."

그 말을 듣고 수칸야가 신들에게 잘라 말했다.

"저는 차와나에게 온 마음을 바친 아내입니다. 혹시나 하는 마음
으로, 제게 다가오지 마세요."

"우리는 천상의 의사요. 그대의 남편을 젊게 만들어 주겠소. 우리
가 그렇게 해주면, 남편과 우리 둘 가운데 하나를 그대가 남편으
로 골라야 하오. 고운 여인이여, 이 조건을 남편에게 알리시오."

아슈윈이 이렇게 제안하자, 수칸야는 차와나에게 가서 그들의 말
을 전해 주었다. 차와나는 주저 없이 아슈윈의 제안을 받아들였
다.

"물에 들어가시오."

아슈윈이 이렇게 말하자, 젊어지고 싶은 욕심에 성자는 곧장 물에
뛰어들었다. 아슈윈 역시 못 속으로 들어갔다. 잠시 후에 셋 다 물
밖으로 나왔다. 그들 모두 그녀의 마음을 사로잡을 만큼 젊고 아
름다웠으며, 똑같은 생김새를 지니고 있었다.

"아름다운 여인이여, 이제 우리 중 하나를 그대의 남편으로 고르
시오. 복 많은 여인이여, 누구든 마음에 드는 사람을 고르도록 하
시오."

그들이 이렇게 말하자, 수칸야는 그들 셋의 모습을 유심히 살펴보

았다. 그리고 셋 가운데 누가 자기 남편인지 알아채고는, 그를 다시 남편으로 골랐다. 젊음과 아름다움뿐만 아니라, 아내도 다시 얻은 성자가 기뻐하며 아슈윈에게 말했다.

"그대들 덕분에 나이 많은 내가 젊음과 아름다움, 그리고 이 여인을 다시 아내로 얻을 수 있었소. 이 기쁨을 갚기 위해, 제신의 왕이 지켜보는 앞에서 그대들이 소마 즙을 마실 수 있게 해주겠소."

성자의 말을 들은 아슈윈은 뛸 듯이 기뻐하며 하늘로 돌아갔다. 수칸야와 함께 그도 신들처럼 행복하게 살았다.

한편 차와나가 젊어졌다는 소식은 사르야티 왕의 귀에도 들어갔다. 그는 왕비와 함께 성자의 아슈람을 찾아왔다. 신의 후손같이 아름다운 차와나와 수칸야의 모습을 보고, 왕과 왕비는 세상을 다 얻은 듯 기뻐했다. 차와나가 왕에게 상냥하게 말했다.

"왕이여, 그대의 희생제를 내가 직접 지내 주겠소. 필요한 것을 준비하시오."

성자의 제안에 왕은 몹시 기꺼워하며, 길일을 잡아 훌륭한 제단을 짓게 했다. 준비가 되자, 차와나는 왕의 제사를 시작했다. 이윽고 성자가 아슈윈을 위해 소마 잔을 꺼내자, 인드라가 그 잔을 가로막았다.

"쌍둥이 아슈윈은 소마를 마실 자격이 없소. 그들은 그저 신들의 의사일 뿐이고, 그런 천한 일을 하는 자가 소마를 마실 수는 없기 때문이오."

"고결한 두 신을 가볍게 여기지 마시오. 인드라여, 아슈윈은 빼어난 용모와 재주를 지녔소. 게다가 나를 마치 신처럼 영원히 늙지 않도록 해주었다오. 그대와 다른 신들은 마시는 소마 즙을, 왜 그들이 마시면 안 되오? 신들의 왕이여, 아슈윈도 신이라는 사실을 받아들이시오."

성자가 이렇게 말하자, 인드라가 되풀이해서 말했다.

"저 둘은 늘 병을 고치는 일만 하오. 그러니 그저 하인일 따름이지. 또한 그들은 모습을 바꿔 가며 인간 세상을 떠돌고 있소. 그런 자들에게 어찌 소마 즙을 마실 자격이 있겠소?"

결국 차와나는 인드라를 무시한 채, 아슈윈을 위한 잔을 들어 올렸다. 성자가 아슈윈을 위해 소마 즙을 따르려 하자, 인드라가 그를 협박했다.

"멋대로 아슈윈을 위해 소마 즙을 따른다면, 당신에게 벼락을 날릴 것이오."

성자는 미소를 띤 채 인드라를 바라보면서, 아름다운 잔에 경건하게 소마 즙을 부었다. 인드라가 그를 향해 벼락을 날리려는 순간, 성자는 인드라의 팔을 마비시켜 버리고는 주문을 외우면서 불에 제물을 바쳤다. 고행의 위력을 갖춘 성자는 그러고 나서 마법으로 괴물을 만들었다. 험상궂게 쩍 벌어진 입과, 크고 날카로운 이빨을 지닌 거대한 괴물이었다. 괴물의 한쪽 입은 땅에 닿아 있고, 다른 쪽은 하늘을 찌르고 있었다. 네 개의 송곳니는 수만 리에 뻗어 있고, 다른 이빨들도 백 리에 이르렀다. 산과 같은 팔은 수백만 리 길이였다. 괴물의 눈은 해와 달 같고, 얼굴은 저승사자 같았다. 괴물은 날름거리는 혀로 쉴 새 없이 입술을 핥았다. 무섭게 벌어젖힌 입으로 온 세상을 집어삼키려는 듯, 괴물은 인드라에게 돌진했다. 괴물이 내지르는 소름 끼치는 괴성이 세상을 메웠다. 저승사자 같은 괴물이 자신에게 달려오는 것을 보면서도, 인드라는 팔을 움직일 수가 없었다. 제신의 왕은 두려움에 양 입가를 핥으면서 성자에게 애원했다.

"성자여, 지금부터 아슈윈은 소마 즙을 마실 자격이 있소. 브라만이여, 내 말은 진심이오. 오늘 당신이 아슈윈에게 소마를 마실 권리를 주었다면, 그들은 그럴 만한 자격을 갖춘 것이오. 난 사실 당신의 위력을 빛나게 해주려고 일부러 반대했던 것이라오. 그러니 내게 관용을 베풀어 주시오. 당신 마음대로 다 하시구려."

인드라의 말을 듣고 화가 가라앉은 성자는 재빨리 인드라를 풀어주었다. 『마하바라타』 4권

신들 중에서도 최고 미남이라는 쌍둥이 아슈윈은, 의사라는 직분 때문에 신으로 인정받지 못하고 있었습니다.[10] 옛

날에는 의사를 천하게 여겼거든요. 제사에서 소마를 마시는 것은 신의 특권이니, 당연히 그들은 소마를 마시지도 못했지요. 게다가 신계가 아니라 인간계를 쏘다니니 더더욱 신답지는 않았던 모양입니다. 수칸야를 유혹하려는 의도가 순수하지는 않았지만, 어쨌든 성자는 젊음을 돌려준 것이 고마워 그들이 제사에서 소마를 마실 수 있도록 해줍니다. 인드라를 협박해서요. 성자 덕분에 제사를 받게 된 아슈윈은 어엿한 신으로 인정받게 됩니다. 제사는 이렇게 위상을 결정할 만큼 신에게도 중요한 것이었습니다. 소원을 비는 인간에게야 말할 것도 없지요. 제사는 바라는 것을 이루어 주는 도깨비방망이였으니까요.

물론 제사가 바라는 것을 얻는 수단만은 아니었습니다. 우주의 질서에 참여하는 수단이기도 했으니까요.[11] 인도에는 '단디야'라고 하는 춤이 있습니다. 남녀가 양손에 하나씩 막대기를 들고 X자로 두드리면서, 혹은 서로의 막대기를 치면서 흥겹게 어우러지는 축제입니다. 이 춤을 추려면 당연

---

10 베다 시대에 태양의 마차꾼으로 숭배 받던 아슈윈은 서사시 시대에 이르러서는 신의 지위를 잃고 만다.

11 브라흐마나 텍스트에 주로 나타나는 관계론적 신학은 의례와 우주를 상징적으로 일치시켜, 제사를 통해 우주가 지속될 수 있다고 주장하기까지 한다.

히 막대기가 있어야겠지요. 마찬가지로, 우주와 하나 되는 춤을 추기 위해 손에 쥐는 막대기가 바로 제사라고 할 수 있습니다.

한편 성자가 창조한 무서운 괴물은 술과 여인, 그리고 노름과 사냥 속에 들어가 여전히 사람들을 집어삼키고 있다고 하네요.

2장

운명

왕은 어떻게 하늘의 별자리가 되었나

죽음의 신 야마에게 간청하는 사위트리
사위트리는 남편의 혼을 끌고가는 야마에게 끈질기게 간청하여 남편의 목숨을 살리고
운명을 바꾼다. 삼 일 밤낮을 먹지도 자지도 않는 초인적인 고행을 견뎌 내는 강한 의지
로 신인 야마를 볼 수 있었고, 현명함으로 야마를 설득할 수 있었던 것 그림 앞쪽에는 남
편 사티야완의 육신이 누워 있고, 그림 뒤쪽으로 사티야완의 영혼을 끌고가는 야마를 사
위트리가 설득하고 있다.

트리샹쿠, 운명을 극복하다

옛날에 트리샹쿠라는 왕이 있었다. 어느 날 그는 몸을 지닌 채로 천상에 올라가고 싶다는 엉뚱한 생각을 했다. 왕가의 사제인 와시슈타에게, 왕은 이 소원을 들어주는 제사를 올려 달라고 부탁했다. 하지만 위대한 성자 와시슈타는 그의 청을 거절했다. 그러자 왕은 와시슈타의 아들 백 명이 고행을 하고 있는 곳에 찾아가서, 합장을 하며 그들에게 부탁했다.

"제가 이대로 몸을 가지고 신들의 세상에 갈 수 있도록 해주소서. 와시슈타님께 거절당했기 때문에, 스승님의 아드님들이 아니면 저는 의지할 곳이 없나이다."

트리샹쿠의 말을 듣자, 성자의 아들들이 화를 내며 답했다.

"어리석은 이여, 존귀한 성자 와시슈타께서 불가하다고 하셨는데, 감히 어떻게 우리가 그 제사를 지낸단 말이오? 삼계[1]의 법칙을 무시하는 그런 제사는 와시슈타님께서만 지내실 수 있소."

화가 난 왕은 흥분한 목소리로 말했다.

"존귀하신 스승님과 그 아드님들께 이렇게 거절당하는군요. 저는

---

1 세 개의 세상, 즉 천상·지상·지하 세계, 혹은 천상(svar)·대기(bhuvas)·지상(bhūr).

다른 분을 의지할 것입니다. 고행이 재산인 분들이시여, 그럼 안녕하시길."

이 불쾌한 말을 듣고 성자의 아들들은 더욱 화가 나서, "그대는 흉측한 천민[2]이 되리라"라고 왕을 저주했다. 밤이 지나자 왕은 정말 천민이 되어 버렸다. 머리카락이 빠진 검둥이가 된 것이다. 그의 천한 모습을 보고 신하들마저 그를 버리자, 왕은 성자 위슈와미트라에게 갔다. 생김새가 흉해진 왕을 보고 성자는 안쓰러워했다.

"용맹한 군주여, 무슨 일로 오셨소? 저주가 그대를 천민으로 만들고 말았구려."

"제 스승님과 그분의 아드님들께 청을 거절당한 것으로도 모자라, 저는 이런 저주까지 받았답니다. 몸을 가지고 천상에 갈 수 있기를 바랐기 때문입니다. 친절한 분이시여, 저는 어떤 거짓도 말한 적이 없고, 온갖 제사를 거행했으며, 다르마로 백성들을 다스리고, 덕과 품행으로 위대한 스승을 만족시켰습니다. 그런데도 이 몸을 갖고 하늘로 갈 수 없다니, 운명만이 중요하고 인간의 노력 따위는 아무 소용도 없습니까? 제게는 달리 의지할 분이 없나이다. 부디 인간의 노력으로 운명을 극복할 수 있도록 저를 도와주

---

2 찬달라 : 슈드라 남자와 그보다 상위 계급의 여자 사이에서 태어난 불가촉천민. 가장 천시 받는 계층이다. 원래는 특정 부족민을 일컫는 말이었다고 한다.

소서."

왕이 이렇게 호소하자, 성자가 다정하게 말했다.

"두려워하지 마시오, 황소 같은 왕이여! 위대한 성자 모두에게 제사를 도와 달라고, 내가 말할 테니 걱정 마시오. 저주 때문에 변한 모습 그대로, 그대는 몸을 가지고 천상에 가게 될 것이오. 인간들의 군주여, 나는 천상이 이미 그대 손에 들어왔다고 생각한다오. 그대가 바로 나를 의지했기 때문이오."

그러고 나서 성자는 아들들로 하여금 제사에 필요한 것을 모으게 하고, 제자들로 하여금 다른 성자들을 부르게 했다. 하지만 부름을 받은 와시슈타의 아들들은 분노로 가득 차서, "흉한 천민 꼴을 한 크샤트리야가 올리는 제사에서, 어찌 신과 성자가 공양을 먹는답니까?[3] 위슈와미트라님께서 비호하시는 천민의 음식을 먹고, 위대한 브라만들이 천상에 가기나 하겠습니까?"라고 말하며 오지 않았다. 이 말을 전해 들은 위슈와미트라는, 화가 나서 눈까지 벌게져서는 그들을 저주했다.

"모욕을 받으면 안 되는 나를 모욕했으니, 의심의 여지 없이 그 사

---

3 인도 계급사회에서는 자신보다 낮은 신분의 사람들과는 함께 음식을 먹지 않으며, 그들이 손댄 음식도 마찬가지로 먹지 않는다. 이 때문에 지금까지도 인도에는 브라만 출신 요리사가 많다.

악한 자들은 재가 될 것이다. 또한 그들 모두 칠백 생 동안 천민이

되어, 불쾌한 직업과 추한 모습으로 개고기를 밥으로 먹으며, 수

치심도 없이 세상을 떠돌게 되리라."

이를 지켜본 성자 모두 겁에 질려 의논했다.

"우리는 위슈와미트라님의 말씀을 따라야 합니다. 불같은 그분을

거스르면 저주를 받을 테니까요. 그러니 모두 다 제사에 참여합시

다."

그러고는 각자 다양한 의례를 맡았다. 위슈와미트라를 제사장으

로 하는 제관들은, 모든 의식을 베다의 주문과 함께 순서대로 행

했다. 그러고 나서 위슈와미트라가 흠향을 위해 신들을 그곳에 불

렀다. 하지만 제사의 몫을 위해 소환된 신들은 죄다 그곳에 오지

않았다. 위슈와미트라는 분노하며 제사 국자[4]를 쳐들고는, 트리

샹쿠에게 말했다.

"인간들의 지배자여, 그대를 몸과 함께 천상으로 보내 주겠소. 고

행의 결실로 내 스스로 얻은 힘이 조금이라도 있다면, 왕이여, 그

힘으로 그대는 몸을 지니고 천국으로 가게 될 것이오!"

성자의 말이 떨어지자마자, 왕은 그의 눈앞에서 천상으로 올라가

---

4 정제 버터(기) 같은 제물을 떠서 불에 뿌리기 위한 국자.

기 시작했다. 트리샹쿠가 하늘나라에 오는 것을 보고, 인드라와 신들이 말했다.

"트리샹쿠여, 지상으로 돌아가라. 하늘에는 그대가 얻을 집이 없도다. 어리석은 자여, 그대는 스승의 저주 때문에 천해졌다. 머리를 거꾸로 한 채 땅으로 떨어져라."

그러자 왕이 하늘에서 떨어지기 시작했다.

"구해 주소서!"

다급하게 그가 소리치는 것을 듣고, 위슈와미트라가 명했다.

"멈춰라, 멈춰!"

분노로 제정신이 나간 성자는, 창조주라도 된 것처럼 남녘에 새로운 별자리(신)를 만들어 내기 시작했다.

'딴 인드라를 만들어 내든지, 아예 이 세상에서 인드라를 없애 버리든지 해야지'라고 성자는 결심했던 것이다.

그가 신들을 창조하자, 기존의 신들은 깜짝 놀라 성자를 말렸다.

"고행이 재산이신 위대한 분이시여, 저 왕은 스승의 저주로 천해졌으니 몸을 갖고 천상에 오를 수는 없나이다."

이 말을 들은 성자는, 신들을 겁박했다.

"몸을 가지고 하늘에 오르게 해주겠다고 트리샹쿠 왕에게 약속한 것은 바로 나요. 내 약속을 거짓이 되게 할 수는 없소. 그러니 왕은 육신을 가지고 하늘에 영원히 있어야 하오. 내가 만든 별자리도 전부 그래야 하고. 이 세상이 계속되는 한, 내가 만든 것 모두가 존재해야 하오. 신들이여, 이를 약속하시오."

신들은 겁에 질려 약속했다.

"그렇게 하겠나이다. 님께서 만드신 수없는 별자리가 하늘에 모두 남아 있기를! 그 별자리들 가운데 트리샹쿠 또한 신과 같은 모습으로 빛나며 남아 있기를!"『라마야나』1권

인도에서 제사는 소원을 성취할 수 있게 해주는 아주 편리한 수단이었습니다. 아들을 점지해 달라, 부자로 만들어 달라, 적을 이기게 해 달라, 병을 낫게 해 달라……. 욕망만큼이나 다양한 제사가 거행되었지요. 제사를 지내 두면 그 공덕을 하늘나라에서 적금처럼 탈 수도 있었답니다.[5] 그러니 제사를 올려 주는 사제가 얼마나 중요한지는 말할 필요도 없겠지요. 사제가 딴마음을 먹고 제사 순서나 방법을 살짝 바꾸면, 제사를 올리는 제주에게 해를 끼치거나 제주가 엉뚱한 소원을 빌게 할 수도 있었습니다. 저주를 걸어 사람을 해치거나 병들게 하는 흑마술도 인도에서는 제대로 발전

---

5 이런 생각이 후에 업 사상으로 발전하게 된다.

했답니다. 흑마술 중에서는 애교라고 할 수 있는, 시앗 떼는 주문을 읊어 보겠습니다.

나는 이 풀을 캐노라

경쟁하는 여인을 물리칠 수 있도록 해주는

그리하여 남편을 온전히 얻게 해주는

가장 강력한 약초를

오, 뻗은 잎새를 가진 그대여

신의 독려를 받아 힘으로 가득한 행운의 풀이여

내 경쟁자를 쫓아 버려라

내 남편이 온전히 내 것이 되도록 하라

실로 막강한 그대처럼

나 또한 강하나니

우리 둘 다 힘으로 가득 차

내 적수를 제압하리라. 『아타르와 베다』 3권 18장

이 주술에서는 약초를 이용하지만, 인도의 제사에서는 보통 주문과 함께 불에 공양물을 붓거나 굽습니다. 제사 지내는 방법이 우리나라와는 완전히 다르지요. 제사에서 제관이 신들을 부르면, 각 신은 자신의 몫을 흠향하기 위해 제사

터에 오게 된답니다.

힘 있고 돈 있는 왕이 제사를 지내 하늘나라를 예약하는 것은 그다지 어려운 일이 아니었습니다. 심지어 말 제사를 백 번 지낸 인간은 신들의 왕 인드라가 될 수도 있었습니다. 말 제사는 백마 한 마리를 풀어놓고 가고 싶은 대로 가게 한 다음, 일 년 뒤에 그 말을 잡아 제물로 바치는 제사를 말합니다. 풀어놓은 말을 보호하기 위해 군대를 딸려 보내기 때문에, 말이 국경을 넘기라도 하면 이웃 나라와 전쟁이 나기 마련이었지요. 그래서 패왕이 아니면 지낼 수 없는 제사였답니다.

좌우간 트리샹쿠 왕은 몸을 가지고 하늘에 오르고 싶다는 엉뚱한 생각을 합니다. 이 생각이 엉뚱한 이유는, 하늘에 오를 수 있는 것이 영혼뿐이기 때문이지요. 그래서 비슈누의 화신들도 죽고 나서야, 다시 하늘로 돌아갈 수 있었습니다. 몸과 함께 승천하는 것은, 죽으면 육신은 스러진다는 자연의 섭리에 어긋나는 일입니다. 게다가 왕은 저주를 받아 천민의 모습을 지니고 있었습니다. 천민이 하늘에 오른다는 것은 더욱이 어려운 일이었거든요(불가능하지는 않습니다). '검둥이'라고 비하당하는 것도 모자라, 죽고 나서도 천민은 신분 때문에 차별받는 처지입니다. 하지만 천민 모습의 트리샹쿠는 뜻대로 하늘에 올라 남녘 하늘을 빛내게 되었습니다. 신도 만들어 낼 수 있는 성자 위슈와미트라의 위력에 기대긴 했지만요. 성자의 뜻을 거스르기라도 했다가는 자리 보전을 할 수 없는 처지였기 때문에, 신들은 하는 수 없이 트리샹쿠를 비롯해 성자가 새로 만든 남녘의 별자리들을 그냥 두기로 한 것입니다. 트리샹쿠 왕은 인간의 노력으로 운명을 극복할 수 있다는 본보기가 된 셈이지요.

계급을 뛰어넘은 위슈와미트라

신들의 체면을 구겨 버린 위슈와미트라도 자신의 운명을 바꾼 성자입니다. 그는 원래 대지를 다스리던 크샤트리야 왕이었는데, 고행을 해서 브라만이 되었거든요.

어느 날 위슈와미트라는 징병한 군단[6]에 둘러싸여 대지를 행군하고 있었다. 도시와 왕국, 그리고 산야를 돌아다니다가, 그는 성자 와시슈타의 아슈람에 들어가게 되었다. 물이나 공기, 혹은 시든

---

6 코끼리(상병) 21,870마리, 전차 21,870대, 말(기병) 65,610마리, 그리고 보병 109,350 명으로 구성.

나뭇잎만을 먹고 사는 수행자로 붐비고, 하늘의 성자도 이따금 나타나곤 하는 아름다운 아슈람이었다. 위슈와미트라는 위대한 영혼의 와시슈타를 보고 기뻐하며, 겸손하게 그에게 절했다. 와시슈타 또한 왕을 환대하며 그에게 자리를 내어주었다. 오랫동안 왕과 즐겁게 이야기를 나눈 끝에, 와시슈타는 미소를 지으며 청했다.

"힘이 넘치는 분이시여, 전하와 전하의 군에게 걸맞은 대접을 해 드리고 싶습니다. 부디 제가 베푸는 환대를 받으소서. 님께서는 최고의 손님이십니다."

"님께서 하신 친절한 말로 이미 저는 환대를 받았나이다. 공경 받아 마땅한 분께, 오히려 제가 훌륭하게 대접받았습니다. 지혜 높은 분이시여, 저는 가보겠습니다. 안녕히 계십시오."

위슈와미트라 왕은 그의 청을 거절했다. 하지만 와시슈타가 거듭 왕을 초대하자, 마침내 그가 승낙했다.

"바라시는 대로 하겠나이다, 황소 같은 성자시여!"

와시슈타는 기뻐하며, 바라는 것을 다 내주는 천상의 암소 샤발라를 불렀다.

"이리 오너라, 샤발라야! 여기 왕과 그의 군대를 위해 호화로운 음식을 준비해다오. 나를 위해 여섯 가지 맛의 음식을 다 쏟아 내거라! 맛있는 밥과 마실 것을 산더미처럼 내놓아라. 서둘러라, 샤발라야!"

그가 이렇게 말하자, 암소는 누가 무엇을 원하든 모두 내주었다. 사탕수수며 볶은 곡물, 과실주와 진귀한 음료, 따뜻한 밥과 국을 비롯한 온갖 음식이 강처럼 소에서 쏟아져 나왔다. 수천의 은 그릇이 다양한 맛의 과자와 사탕으로 가득 찼다. 하인들까지 이런 호사스러운 대접을 받게 되자 위슈와미트라는 크게 기뻐하는 한편, 원하는 것은 뭐든 주는 소를 탐내며 성자에게 말했다.

"브라만이시여, 십만 필의 암소를 드릴 터이니 부디 샤발라를 제게 주소서. 그 소는 진정한 보물이고, 보물이란 원래 왕의 것입니다. 그러니 제게 샤발라를 주십시오. 소는 정당하게 제 것입니다."

"십만, 아니 십억 필의 소라도 저는 샤발라와 바꾸지 않을 것입니다. 언제나 기쁨을 주는 그 소가 제게는 전부니까요. 왕이시여, 샤발라를 드릴 수 없는 이유는 많습니다."

와시슈타가 거절하자, 위슈와미트라는 더 강경하게 말했다.

"금으로 만든 안장 끈과 몰이용 금 막대를 갖춘 코끼리 만 사천 마리를 더 드리겠습니다. 작은 방울 장식을 단 백마 네 필이 끄는 황금마차 팔백 대도 드리겠습니다. 게다가 말의 본고장에서 태어난 혈통 좋고 뛰어난 말, 일천하고도 열 필도 드리겠나이다! 또한 색색의 어린 암소도 천만 마리 드릴 것입니다. 그러니 샤발라를 제게 주소서."

그러나 성자는 단호하게 거절했다.

"그 무엇을 주시든 샤발라를 드리지는 못한다고, 왕이시여, 이미 말씀드렸나이다. 오직 그 소만이 제 모든 것이고 제 삶이기 때문입니다."

그가 원하는 것을 주는 소를 포기하지 않자, 위슈와미트라는 샤발라를 강제로 끌고 가게 했다. 소는 울면서 생각했다.

'왕의 하인들이 나를 끌고 가다니, 와시슈타님께서 나를 버리셨나? 헌신하는 나를 버리실 만한 잘못을 내가 저지르기라도 했단 말인가?'

이렇게 생각한 암소는 수백의 하인들을 떨쳐 버리고, 바람같이 성자의 발밑으로 달려갔다. 그리고 눈물을 흘리며, 성자에게 물었다.

"저를 버리셨습니까? 그래서 왕의 하인들이 저를 끌고 가는 것입니까?"

브라만 또한 슬픔에 잠겨서 답했다.

"샤발라야, 내가 너를 버린 것도, 네가 잘못을 한 것도 아니란다. 힘이 넘치는 왕이 제 힘에 취한 나머지 너를 끌고 가는구나. 내 힘은 왕과 같지 않다. 왕은 강성한 크샤트리야이자, 이 땅의 주인이란다."

이 말을 들은 소가 말했다.

"위슈와미트라의 힘이 크기는 하지만, 성자님의 강함을 당할 자는 없나이다. 빛이 넘치는 분이시여, 제게 명하소서. 님이 지니신 브라만의 힘으로 저 사악한 자의 교만과 힘을 부숴 버리겠나이다."

그러자 와시슈타는 소에게 명했다.

"적을 파괴할 군대를 만들어 내어라."

암소가 '음매' 하고 울자, 수만의 이민족 군사가 나오더니, 위슈와미트라의 눈앞에서 그의 군대를 쳐부숴 버렸다. 이를 본 왕은 화가 나서, 뛰어난 무용으로 이민족 군사를 모두 죽였다. 그러자 소는 다시 무시무시한 이민족 군대를 만들어 냈다. 그들은 타오르는 불처럼 위슈와미트라의 병사들을 삼켜 버렸다. 위슈와미트라는 온갖 무기를 동원하여 그들과 싸웠다. 위슈와미트라의 무기 때문에 이민족 병사들이 당황하는 것을 보고, 와시슈타가 지시했다.

"원하는 것을 주는 소야, 병사를 더 만들어 내어라."

'음매' 하는 소리에 또다시 병사가 셀 수 없이 나왔다. 이들은 즉각 위슈와미트라 병사들을, 코끼리며 말까지 죄다 죽여 버렸다. 병사들이 살해당하는 것을 보고, 왕의 아들 일 백이 무기를 들고 와시슈타에게 달려들었다. 하지만 위대한 성자는 '훔'이라고 외치는 것만으로, 그들 전부를 태워 버렸다. 자신의 아들과 군대가 죄다 스러져 버리자, 위슈와미트라는 수치스러워했다.

'크샤트리야의 힘은 참으로 쓸모가 없다. 브라만이 가진 힘만이

진짜 힘이로구나. 위력과 무력을 결정하는 것은 수행의 힘이로다.'

이렇게 생각한 그는 자신의 왕국으로 돌아와 아들에게 왕위를 물려주고는, 히말라야 기슭으로 들어가 고행을 했다. 시간이 흐르자, 쉬바 신이 나타나 말했다.

"왕이여, 무엇을 바라고 고행을 하는가? 나는 축복을 내리는 자이니, 그대가 바라는 소원을 말해 보라."

그는 위대한 신 앞에 엎드려 청했다.

"위대한 신이시여, 저 때문에 흡족하셨다면 궁술의 지식 전체를, 비밀스럽고도 은밀한 주문까지 모두 알려 주소서. 그리고 세상에 알려진 무기 전부를 제가 쓸 수 있도록 해주소서."

신들의 주 쉬바는, "그리되리라"라고 말하고는 하늘로 돌아갔다. 무기를 얻은 위슈와미트라는 자만심으로 가득 차서, 다시 와시슈타의 아슈람으로 갔다. 그가 아슈람에 무기를 풀어놓자, 고행의 숲은 죄다 불타 버리고 놀란 성자들은 사방으로 흩어졌다.

"오랫동안 번영해 온 아슈람을 파괴하는 것은 사악한 짓이다. 어리석은 자여, 그대는 더 이상 존재하지 않게 될 것이다."

와시슈타는 격노하여 지팡이를 들어 올렸다. 위슈와미트라는 불의 무기를 장전했다.

"이름뿐인 크샤트리야야, 나 여기 있다. 너와 네 무기에 대한 자존심을 내 산산이 부숴 주리라! 크샤트리야의 힘과 브라만의 힘을 어찌 비교할 수 있단 말이냐? 내 신성한 힘을 보아라!"

와시슈타가 이렇게 외치자, 위슈와미트라는 성자를 향해 무시무시한 무기를 쏘았다. 그러나 물이 불의 힘을 제압하듯, 브라만의 지팡이가 그 무기를 잠잠하게 만들었다. 그는 다시 와시슈타에게 온갖 무기를 쏟아 냈다. 놀랍게도 성자의 지팡이가 날아오는 무기를 모조리 삼켜 버렸다. 무기들이 제압되자 위슈와미트라는 우주를 파괴할 수 있는, 브라흐마의 무기를 쏘았다. 그 무기가 솟아오르는 것을 보고, 신들을 비롯한 삼계 전체가 두려움에 떨었다. 하지만 그 극강의 무기마저도 와시슈타의 지팡이가 삼켜 버렸다. 그러고 나자, 성자는 사납고 무서운 모습으로 변해 삼계를 놀라게 했다. 위대한 와시슈타의 몸 구멍 전부에서 빛줄기 같은 불의 혀가 연기에 싸여 뿜어져 나왔다. 그의 손에 들린 브라만의 지팡이는, 세상이 파괴될 때 타오르는 연기 없는 불처럼 빛났다. 다른 성자들이 서둘러 그를 달랬다.

"브라만이시여, 님께서는 위대한 고행자 위슈와미트라를 이미 제압하셨나이다. 그러니 부디 진정하소서. 세상을 공포로부터 벗어나게 하소서."

이 말을 듣고 성자는 자신을 제어했다. 재차 굴욕을 당한 위슈와미트라는 한숨을 쉬며,

"크샤트리야의 힘은 힘이 아니도다! 이제부터 나는 나를 브라만으로 만들어 줄 위대한 고행을 할 것이다"라고 하고는, 왕비와 함께 남쪽으로 떠났다. 그곳에서 그는 극한의 고행으로 천 년을 보냈고, 마침내 세상의 위대한 할아버지 브라흐마는 위슈와미트라에게 이렇게 말했다.

"그대는 고행으로 성자왕이 얻는 경지를 얻었도다. 우리는 그대를 성자왕으로 인정할 것이다."

위슈와미트라는 그 말을 듣더니 고개를 떨구고는 생각에 잠겼다.

'이렇게 위대한 고행을 했는데도 신들은 아직 나를 성자 같은 왕으로만 여기는구나.'

그리고 다시 오랫동안 혹독한 고행에 정진한 끝에, 그는 드디어 브라만 성자의 지위를 얻게 되었다. 『라마야나』 1권, 『마하바라타』 1권

그 옛날인데도 인도신화 속에서는 미사일이 마구 날아다닙니다. 위슈와미트라가 쉬바에게 받았다는 무기들은 날탄, 즉 미사일이거든요. 우주를 다 파괴할 수 있는 무기라니, 인도신화의 과장은 단연 우주 최강입니다. 원하는 것은 뭐든지 내어준다는 천상의 소 샤발라는 어떤가요. (샤발라의 값으로 치른다는 소도 무려 십만 필입니다.) 하지만 최고의 허풍은 '훔'이라는 성자의 고함에, 왕자 일 백이 모두 불타 버렸다는

얘기 같습니다. 스승이 갑자기 고함(할)을 쳐서 제자를 놀라게 하여 깨닫게 하는 방법이 불교에 있는데, 아마도 그 원조가 이 '훔' 아닐까요?

와시슈타와 위슈와미트라의 싸움은 마치 브라만과 크샤트리야 계급 사이의 알력을 보는 것 같습니다. 명목상 브라만이 최고 계급이기는 하지만, 실권은 나라를 다스리는 왕족인 크샤트리야 계급이 쥐고 있었거든요. 붓다의 시대에는, 크샤트리야가 브라만보다 상위 계급이 되기도 합니다. 위 이야기는 브라만이 최고라는 교훈으로 끝납니다만, 그건 아마도 경전과 신화를 만들고 전하는 이들이 브라만이기 때문일 것입니다. 인도의 대서사시『마하바라타』의 첫번째 장에서, 크샤트리야인 아수라 왕의 딸이 브라만인 스승의 딸에게 이렇게 말합니다.

내 아버지께서 앉아 계시거나 누워 계시거나, 네 아버지는 언제나 낮은 곳에 서서 내 아버지께 인사하고 찬양을 올리더구나. 너는 구걸하고 아부해서 받아먹는 자의 딸이다. 반면에 나는 언제나 남에게 찬탄 받으시며, 베풀지만 받지는 않으시는 분의 딸이다.『마하바라타』1권 브라만들도 먹고살려면 왕의 후원을 얻어야 했으니, 브라만 계급이 실제로 크샤트리야 계급 위에 있었다고 말하기는 어려울 것입니다.

어쨌든 브라만이 최고 계급이었기 때문에 위슈와미트라는 브라만이 되기 위해 엄청난 고행을 합니다. 성자왕은 크샤트리야이면서도 브라만처럼 수행을 한, 성자 같은 왕을 이를 뿐이지 브라만은 아니거든요. 태어나는 순간 결정되는 계급을 바꾸는 것이 얼마나 어려운 일인지 알 수 있는 대목입니다. 계급은 다르마로 규정되어 있기 때문이지요. 그런데 신분질서가 과연 자연의 섭리일까요? 행성들이 태양을 중심으로 돈다는 섭리가, 인간도 신분 높은 사람을 섬기며 살아야 한다는 것을 의미할까요? 기원전 1500년 이전, 서북인도에 살던 인도-유럽인들은 고정적인 사회계급이 아니라 직업적인 구분만을 갖고 있었습니다. 브라만은 사제 계급이 아니라 사제직, 크샤트리야는 왕족 계급이 아니라 무사직을 의미했다는 것입니다. 직업이 신분으로 굳어진 것은 후대의 일이지요. "하위 계층이 상위 계층에 지배되는 사회체제를 뒷받침하는 데 이용"카렌 암스트롱, 『신을 위한 변론』, 정준형 옮김, 웅진지식하우스, 2016, 339쪽된 뉴턴의 우주론처럼, 도와 다르마라는 섭리도 신분사회를 규제하는 원리로 이용되었을 뿐입니다. 자연의 법칙에 따라 인간 사회가 이루어졌다는 생각은, 동서양을 가릴 것 없이 "사회 질서 내에서 온건성과 합리성, 묵종을 강요하는 힘"터너, 『예일대 지성사 강의』, 190쪽이었다는 걸 기억해야 합니다.

하여간 위슈와미트라는 불굴의 의지로 타고난 계급마저 바꾸어 버리지요. 자신의 의지로 결국 크샤트리야로서의 운명을 바꾼 것입니다. 혹독한 고행을 견디며 브라만이 되려고 했던 이유가 성자 와시슈타를 이겨 보기 위해서라니, 위슈와미트라는 진정한 질투의 화신이 아닐까요?

위슈와미트라뿐만 아니라 인도의 성자들은 솔직하게 인간적인 감정을 드러냅니다. 성자와는 전혀 어울릴 것 같지 않은 분노와 시기를 드러내는 데도 거침이 없지요. 인도의 성자는 기독교의 성자처럼 거룩하기만 한 존재가 아닙니다. 걸핏하면 미친 듯이 화를 내며 저주를 퍼부었기 때문에, 모두가 성자를 두려워하지요. 성자의 저주를 빼면 인도신화는 이야기가 되지 않을 정도랍니다. 또한 성자들은 남녀상열지사에도 위력을 발휘했습니다. 여차하면 요정과 바람이 났고, 툭하면 처녀를 꼬드겼거든요.

운명을 개척하는 여인들

옛날 옛날에, 저주 때문에 물고기로 변한 요정이 있었다. 물에 떨어진, 어느 왕의 정액을 마시고 그녀는 쌍둥이를 잉태했다. 열 달이 지난 뒤 요정 물고기는 어부에게 잡혔고, 물고기의 배 속에서 사내 아기와 여자 아기가 나왔다. 어부가 왕에게 이 기적을 고하자, 왕은 사내아이만 자신이 기르기로 했다. 여자아이는 물고기를 잡은 어부가 기르게 되었다. 그 아이는 '사티야와티'라는 이름의 아리따운 여인으로 자라났다. 날 때부터 사티야와티에게서는 생선 비린내가 났다. 그녀는 아버지를 돕기 위해 뱃사공이 되었다. 어느 날 성자 파라샤라가 그녀를 보았다. 매혹적인 그녀의 모습에 반해, 성자는 처녀를 꾀었다.

"순박한 처녀여, 나와 함께 눕자꾸나. 내게 소원을 말하면 이루지 못할 일이 없노라."

총명한 사티야와티는 성자와 성자의 저주를 모두 피하기 위해 대답했다.

"양쪽 강변에서 수많은 사람들이 보고 있는데, 어떻게 우리가 몸을 합할 수 있겠나이까?"

그러자 성자는 짙은 안개를 만들어 사방을 가렸다. 사티야와티는 수줍게 웃으며, 성자를 피하려 했다.

"제가 당신과 함께 누우면 처녀성을 잃게 될 터인데, 아버지께 복종해야 하는 제가 어찌 그 몸으로 집에 돌아갈 수 있겠습니까?"

"나를 기쁘게 해준 뒤에도, 그대는 여전히 처녀일 것이다. 나와 함께해 준다면, 내가 네 소원도 들어주리라."

파라샤라가 구슬리자, 그녀는 자신의 몸에서 향기로운 냄새가 나게 해 달라고 성자에게 청했다. 성자가 즉시 그 소원을 들어주자, 그녀는 성자와 함께 누웠다. 그리고 그날 잉태된 사내아이를 섬에서 몰래 낳았다. 그 아이가 바로 위야사, 판다와의 할아버지인 위대한 성자다. 『마하바라타』 1권

인도 여인은 자기 마음대로 남편을 고를 수가 없었습니다. 아버지가 골라 주는 남자와 결혼해야 했지요. 자기 의지 없이 아버지에게 복종하는 것을 여자의 덕으로 여겼답니다. 요즘 시대에는 어이없는 생각이지요. 하지만 어느 시대에나 용감한 여인은 있는 법! 좋아하는 남자와 사랑의 도피를 감행하는 결혼 풍습도 있는데, 이를 '간다르와 혼인'이라고 합니다. 그렇지만 혼인도 아니고 야합이라니, 사티야와티는 성자뿐만 아니라 아버지도 무서웠을 것입니다. 어찌됐든 그녀는 용감한 선택을 하지요. 날 때부터 몸에서 생선 비린내가 나는 것이 여인으로서는 큰 고통 아니었을까요? 성자의

은총으로 몸에서 향기를 내뿜게 된 사티야와티는 그 향기에 이끌려 온 샨타누 왕의 왕비가 된답니다.

끝이 좋으면 모든 것이 좋긴 합니다만, 용감한 선택이 모두 좋은 결과만을 가져오는 것은 아닐 것입니다. 사랑에 용감했던 여인 샤쿤탈라가 '간다르와 혼인'을 치른 후 무슨 일을 겪었는지 들어 볼까요?

옛날에 두샨타라는 용맹한 왕이 있었다. 사냥을 나갔던 그는 우연히 칸와 성자의 아슈람에 들어갔다가, 성자의 수양딸 샤쿤탈라를 보았다. 눈부시게 아름다운 그녀에게 왕은 한눈에 반해 청혼했다.

"아름다운 이여, 내 아내가 되어 주시오. 겁 많고 아리따운 이여, 지금 당장 나와 '간다르와 혼인'을 합시다."

"왕이시여, 제 아버지께서는 지금 열매를 모으려고 아슈람을 떠나셨습니다. 곧 돌아오실 것이니 잠시만 기다려 주세요. 그분께서 직접 저를 전하께 주실 것입니다."

샤쿤탈라가 이렇게 대답하자, 왕은 몸이 달아 그녀를 꾀었다.

"순진한 이여, 나는 지금 당장 그대와 함께하고 싶소. 내가 그대를 갈망하듯이, 그대도 나를 갈망하고 있는 것이 아니오?"

그러자 그녀가 왕에게 제안했다.

"제 자신의 주인으로서, 제가 저를 당신께 드릴 수 있는 조건을 말할게요. 제게서 태어난 아들을, 전하의 뒤를 이을 세자로 삼겠다고 진심으로 약속해 주세요. 그럼 저는 당신과 부부의 연을 맺겠어요."

"그리하겠소. 그대에게는 그것을 요구할 자격이 충분하오."

왕은 주저 없이 약속하고는, 의례에 따라 그녀의 손을 잡고 함께 누웠다.

"그대를 위해 보병, 말, 코끼리, 그리고 수레를 보내리다. 그대를 내가 사는 곳으로 데려갈 것이오."

왕은 이렇게 약속하며 떠나 버렸다. 부끄러움 때문에 샤쿤탈라는 차마 아버지 앞에 나서지 못했지만, 칸와 성자는 천안(天眼)으로 딸이 혼인했다는 것을 알아보았다.

"오늘 네가 사내와 맺어진 것은 다르마를 거스르는 일이 아니란다. 샤쿤탈라야, 두샨타는 고결하고 존귀한 사람이다. 네게서 위력 넘치는 아들이 태어나, 바다로 둘러싸인 이 땅을 갖게 될 것이다."

성자는 이렇게 그녀를 축복해 주었다. 이윽고 샤쿤탈라는 아슈람에서 타오르는 불꽃 같은 아들을 낳았다. 아이는 여섯 살이 될 때까지 아슈람에서 자랐다. 아이가 세자가 될 만한 때가 되었다고 생각한 성자는 제자들을 불러 명했다.

"지금 당장 샤쿤탈라를 아들과 함께 지아비가 있는 곳으로 데려가거라."

샤쿤탈라는 아이를 앞세워 도성에 도착한 후, 두샨타 왕을 만나 말했다.

"대왕이시여, 이 아이는 전하의 아들입니다. 이제 약속대로 하세요. 제 아들을 세자로 책봉하소서. 큰 복을 지니신 분이시여, 오래전 칸와 성자의 아슈람에서, 당신과 제가 맺었던 언약을 기억하시길."

왕은 언약을 분명하게 기억하고 있으면서도 발뺌을 했다.

"타락한 수행자여, 그대는 대체 누구요? 나는 그대를 기억할 수가 없소."

이 말을 듣고 샤쿤탈라는 수치와 괴로움으로 기절할 뻔했다. 태워버릴 듯이 왕을 노려보며 그녀는 분노를 억눌렀다.

"무엇이 진실이고 무엇이 거짓인지, 그대의 가슴은 알고 있습니다. 선량한 이여, 그대 자신이 증인이니, 스스로를 모욕하지 마세요. 왕이여, 당신은 사냥 중에 사슴을 쫓다가, 내 아버지의 아슈람에 있던 내게 다가왔지요. 예전에, 아니면 전생에 대체 무슨 잘못을 저질렀기에, 나는 어미에게 버림받고[7] 이젠 당신에게 버림받는 건가요? 그대가 날 버린다면 난 아슈람으로 돌아가겠습니다. 하지만 당신이 낳은 이 아이를 버리지는 말아요."

두샨타는 여전히 그녀를 모르는 체했다.

"그대가 낳았다는 내 아들을 난 모르겠소. 여인들은 태생부터 거짓말을 잘 하는데, 내 어찌 그대의 말을 믿을 수 있겠소? 그대는 천한 태생이오. 이 남자 저 남자 전전한 여자처럼 보인단 말이오. 나는 그대를 모르오."

샤쿤탈라는 더욱 화를 냈다.

"자신의 뜻으로 낳은 아들을 업신여긴다면, 신은 당신의 영예를 빼앗을 것입니다. 진실보다 나은 다르마는 없습니다. 또한 거짓을 말하는 것보다 나쁜 짓은 이 세상 어디에도 없지요. 왕이여, 진실이야말로 최고의 서약입니다. 당신의 서약을 저버리지 마세요. 당신이 거짓에 집착해 나를 신뢰하지 않으니, 나는 떠나겠습니다. 당신 같은 사람과 함께하지 않을 거예요. 두샨타여, 당신 없이도 내 아들은 히말라야를 왕관으로 쓴 이 사각의 땅을 차지할 것입니다."

이렇게 말하고 그녀는 왕궁을 떠나 버렸다. 그러자 창공에서 소리가 들려왔다.

"두샨타여, 그 누가 자신이 낳은, 살아 있는 제 자식을 버린단 말

---

7 샤쿤탈라는 요정 메나카와 성자 위슈와미트라의 딸이다. 숲속에 버려진 그녀를 칸와 성자가 데려와 딸로 키운 것이다. '샤쿤탈라'는 새들이 키웠다는 뜻이다. 숲에 버려진 갓난아이를 새들이 보호하고 있었기 때문에, 성자는 아이의 이름을 샤쿤탈라라고 지었다.

이오? 샤쿤탈라와 그대의 존귀한 후손을 보살피시오. 마땅히 그 대가 보살펴야 하니, 아이의 이름을 바라타(보살핌)라고 하시오."

이를 듣고 기뻐하며 왕은 왕사와 대신들에게 말했다.

"신의 사절이 이야기하는 것을 들었소? 나 역시 그 아이가 내 자식이라는 것을 잘 알고 있었소. 하지만 샤쿤탈라의 말만 듣고 아이를 받아들였다가는, 세상의 의혹을 살 것이 분명했소."

그리고 왕은 샤쿤탈라와 아들을 불러들였다. 법도에 따라 샤쿤탈라를 정식 아내로 맞아들인 뒤 왕은 그녀를 달랬다.

"세상 사람들의 눈이 없는 곳에서 우리는 맺어졌소. 왕비여, 그래서 세간의 의혹을 벗겨 주기 위해 내가 당신과 언쟁을 벌인 것이오. 그렇게 하지 않았더라면, 사람들이 당신을 의심했을 것이오. 사랑하는 이여, 당신이 홧김에 거친 말을 한 것은, 다 나를 사랑하기 때문이 아니겠소? 그러니 그런 일은 다 눈감아 주리다."

두샨타는 아들에게 '바라타'라는 이름을 주고, 그를 세자로 봉했다. 존귀한 바라타는 후에 왕위에 올라, 다른 왕을 모두 물리치고 세상을 지배했다. 『마하바라타』 1권

하늘에서 소리가 들려오는 기적이 일어나지 않았다면, 샤쿤탈라는 행실 나쁜 여자 취급을 받았을 것입니다. 그리고 아이는 사생아가 되었겠지요. 자신이 한 선택의 대가가

이렇게 가혹할 수도 있는 것입니다. 위 이야기 속에서 샤쿤 탈라는 자신이 낳을 아들에게 왕위를 물려 달라고 왕에게 당당하게 요구하고, 그 요구가 받아들여지자 왕과 사랑을 나눕니다. 왕이 자신과 아들을 부정하자, 거짓된 사람과는 함께하지 않겠다며 궁을 떠나 버리기까지 하지요. 아주 당 찬 여인입니다. 자신의 주인은 아버지가 아니고 자기 자신 이라는 생각도, 힌두 사회에서는 참 맹랑한 것입니다. 몸이 달아 여인과 사랑을 나누고 달아나서는, 끝까지 아들을 제 자식이 아니라고 우기는 두샨타 왕의 비겁한 행동과는 대조 적이지요.

여성을 경시하는 힌두 문화에서는 이런 독립적인 여인 이 불편했을 것입니다. 그래서 후대(5세기경)에 이 이야기를 재창작한 칼리다사(Kālidāsa)의 희곡『샤쿤탈라』에는, 여주인 공의 성격이 유순하게 바뀌어 있습니다. 게다가 제 여인을 모른 척한 것은 성자의 저주 때문이었다며, 왕의 뻔뻔함을 두둔해 주지요.『마하바라타』속의 샤쿤탈라와는 달리, 이 작품 속의 샤쿤탈라는 잘못도 없이 비난을 받습니다. 여자 가 제멋대로 굴었으니 벌을 받아 마땅하다는 것이지요. 그 래서 남편 두샨타뿐만 아니라 아버지의 제자들에게도, 샤쿤 탈라는 버림받게 됩니다.

트리샹쿠나 위슈와미트라 같은 왕뿐만 아니라, 자기 의지를 갖지 않을 것을 강요당했던 여인들조차 스스로 자신의 삶을 선택하고 그 선택을 최선의 것으로 만들기 위해 노력합니다. 아버지를 죽이고 어머니와 결혼해야 하는, 피할 수 없는 운명 따위는 인도신화에 드리워져 있지 않기 때문이지요. 심지어 사위트리라는 장한 여인은 죽음이라는 피할 수 없는 운명까지도 극복해 냅니다.

마드라 왕국에 더없이 고결한 왕이 있었다. 그는 백성들에게 의지처가 되어 주는 올곧은 왕이었다. 또한 누구보다 제사를 잘 올리고, 누구보다 보시를 많이 했다. 만백성의 사랑을 받는 이 자애로운 왕의 이름은 아슈와파티였다. 그런데 그에게는 후손이 없었다. 자식을 얻기 위해 왕은 혹독한 고행을 했다. 감각을 절제하고 금욕하며, 그는 날마다 사위트리(지혜와 배움의 여신) 주문과 함께 십만 번이나 제물을 바쳤다. 이렇게 고행하며 그가 18년을 보내자, 소원을 들어주는 여신 사위트리는 그에게 아주 만족했다. 여신은 신성한 불에서 나와 왕에게 모습을 드러내고는 말했다.

"왕이여, 그대의 금욕과 헌신에 내 아주 흡족하도다. 어떤 소원이든 말해 보라."

그러자 왕이 답했다.

"후손을 얻기 위해 고행을 했나이다. 여신이시여, 가문을 번성시킬 아들을 제게 많이 주소서. 후손을 두는 일이 최고의 다르마라고, 브라만들은 말합니다."

하지만 사위트리는 왕에게 말했다.

"왕이여, 그대의 뜻은 이미 아노라. 세상의 할아버지 브라흐마께 내 진작 간청해 두었다. 선량한 왕이여, 브라흐마의 은덕으로 그대는 곧 빛나는 딸을 얻게 될 것이다."

기다리던 아들이 아니었지만, 왕은 여신의 말을 받아들였다. 때가 되자 그의 왕비는 연꽃 눈을 가진 공주를 낳았다. 왕과 브라만들은 공주의 이름을 사위트리라고 지었다. 사위트리 여신이 점지해 준 딸이었기 때문이다. 공주는 미의 화신인 듯 아름답게 자라, 어느덧 날씬한 허리에 풍만한 엉덩이를 가진 처녀가 되었다. 금으로 빚어 놓은 듯 빛나는 공주를 보며, 사람들은 그녀가 분명 신의 딸일 것이라고 생각했다. 하지만 공주의 아름다움에 겁이라도 먹은 듯, 어떤 사내도 그녀를 신부로 맞을 엄두를 내지 못했다.

어느 날 사위트리는 단식과 목욕재계를 마치고 불에 제물을 올린 뒤, 아버지에게 갔다. 두 손을 모으고 다소곳이 서 있는 공주를 보자, 왕은 몹시 심란했다.

"공주야, 혼인할 때가 되었는데도, 아무도 너를 달라고 하지 않는구나. 그러니 네가 직접 남편을 찾도록 해라. 네가 바라는 남편감을 찾거든 알려다오. 그러면 찬찬히 모든 것을 고려해 보고 나서, 내 너를 그 사람에게 줄 것이다. 네 뜻에 맞는 남편을 고르도록 하렴.

딸을 출가시키지 못한 아비
가임기의 아내에게 가지 않는 남편
홀어머니를 제대로 섬기지 않는 아들
모두 지탄받아 마땅하도다

딸아, 내 이렇게 들었단다. 그러니 어서 남편을 찾아 나서려무나. 내가 신들의 지탄을 받지 않게 해다오."

이렇게 말하고 나서 왕은 나이 든 신하들을 불러, 공주가 어디든 가서 남편을 찾을 수 있도록 그녀를 수행하라고 명했다. 사위트리는 아버지의 발에 절하고 나서, 황금 마차에 타고 길을 떠났다. 그리고 신하들과 함께 숲이란 숲은 죄다 찾아다녔다.

시간이 흘러 어느 날, 삼계를 두루 돌아다니며 소식을 전해 주는 나라다 성자가 왕을 방문했다. 왕이 홀 한가운데 앉아 성자가 하는 이야기를 듣고 있을 때, 마침 사위트리가 궁으로 돌아왔다. 성자와 함께 앉아 있는 부친을 보고, 그녀는 두 사람의 발에 이마를 대고 절을 올렸다.

"왕이여, 공주가 어디에 갔었던 것이오? 또 어디에서 오는 길이오? 나이가 찬 딸을 왜 남편에게 주지 않았소?"

성자가 이렇게 묻자, 왕이 말했다.

"바로 그 때문에 저 아이를 보냈던 것입니다. 천상의 성자시여, 공주가 어떤 남편을 골랐는지 들어 보소서."

그러자 공주가 공손히 말했다.

"샬와의 땅에 듀마트세나는 고결한 왕이 있었습니다. 그분이 눈을 잃자, 이웃 나라의 오랜 적이 그 기회를 틈타 왕국을 빼앗아 버렸지요. 그래서 그 분은 아내와 어린 아들을 데리고 숲으로 피하셔서는, 서약을 지키며 고행에 전념하고 계십니다. 도성에서 태어난 왕의 아들은 수행자의 숲에서 자랐지요. 바로 그 왕자 사티야완을 제 남편으로 정했나이다."

그러자 나라다가 탄식하며 말했다.

"이럴 수가! 왕이여, 사위트리가 실수를 저질렀구려. 덕 높은 사티야완을 남편으로 택하다니! 그의 부친은 진실을 말하며, 모친 또한 진솔하오. 그래서 브라만들은 그들의 아들도 사티야완(진실한 사람)이라고 부르오."

"왕자는 빛이 넘치고 지혜롭습니까? 또한 인내심이 있고 용감한지요?"

왕이 이렇게 묻자, 나라다가 대답했다.

"위대한 왕이여, 그는 태양처럼 빛나며 신들의 스승 브리하스파티와 같은 지혜를 갖추고 있소. 또한 인드라처럼 용감하며, 대지처럼 참을성이 있다오."

"보시를 잘하고 고결합니까? 용모가 출중하며, 품위 있고 고상한지요?"

왕이 다시 묻자, 성자는 이렇게 대답했다.

"그는 힘이 넘치고 보시에 후하며, 고결하고 진실을 말하오. 게다가 고상하고 달처럼 아름답다오. 출중한 용모에 절도 있고 부드러운 그는, 용감한 데다 진실하며 감각을 절제할 줄 안다오. 친절하고 겸손을 알며 품위가 있소. 수행력 뛰어나고 덕 있는 사람들이 말하기를, 언제나 마음이 올곧고 당당한 왕자라고 하더이다."

"성자시여, 님께서는 그가 만덕을 구비했다고 말씀하셨습니다. 그렇다면 대체 그에게 무슨 결점이 있는 것입니까?"

왕이 의아해하자, 나라다가 말했다.

"단 한 가지를 빼고는 달리 흠잡을 데가 없다오. 앞으로 일 년 후에 사티야완은 생명이 다해 육신을 버릴 것이오."

"아아, 사위트리야, 가거라! 가서 다른 남편을 고르도록 해라. 큰 결점 하나가 그의 덕을 죄다 지워 버리는구나. 신들에게서도 공경을 받으시는 나라다 성자께서 일 년 뒤 그의 목숨이 끝난다고, 그가 육신을 버릴 것이라 하시지 않느냐?"

이렇게 왕이 딸에게 권했지만, 사위트리는 고집을 꺾지 않았다.

"죽음이 한 번만 찾아오듯이, 딸도 한 번만 줄 수 있습니다. 같은 물건은 한 번만 줄 수 있지요. 명이 길든 짧든, 덕을 갖추었든 갖추지 못했든, 저는 그를 남편으로 택했습니다. 두번째 선택은 없습니다. 마음으로 결정한 것이 말이 되고, 그러고 나서 행동으로 드러나는 것입니다. 제 마음은 이미 정해졌나이다."

"최고의 왕이여, 그대의 딸 사위트리의 마음은 매우 굳건하오. 다른 이에게는 찾아볼 수 없는 덕을 사티야완이 지니고 있으니, 공주를 그에게 주는 것이 나을 듯하오."

나라다가 이렇게 권하자, 왕이 답했다.

"성자시여, 님께서 하신 말씀이 맞습니다. 또한 그 말씀을 의심해서도 안 되겠지요. 성자께서는 제 스승이시니까요."

"그대의 딸 사위트리를 주는 일에 장애가 없길 빌겠소. 모두 평안하시오."

이렇게 말하고 나서, 나라다는 천상으로 돌아갔다.

왕은 딸의 혼례 준비를 명했다. 그리고 길일을 택해, 브라만과 사제 전부를 불러 공주와 함께 길을 떠났다. 숲에 다다른 왕은 브라만들을 거느리고 걸어서 눈먼 왕을 만나러 갔다. 나무 밑 풀 위에 앉아 있는 눈먼 왕에게 예를 올린 뒤, 그는 말을 절제하며 자신이 누구인지를 밝혔다. 눈먼 왕은 손님에게 공물과 앉을 자리, 그리고 소를 바친 뒤 물었다.

"여기에는 왜 오셨습니까?"

아슈와파티 왕은 그에게 혼사의 뜻을 밝혔다.

"성자 같은 왕이시여, 이 아이는 사랑스러운 제 딸, 사위트리입니다. 다르마를 아는 분이시여, 님의 다르마에 따라, 제 딸을 며느리로 받아주소서."

그러자 눈먼 왕이 말했다.

"저는 왕국을 버리고 숲에 의지해 삽니다. 다르마를 행하며 수행자처럼 절제된 생활을 하지요. 따님은 이런 숲 생활에 어울리지 않습니다. 어찌 이런 힘든 생활을 감당할 수 있겠습니까?"

아슈와파티는 거듭 청했다.

"행복과 불행은 있다가도 없다는 것을, 저도 제 딸도 알고 있나이다. 우정으로 님께 고개를 숙입니다. 제 소망을 꺾지 마소서. 제 딸을 며느리로, 사티야완의 아내로 거두어 주십시오."

눈먼 왕이 대답했다.

"예전부터 저는 님과 사돈을 맺고 싶었습니다. 하지만 왕국을 빼앗긴 처지라서 망설였던 것입니다. 오랜 소망을 오늘에야 이루게 되는군요."

이리하여 두 왕은 아슈람에 있는 브라만을 죄다 불러서는, 의례에 맞춰 혼례 준비를 하도록 했다. 아슈와파티는 걸맞는 예물과 함께 딸을 사위에게 주고 나서, 기쁘게 자신의 왕국으로 돌아갔다. 사티야완은 덕을 갖춘 아내를 맞아 기뻐했고, 사위트리 또한 마음에 품었던 사내를 남편으로 얻게 되어 더없이 행복했다. 그녀는 장신구를 다 버리고, 비단옷인 양 나무껍질로 만든 옷을 입었다. 그녀는 바른 행실과 덕, 그리고 세심함과 절제를 갖추고, 사람들이 바라는 일을 하여 모두의 마음을 기쁘게 했다.

그들이 아슈람에서 함께 생활하며 고행하는 동안 시간이 흘러갔다. 자나 깨나 사위트리의 마음에서는 나라다의 말이 떠나지 않았다. 사위트리는 날마다 날이 가는 것을 셈했다. 사티야완이 죽음을 맞이해야 하는 때는 기어이 왔다. 남편이 죽을 날이 나흘 남았다는 것을 알고, 사위트리는 사흘 동안 먹지도 자지도 않겠다는 서약(트리라트라 서약)을 했다. 그녀는 목석이 된 듯 가만히 선 채로, 사흘 밤을 지새웠다. 남편이 죽는다는 날 새벽에 동이 트자, 사위트리는 일상의 의례를 일찍 끝마쳤다. 두 손을 모으고 서 있는 공주에게 시부모가 정답게 말했다.

"아가, 사흘간의 서약을 해냈구나. 이제 음식을 들어라."

하지만 사위트리는, "해가 지면 음식을 먹겠습니다"라고 대답했다. 그때 사티야완이 어깨에 도끼를 메고 숲으로 떠나려고 했다.

"혼자 가지 말아요. 나도 함께 갈 거예요. 당신을 혼자 보낼 수 없으니까요."

이렇게 사위트리가 말하자, 사티야완이 그녀를 만류했다.

"고운 이여, 당신은 한 번도 숲에 간 적이 없지 않소? 길이 험하오. 단식과 서약을 지키느라 몸도 약해졌는데, 어떻게 걷는단 말이오?"

"고단하지도 힘들지도 않아요. 정말 가고 싶으니 제발 거절하지 말아요."

이렇게 그녀가 고집을 부리자, 사티야완이 허락했다. 사위트리는 가슴이 찢어지는 듯한 괴로움을 참고, 남편과 함께 웃으며 길을 나섰다. 큰 눈의 여인은 공작 떼가 우짖는, 그림처럼 아름다운 숲을 바라보며 걸었다. 그녀는 사티야완에게 상냥하게 말했다.

"물이 흐르는 이 계곡을 보세요. 아, 이 아름다운 나무엔 꽃이 흐드러졌네요!"

이런 말을 하면서도 사위트리는, 남편이 언제라도 죽을 수 있다는 생각에 잠시도 그에게서 눈을 떼지 않았다. 힘이 넘치는 사티야완은 아내와 함께 열매를 따서 튼튼한 바구니에 채웠다. 그러고 나서 나무를 베기 시작했다. 땀을 뻘뻘 흘리던 그는 머리에 통증을 느꼈다. 피로를 이기지 못하고 그가 아내에게 말했다.

"너무 힘들어서 그런지 머리가 아프군. 몸도 가슴도 타는 것 같고. 내 몸이 몹시 약해진 모양이오. 도끼로 머리를 쪼개는 것 같으니, 복 많은 여인이여, 좀 자야겠소. 서 있을 힘도 없구려."

사위트리는 땅바닥에 앉아 자기 무릎 위에 남편의 머리를 뉘었다. 나라다의 말을 되새긴 가련한 여인은 때가 되었다는 것을 알았다. 문득 사위트리는 노란 옷을 입고 노란 머리띠를 두른, 태양처럼 빛나는 남자를 보았다. 그의 피부는 검고 눈은 붉었다. 손에 갈고리를 든, 무서운 형상의 그 남자는 사티야완을 내려다보고 있었다. 사위트리는 남편의 머리를 조심스럽게 땅에 내려놓고는, 일어나 합장한 채 떨리는 목소리로 사내에게 물었다.

"저는 님께서 신이시라는 것을 아나이다. 님의 몸은 인간의 것이 아니니까요. 신이시여, 청컨대 님께서 누구신지, 여기서 무엇을 하시는지 말씀해 주소서."

그러자 죽음의 신이 대답했다.

"사위트리여, 그대는 남편밖에 모르는 여인이구나. 게다가 수행의 위력까지 지니고 있으니, 내 기꺼이 그대에게 답해 주리라. 착한 여인이여, 나를 야마라고 알아라. 여기 그대의 남편, 사티야완 왕자는 이제 생명이 다했느니라. 그를 묶어 데려가려고 여기에 온 것이다. 이 사내는 다르마에 매여 있고, 바다 같은 덕을 지니고 있다. 용모도 출중하지. 그런 그를 데려갈 저승사자가 마땅치 않았다. 그래서 내 직접 왔느니라."

죽음의 신 야마는 사티야완의 몸에서 엄지만 한 것을 강제로 꺼내 밧줄로 칭칭 동여매었다. 생명의 기운이 떠나 호흡과 빛이 사라지자, 사티야완의 몸은 움직임을 멈추더니 흉하게 변했다. 그를 묶은 야마는 저승이 있는 남쪽을 향해 길을 떠났다. 사위트리가 서럽게 그의 뒤를 따르자, 야마가 말했다.

"사위트리여, 돌아가라. 가서 남편의 장례를 치르거라. 그대는 이미 남편에게 진 빚을 다 갚았다. 그대가 따라올 수 있는 길은 여기까지다."

하지만 그녀는 다르마를 칭송하며, 다르마의 왕인 야마의 비위를 맞추었다.

"제 남편이 가는 곳에 저도 가야 합니다. 이것이 영원한 다르마입니다. 낯모르는 사람과 일곱 걸음만 같이 걸어도 우정이 생긴다고, 진리를 아는 성현들께서 말씀하셨지요. 이렇게 님과 우정을 맺었으니, 부디 제 말을 들어주소서."

그녀는 다르마를 칭송하는 시를 읊었다.

성현들이 인정한 다르마를 섬기며

모두가 그 길을 따르나니

두번째도 세번째도 필요 없이

다르마가 최고라고 성현들은 말하는도다

야마가 말했다.

"그대의 말이 내 마음을 흡족하게 했다. 소원을 말해 보아라, 순결한 여인이여. 남편의 생명만 요구하지 않는다면, 다 들어주리라."

"제 시아버님은 왕국에서 쫓겨나 눈마저 잃으시고는, 숲에 의지해 수행자로 사십니다. 님의 은총으로, 그분께서 눈을 되찾게 해주소서. 힘을 되찾고, 태양처럼 불처럼 빛나게 해주소서."

사위트리가 소원을 말하자, 야마는 대답했다.

"그대의 소원을 들어주리라. 그대가 말한 대로 이루어지리라. 먼 길에 지쳤을 터이니, 이제 그만 돌아가라. 자신을 괴롭히지 말아라."

하지만 사위트리는 거절했다.

"남편이 곁에 있는데 지치겠습니까? 그가 가는 길이 제가 갈 길입니다. 그가 가는 곳이 제가 갈 곳이랍니다. 신들의 제왕이시여, 제 말을 다시 들어 보소서."

그리고 그녀는 훌륭한 이를 칭송했다.

한 번이라도 훌륭한 이들과 만나는 것은 더없는 축복

우정을 맺는 것은 더더욱 좋은 일

훌륭한 이들과 함께하는 일에는 결실이 없을 수 없나니

그래서 항상 훌륭한 이들과 더불어 지내야 하느니라

그러자 야마가 말했다.

"그대가 하는 말은 참으로 복되고 기쁨을 주며, 현자의 지혜를 더해 주는구나. 빛나는 여인이여, 사티야완의 생명만 빼고, 또 한 가지 소원을 말해 보아라."

"오래전에 왕국을 빼앗기신 제 시아버님께서 왕국을 되찾게 해주소서. 이것이 제 두번째 소망입니다."

그녀가 답하자, 야마는 소원을 들어주었다.

"머지않아 그는 자신의 왕국을 되찾으리라. 왕의 자손이여, 내가 이 소원을 들어주었으니, 이제 그만 돌아가라. 자신을 괴롭히지 말아라."

사위트리는 여전히 야마를 칭송하며 말했다.

"님은 오직 율법으로 온 생명을 다스리시며, 자신의 뜻이 아니라 다르마에 따라 만물을 데려가십니다. 신이시여, 그래서 님께서는 절제로 명성 높으시지요. 제가 드리는 말씀을 들어 보소서."

행동이나 말이나 마음으로 만물을 해치지 않고

늘 좋은 마음으로 보시하는 것이

성현들의 영원한 다르마

사람들은 제 깜냥만큼만 자비롭지만

훌륭한 이들은 적의를 품은 자에게조차

언제나 자비를 베푸나니

이를 듣고 다시 야마가 말했다.

"그대가 하는 말은 참으로 목마른 자에게 물과 같구나. 착한 여인이여, 사티야완의 생명만 빼고, 그대가 바라는 소원을 무엇이든 말해 보라."

사위트리가 대답했다.

"세상의 주인인 제 아비에게 후손이 없나이다. 제 혈육이 될 아들 백을, 그분께서 슬하에 두게 하소서. 그들이 가문을 잇게 하소서. 이것이 제 세 번째 소원입니다."

"착한 여인이여, 그대의 아비는 가문을 이어 갈 백 명의 아들을 얻으리라. 왕의 자손이여, 이제 소원을 이루었으니 돌아가라. 너무 멀리까지 왔구나."

야마가 이렇게 권하자, 사위트리가 대답했다.

"남편이 곁에 있는데 무엇이 멀겠습니까? 길을 가시며 제 말을 더 들어 보소서."

그녀는 또다시 야마를 칭송했다.

님께서는 절제와 다르마로

백성들을 기쁘게 하시니

주님이시여, 이 때문에 님께서는

다르마의 왕이 되셨나이다

야마가 말했다.

"고운 여인이여, 그대가 한 말은 예전에 들어 본 적 없는 것이다. 이를 들으니 흐뭇하도다. 그러니 그의 목숨만 빼고, 네번째 소원을 말하라. 그리고 그만 돌아가라."

"사티야완으로 하여금 제 배에 자손을 주게 하시어, 그 자손이 가문을 잇게 하소서. 힘세고 위력적인 아들 일백을 주소서. 이것이 제 네번째 소원입니다."

사위트리가 이렇게 말하자, 야마는 그 소원도 들어주었다.

"힘세고 위력적인 백 명의 아들이 그대에게서 태어나, 그대를 기쁘게 하리라. 왕의 자손이여, 자신을 힘들게 하지 말아라. 돌아가라, 너무 먼 곳까지 왔구나."

하지만 사위트리는 꿋꿋이 훌륭한 이를 칭송했다.

훌륭한 이는 진실의 힘으로 태양을 움직이고

훌륭한 이는 고행으로 대지를 지탱하니

훌륭한 이는 과거와 미래의 목적이고

훌륭한 이는 훌륭한 이들 가운데에서 무너지지 않는도다

그 말에 야먀가 답했다.

"하는 말마다 다르마에 어긋남이 없고, 마음을 기쁘게 하는구나. 그대를 향한 내 마음이 믿음으로 가득하도다. 서약을 지키는 이여, 견줄 데 없는 소원을 말해 보아라."

사위트리는 기다렸다는 듯이 신을 설득했다.

"금지를 주는 분이시여, 방금 소원을 말해 보라고 하셨을 때, 님께서는 조건을 달지 않으셨습니다. 저는 사티야완이 되사는 소원을 선택하나이다. 남편이 없으면 저는 죽은 것과 같기 때문입니다. 님께서는 제게 백 명의 아들이라는 은총을 내리셨습니다. 그런데 어찌 남편을 데려가십니까? 사티야완이 되사는 소원을 제가 택했으니, 님의 말씀을 이뤄 주소서."

마침내 죽음의 신은, "그리하겠노라"라고 말하며 사티야완을 묶었던 동아줄을 풀었다. 다르마의 왕은 사위트리에게 기꺼이 말했다.

"가문에 기쁨을 줄 착한 여인이여, 그대의 남편을 풀어 주겠노라. 사티야완과 그대는 무병장수하면서, 하는 일마다 이룰 것이다. 제사를 올리고 바른 법을 펴서 세상에 이름을 높이며, 사백 년 동안 행복하게 살 것이다. 사티야완은 그대가 백 명의 아들을 낳게 해줄 것이다. 아들 모두 뛰어난 크샤트리야 왕이 되어, 자손대대 번성을 누리며 그대의 이름을 영원히 간직하리라. 그대의 아비 또한 그대의 어미에게서 백 명의 아들을 얻을 것이며, 신을 닮은 크샤트리야 동생들도 자손만대 영예로울 것이니라."

위용 넘치는 다르마의 왕은 이런 축원을 내려 준 뒤, 자신이 왔던 곳으로 돌아갔다. 야마가 떠나자, 사위트리는 남편의 육신이 있던 곳으로 갔다. 남편이 땅바닥에 앉아 있는 것을 보고 그녀는, 자신의 무릎에 그의 머리를 뉘었다. 사티야완은 여행에서 돌아온 듯 그녀를 다정하게 바라보았다.

"오래 잔 듯하구려. 왜 깨우지 않았소? 날 끌고 가던 검은 남자는 어디로 갔소?"

남편이 묻자, 사위트리가 자상하게 대답했다.

"그분은 성스러운 야마세요. 이제 충분히 쉬었으니, 그만 일어나요."

이윽고 그들은 아슈람으로 돌아갔다.

이후 사위트리의 시아버지는 눈과 왕국을 되찾았으며, 그녀의 친아버지 또한 백 명의 아들을 얻었다. 야마의 축원대로 그녀는 영웅 같은 아들을 백이나 낳았고, 남편 사티야완과 함께 사백 년 동안 명예롭게 살았다.『마하바라타』5권

사위트리는 스스로 선택한 남자와 결혼하는 것을 포기하지 않습니다. 함께할 수 있는 시간이 일 년밖에 남지 않았

는데도 말이지요. 결국 그녀는 남편을 죽음에서 구하지만, 사랑만으로 가능했던 일은 아니었습니다. 성현과 다르마를 칭송하여 야마의 감탄을 끌어낼 수 있을 만큼 충분히 배웠고, 신을 찬미하며 비위를 맞춰 주고 때를 보아 원하는 것을 청할 수 있을 만큼 현명한 그녀였기에 가능한 일이었지요. 하지만 결정적으로 남편을 죽음에서 건진 것은, 사흘 밤낮을 먹지도 잠들지도 않은 사위트리의 의지입니다. 초인적인 고행을 견뎠기 때문에, 그녀는 죽음의 신을 볼 수도, 그에게 말을 건넬 수도 있게 되었거든요. (사실 인도에서는 신이 아니라 고행이 모든 것을 가능하게 합니다. 의지 = 고행으로 뭔들 못할까요?) 어쨌거나 요절할 운명의 남편마저도 죽음의 손아귀에서 구해 낼 수 있어야 칭찬깨나 듣는 열녀가 될 수 있었나 봅니다. 힌두 사회는 이렇게 불가능한 수준의 고행을 여성에게 요구했지요. 인도에는 남편이 죽으면 아내가 불 속에 몸을 던지는, '사티'라고 하는 악습이 있었습니다. 힌두 사회나 조선 사회나, 여인을 불에 던지거나 목매달아서 가문의 부와 명예를 챙기는 것은 다르지 않았던 것입니다. 하지만 여성에게만 가혹한 남아선호 사회에서도, 사위트리같이 강인한 여인은 어느 때든 있었을 것입니다.

자초하지 않은 운명에 휘말리지 않는다

사실 인도신화에는 죽음마저도 극복해 버리는 인물이 많습니다. 감당할 수 없는 운명에 괴로워하는, 그리스 비극 속의 인물과는 사뭇 다르지요. 친어머니를 죽여야 하는 운명에 처한, 같은 처지의 두 사내가 있었습니다. 그런데 아버지의 원수를 갚기 위해 어머니를 살해하고 나서 오레스테스는 미쳐 버리지만, 아버지의 명으로 어머니를 살해하고도 파라슈라마는 축복을 받습니다.

어느 날, 파라슈라마의 어머니 레누카는 강으로 목욕을 하러 갔다. 가는 길에 그녀는 아내들과 어울려 물놀이를 하고 있는 간다르와 왕을 보았다. 잘생긴 그의 모습에 그녀는 그만 마음에 욕정과 부러움을 품고 말았다. 레누카가 아슈람으로 돌아오자, 그녀의 남편 자마다그니는 금세 아내의 변화를 알아차렸다. 늘 강가에서 진흙으로 토기를 빚어 주문만으로 구워 낸 뒤, 물을 길어오던 아내가 빈손으로 돌아왔기 때문이다. 그녀가 순수함을 잃자 주문도 효력을 잃었던 것이다. 아들이 하나씩 돌아올 때마다, 그는 네 아들에게 차례로 아내를 죽이라고 명령했다. 그러나 아들 모두 어쩔 줄 몰라하면서도 아버지의 명을 따르지는 않았다. 그러자 성자 자마다그니는 아들들을 저주했다. 저주를 받은 그들은 정신을 잃고 짐승이나 새처럼 행동하기 시작했다. 그때 막내인 파라슈라마가 돌아왔다. 성자는 다시 명했다.

"죄 많은 네 어미를 죽이도록 해라. 마음 아파할 것 없느니라."

파라슈라마는 지체 없이 도끼를 집어 들어 어머니의 목을 잘랐다. 화가 풀린 자마다그니는 흐뭇해하며 막내아들에게 말했다.

"내 명을 지키기 위해 어려운 일을 했구나. 네 소원을 말해 보아라."

"부디 어머니를 되살려 주십시오. 또한 제가 어머니를 죽인 무서운 기억에 사로잡히지 않도록, 그리고 어머니를 죽인 것이 죄가 되지 않도록 해주소서. 또한 형들이 예전처럼 온전하게 해주십시오. 전쟁터에서는 누구도 제 적수가 되지 못하게 해주시고, 제가 장수를 누리도록 해주소서."

파라슈라마는 이렇게 청했다. 성자는 아들의 요구를 다 들어주었다.

간다르와는 하늘의 악사를 말합니다. '잘생김'으로 유명한 반신족[8]이지요. '간다르와'라는 말이 '건달'의 어원입니다. 노래하고 악기를 연주하는 것이 마뜩잖아, 하는 일 없이 빈둥거리는 사람을 건달이라고 했나 봅니다. 잘생긴 간다르와 왕을 보고 파라슈라마의 어머니는 가슴이 설렙니다. 누구의 어미이기 전에 여자니까요. 하지만 신들에 비해 성자들은 에누리가 없습니다. 그저 마음이 흔들렸을 뿐인데, 파라슈라마의 아버지는 난리를 칩니다. 그것도 아들에게 어미를 죽이라면서요. 아버지의 말에 복종해야 한다는 의무를, 어머니를 죽여서 따를 자식은 아무도 없을 것입니다. 하지만 파라슈라마는 아버지가 어머니를 되살려 줄 것이라고 예상했던 걸까요? 모든 것을 원래대로 돌려놓고도 자신의 소원을 성취하는 수완을 보여 주니 말입니다. 어머니를 죽이고도 파라슈라마는 오레스테스처럼 미치지 않고 오히려 잘 먹고 잘 삽니다. 이미 운명이 결정되어 있는(결정론적 구조를 가진) 그리스 비극 속 오이디푸스나 오레스테스 같은 주인공과는 사뭇 다르지요. 인도신화에서는 운명 대신 저주가 불행의 근원이 됩니다. 그리스 비극 속 운명은 선택할 수도 거역할 수 없지만, 저주는 자신의 잘못 때문에 받게 되는 것입니다.[9] 인도에서 인간은 스스로 저지른 행위의 대가를 치를 뿐, 자초하지 않은 운명에 휘말리지는 않습니다. 까닭 없이

---

8 신은 아니지만 인간보다 우월한 존재이다. 인도신화에는 다양한 종류의 반신족이 등장한다.

일어나는 불행과 이해할 수 없는 삶의 이면마저도 전생의 잘못으로 여기지요. 자신의 행위만이 자신을 심판할 수 있다는 인과응보 사상이 바로 업(카르마)입니다. '뿌린 대로 거두리라'라는 금언이 바로 업의 작동원리인 것이지요.

아내를 일찍 잃은 외로운 사내가 갓난 아들을 키우며 가난하게 살았다. 어느덧 노인이 된 그는 세상이 덧없다는 것을 느꼈다. 그가 붓다를 찾아가 출가의 뜻을 밝히자, 붓다는 그를 가엾이 여겨 출가를 허락했다. 나이가 많은 아버지는 비구가 되고, 아직 어린 아들은 사미가 되었다. 부자는 늘 함께 수행처에서 마을로 탁발을 나갔다가 늦어서야 들어오곤 했다. 그날도 그들은 먼 마을까지 나가 걸식을 하느라 해질녘에 돌아오고 있었다. 숲에서 야수들이 울부짖자, 아들은 두려움에 떨었다. 연로한 아버지는 걸음이 더뎠다. 아버지를 부축해 길을 서두르던 사미가 그만 발을 헛딛었다. 그 바람에 비구가 땅에 넘어져 그 자리에서 죽고 말았다. 사미 혼자 울면서 돌아오는 것을 보고 수행처의 비구들이 그에게 물었다.

---

9 아리스토텔레스도 『시학』에서, 비극을 초래하는 개인적(성격적) 과오(hamartia)를 언급한 바 있다. 그러나 그리스 비극의 파국은, 이 결함이 아니라 운명 때문에 초래된다.

"아침에 스승(아버지)과 함께 탁발하러 나가더니, 어찌 홀로 돌아오느냐?"

사미가 사실대로 고하자, 비구들은 그를 몹시 꾸짖었다.

"이런 못된 놈을 보았나! 제 손으로 스승을 밀쳐 죽이다니!"

비구들이 붓다에게 이 일을 아뢰자, 붓다가 그들을 타일렀다.

"스승을 죽인 것은 사미가 고의로 한 일이 아니니라."

그러고 나서 아들인 사미를 불러 물었다.

"네가 스승을 밀쳐 죽였느냐?"

사미가 울면서 대답했다.

"그렇습니다. 하지만 고의로 그런 것은 절대 아닙니다."

붓다는 그의 말에 수긍하며 말했다.

"사미여, 네 마음을 내 아노라. 네게는 나쁜 의도가 없었다. 전생에서도 이와 같은 일이 있었느니라. 헤아릴 수 없이 오랜 과거세에 부자가 함께 살고 있었다. 그때 병이 난 아버지가 잠을 자려고 할 때마다 파리가 자꾸 이마에 날아들어 성가시게 굴었다. 아버지는 아들을 불러 파리를 쫓게 하고 잠을 청했다. 아버지의 머리맡에 앉은 아들이 파리를 쫓았지만, 파리는 계속 되돌아와 아버지의 이마에 붙곤 했다. 아들은 귀찮게 구는 파리 때문에 화가 나서, 벌떡 일어나 큰 몽둥이를 들고 파리에게 휘둘렀다. 그러다가 그만 실수로 아버지의 이마를 몽둥이로 내리치고 말았다. 아버지는 그

자리에서 죽었다. 아들이 나쁜 마음을 품고 일부러 아버지를 죽인 것이 아니었다. 비구들이여, 그때의 아버지는 오늘의 이 사미요, 그때 몽둥이로 아버지의 이마를 쳤던 아들은 오늘 길에서 넘어져 죽은 노비구이니라. 그때 아들이 실수로 저지른 일을, 오늘 아버지가 실수로 되갚은 것이다.법정,『비유와 인연설화』, 동국역경원, 2005. 152~154쪽을 바탕으로 재구성

운명은 주어진 것이지만, 업보는 자신이 저지른 일의 뒷 감당입니다. 죄를 심판하는 염라대왕의 원조인 야마[10]는 심판자가 아니고 처결자랍니다. 저지르지 않은 죄까지 물을 수는 없지요. 인도에서는 신이나 운명보다는 자신의 선택과 노력이 중요합니다. 신이든 인간이든 다르마를 벗어날 수는 없기 때문에, 신이 인간을 심판한다는 개념이 약하다고 볼 수 있지요. 하지만 흔히 업이라고 하면, 우리의 삶이 이미 과거에 의해 결정되어 있다는 뜻처럼 들리기 마련입니다. 운명이든 전생의 업이든, 지금 우리의 삶 위에 날벼락처럼 떨어지는 것은 마찬가지일 테니까요. 사실 숙명과 운

---

10 야마에서 음차한 말이 염라이다.

명은 구별해야 합니다. 숙명은 바꿀 수 없는 것입니다. 친부
모와 형제를 바꿀 수가 있나요? 그러나 운명은 바뀌는 것입
니다. 산 위에서 공을 굴리면, 대체로 지형을 따라 공이 흐르
게 됩니다. 하지만 다양한 변수에 따라 공은 방향을 바꾸기
도 하고 멈추기도 하지요. 공의 종착지가 어디가 될지 추측
은 할 수 있지만, 절대 예상대로 되지는 않습니다. 그래서 움
직이는[運] 명(命)인 것이지요. 붓다는 운명에 대해 명쾌한 답
을 줍니다. 사람의 명은 정해진 것도 있지만, 다 정해져 있지
는 않다고요. 정해진 숙명은 전생의 업에서 온 것이라고 보
는 것입니다. 붓다는 정해지지 않은 운명을 더 중요하게 여
겼습니다. 스스로의 선택과 노력이 훨씬 중요하다고 보았지
요. 타고난 신분이 숙명처럼 여겨졌던 그 옛날에도, 더구나
위슈와미트라처럼 왕도 아니었던 어린 소년이 자신의 계급
을 바꾼 일도 있었답니다.

옛날에 사티야카마 자발라라는 소년이 있었다. 그가 어머니에게
물었다.

"학생이 되고 싶습니다. 저는 어느 가문에 속하나요?"

그의 어머니는 답했다.

"얘야, 젊었을 때 하녀로 여기저기를 떠돌다가 너를 가졌기 때문

에, 네가 어느 가문에 속하는지는 알 수 없단다. 내 이름이 자발라라서, 너의 성도 자발라라고 한 것뿐이다."

소년은 명성 높은 스승 가우타마를 찾아가 청했다.

"저를 제자로 받아주십시오."

그러자 스승이 물었다.

"너는 어느 가문에 속하느냐?"

"제 어머니께서는 하녀로 여기저기를 떠돌다가 저를 가지셨기 때문에, 제가 어느 가문에 속하는지 알지 못한다고 하셨습니다."

소년이 솔직하게 대답했다.

"훌륭한 사람만이 너처럼 진실을 말할 수 있단다. 그러니 너를 제자로 받겠다. 너는 진실을 감추지 않았으니 말이다."

가우타마는 이렇게 말하며, 소년을 제자로 받았다.『찬도기야 우파니샤드』

스승 밑에서 경전을 공부한다는 것은 상위 계급, 특히 브라만 계급의 특권이었습니다. 노예 계급인 슈드라가 베다한 구절이라도 듣게 되면, 끓는 쇳물을 귀에 붓는 형벌을 내릴 정도였으니까요. 그러니 아버지가 누군지도 모르는, 그래서 어머니의 성을 따르는 하녀의 아들에게 그 특권은 당연히 허락되지 않았습니다. 그러나 배움을 향한 굳은 의지로, 소년은 무작정 스승에게 갑니다. 현명한 스승은 소년의 태생이 아니라 자질을 알아보지요. 아무리 당혹스러워도 진실을 밝히는 그의 성품을 본 것입니다. 그래서 소년은 제자가 되어 스승의 가르침을 받을 수 있었고, 그가 가진 지혜는 조금의 모자람도 없게 되었다고 하네요. 훗날 그는 빼어난 스승이 되어 제자를 여럿 거느리게 되었습니다. 자신의 계급에 허락되지 않는 배움을 선택한 것은 어리석은 일이었지만, 그의 의지가 어리석어 보이는 선택마저 최선의 깃으로 바꾼 것입니다.

그렇지만 신분과 성별의 벽이 숙명이나 다름없는 힌두 전통에서, 가뭄에 콩 나듯이 그 벽을 뛰어넘는 몇몇 예외만을 보고, 의지와 노력이 옳은 선택을 만든다는 말을 하기는 어려울 것입니다. 그런데 세상 만물이 신성한 존재라면서, 왜 누구는 존귀한 브라만이고 누구는 보기만 해도 부정 타는 불가촉천민일까요? 카스트와 결합된 업 사상은, 삶을 정신 승리로 이끕니다. 현재의 불행이 전생에 저지른 내 잘못 탓이 되다 보니, 무슨 일을 당하든 그저 정신력으로 견디는 수밖에 없거든요. 과거의 업을 소멸시켜야 한다고 조용히 속으로 되뇌면서요. 신분 자체가 그 사람의 전생을 전시하게 된 겁니다. 불가촉천민 출신의 독립운동가 암베드카르는, 천민에게서 태어난 아이들을 부모의 업이 지배한다며 비판했답니다. 신분이 대물림되니, 부모의 악업이 아이들에게 전해지는 것이나 다름없다는 뜻이지요. 태어나자마자 부모의 비천한 신분을 물려받고 평생 저주받은 존재로 살아가야 하는 아이들이 개인적인 의지와 노력으로 스스로를 구제할 수는 없을 것입니다. 정작 암베드카르 자신은 법무장관에까지 올랐으니 역설적이긴 하네요.

어쨌든 시스템(숙명)과 의지(운명)의 경계는 스스로 설정하는 것입니다. 그래서 바꿀 수 없는 것을 받아들이는 평온과 바꿀 수 있는 것을 바꾸는 용기, 그리고 이 둘을 구별할 수 있는 지혜를 간구하나 봅니다.라인홀드 니부어, 「평온을 비는 기도문」 숙명이든 운명이든 쉽게 넘어설 수 없기 때문에 체념만을 선택할 수 있을 뿐이라고요? 그렇기 때문에 영웅을 찾지 않아도 되는, 스스로를 수정할 수 있는 유연한 시스템이 중요합니다. 사회가 쌓아올린 견고한 벽을 허물 수 없을 때, 우리는 영웅을 기다리게 됩니다. 힌두교 안에서 불가촉천민이 구원받는 것은 영원히 불가능하다는 것을 암베드카르는 깨달았고, 그래서 그는 천민을 이끌고 불교로 개종합니다. 틀을 깨는 영웅이 된 것이지요. 동서양을 막론하고 영웅이란, 업이나 운명 따위는 상관하지 않고 제 갈 길 가는 사람이라고 봐도 됩니다.

영웅이 아닌 보통 사람도 자신의 운명을 '노오력'으로 바꿔야 하냐고요? 완벽하지도 않은 인간이 어떻게 실수도 저지르지 않고 한눈도 팔지 않고 노력만 하면서 살 수 있답니까? 게다가 삶을 옥죄는 것은 대부분 능력주의로 포장된 신분과 재능, 그리고 외모 같은 숙명인데요. 그러니 암베드카르처럼 역사에 남을 위인쯤 되어야 숙명이든 운명이든 극복할 수 있을까요?

행위가 운명을 결정짓는다

삶을 이끌어 가는 것들 가운데 인도에서 가장 중요하게 여기는 것은 '위디'(vidhi)입니다. 이 산스크리트어 단어는 '운명'(daivam)이라고 번역되지만, 원래는 '행위'라는 뜻을 가지고 있습니다. 자신의 행위가 저주와 축복을 불러오고 업으로도 쌓여 내세에 돌아오기 때문에, 행위야말로 숙명과 운명을 모두 결정짓는 것이라고 할 수 있지요. 지금 내가 하는 행위가 현재와 미래의 내 행복과 불행을 결정한다는 뜻입니다.

산에 자리한 반신족의 도시에, 파드마웨샤라는 왕자가 살았다. 그에게서 와즈라웨가라는 아들이 태어났다. 소년으로 자란 와즈라웨가는 자만심으로 가득했다. 자신의 용맹과 무술을 믿고서, 그는 모든 사람에게 싸움을 걸었다. 그의 아버지가 와즈라웨가를 다스리려고 했지만, 그는 말을 듣지 않았다. 그러자 왕자는 반신족의 세상이 아닌, 인간의 세상에 태어나라는 저주를 아들에게 내렸다. 저주를 받자, 와즈라웨가의 힘과 자만심은 사라져 버렸다. 소년은 울면서 부친에게 물었다.

"언제 이 저주가 끝납니까?"

잠시 생각한 뒤 파드마웨샤는 답했다.

"너는 지상에 브라만의 아들로 태어날 것이다. 그 생에서도 여전히 자만심이 넘치겠지. 네 아비가 널 저주할 것이고, 너는 다시 사자로 태어날 것이다. 그리고 사자로 태어난 네가 우물에 빠졌을 때, 어느 선량한 사람이 연민으로 너를 구해 줄 것이다. 그에게 보답을 마치면, 너는 이 저주로부터 풀려나리라."

그리하여 와즈라웨가는 하라고샤라고 하는 브라만의 아들 데와고샤로 태어나게 되었다. 역시나 무용(武勇)에 대한 자만으로, 데와고샤는 많은 사람과 싸웠다. 적을 만들지 말라고 아버지가 충고했지만, 그는 그 말을 따르지 않았다. 그러자 하라고샤는 화가 나서 아들을 저주했다.

"너는 힘을 자랑으로 여기지만 지혜는 모자라는 사자가 될 것이다."

저주 때문에 데와고샤는 사자로 다시 태어났다. 숲에서 살던 그는 밤에 어슬렁거리다가 우물에 빠지고 말았다. 사자를 구한 것은 자비심 넘치는 보살이었다. 숲속 오두막에서 금욕 생활을 하던 그는, 도움이 필요한 이가 있을까 싶어 숲을 거닐다가 그 우물을 발견했다. 보살은 밧줄로 사자를 비롯해 새, 뱀, 그리고 한 여인을 구했다. 저마다의 사연으로 우물에 갇힌 그들은 보살에게 보은을 약속하며 흩어졌다. 불륜을 저지르고 우물에 빠졌던 여인과 이야기를 나눈 탓에, 보살은 힘을 잃어버렸다. 과일과 뿌리채소조차 모으지 못해 허기와 갈증에 시달리던 그는 우물에 빠졌던 사자를 떠올렸다. 그러자 사자가 즉시 나타나 동물의 고기를 그에게 먹였다. 보살은 이내 기운을 차렸다.

"제게 걸린 저주가 끝나 이제 저는 은인을 떠나고자 합니다."

보답을 마친 사자가 이렇게 청하자, 보살은 그가 떠나는 것을 허락해 주었다. 사자는 다시 반신이 되어 자신이 원래 있던 곳으로 되돌아갔다. 사자가 떠난 뒤, 다시 굶주림에 직면한 보살은 우물에 빠졌던 새를 생각했다. 금빛 가슴을 가진 그 새가 나타나, 보살에게 보석 한 바구니를 가져다주었다.

"여생을 지탱할 만큼 충분한 부가 될 것입니다."

이렇게 말하고 그 새도 저주에서 풀려나 자신의 왕국으로 돌아갔다. 그 새 역시 누이의 저주를 받은 왕자였던 것이다. 보석을 팔기 위해 나라를 헤매던 보살은 도시에 다다랐다. 외딴 곳에 사는 브라만 노파에게 보석을 맡기고 나서 시장에 갔다가, 그는 우물에 빠졌던 여인을 다시 만났다. 그녀는 왕비의 시녀로 일하고 있었다. 그는 그녀를 데려가 보석을 보여 주었다. 그러자 그녀가 얼른 왕비에게 가서 이 사실을 일러바쳤다.

"영리한 새가 왕비님의 방에서 보석 바구니를 훔쳤나이다. 그리고 지금 그것이 이 도시에 있습니다."

왕비는 이 사실을 왕에게 고했고, 왕은 즉시 그 사악한 여인을 앞세워 보살을 잡아들이고 보석을 가져오게 했다. 보살이 보석을 얻은 내력을 말했지만, 왕은 그를 감옥에 가두었다. 보살은 옥중에서 뱀을 기억해 냈다. 뱀이 곧 모습을 드러내더니 그에게 말했다.

"제가 가서 왕을 칭칭 감아 버리겠습니다. 은인께서 말씀하실 때까지는 놓아주지 않을 것이고요. 왕을 뱀으로부터 풀어 줄 수 있다고 옥에서 외치셔야 합니다."

말한 대로 뱀이 왕을 둘둘 감자, 궁에 일대 소란이 일었다.

"세상에 끔찍해라! 뱀이 전하를 삼키다니!"

자신이 왕을 풀려나게 할 수 있다고 보살이 소리치자, 이를 전해 들은 왕이 그를 데려오도록 명했다.

"나를 뱀으로부터 풀어 준다면, 내 나라의 반을 주겠노라. 신하들이 내 말을 보증할 것이다."

그러자 보살이 뱀에게 말했다.

"즉시 왕을 풀어 주어라."

뱀은 그 말에 복종했다. 보살은 그 자리에서 나라의 반을 받았다. 뱀은 저주에서 풀려나 젊은 수행자의 모습으로 돌아갔다. 저주 때문에 뱀이 되었던 그는 원래 성자의 아들이었다. 세 짐승은 보은하고 저주에서 풀려났지만, 사악한 여인은 은혜를 원수로 갚았다.Somadeva, *Tales from the Kathasaritsagara*, Penguin Books, 1994, pp. 176~177에서 발췌 번역

반신족은 신은 아니지만 인간보다는 뛰어난, 말 그대로 반은 신인 종족을 통칭합니다. 천상에 사는 어느 반신족 왕자의 아들로 태어난 와즈라웨가는, 자신의 힘만 믿고 싸움이라는 행동을 반복적으로 저지릅니다. 패턴[11]이 된 그 행동이 아버지의 저주를 불러오지요. 다시 태어나서도 그가 싸움이라는 행동 패턴을 바꾸지 않았기 때문에 아버지의 저주

---

11 습관과는 달리 무의식에 박힌 행위 양식을 뜻한다.

도 반복되고요. 그가 사자로 태어난 것은, 야수의 왕이 되기 위해 늘 싸우는 사자가 싸움이라는 행동 패턴에 가장 잘 들어맞기 때문입니다. 사자가 된 뒤 그는 과연 자신의 행동 패턴을 바꿀 수 있었을까요? 아마 뼛속까지 자신의 행동을 후회하지 않았다면, 그는 저주를 풀지 못했을 것입니다.

자신의 행복을 위해 우리가 늘 살펴야 하는 것은, 생각과 말 그리고 행동으로 나타나는 행위입니다. 앞 이야기에서 사위트리는, "마음으로 결정한 것이 말이 되고, 그러고 나서 행동으로 드러나는 것입니다"라고 하지요. 행위 중에서도 가장 중요한 것이 마음으로 하는 생각이라는 것입니다. 생각이 행동으로 나타나는 것이니, 당연히 생각이 중요하겠지요. 그렇지만 아무 생각 없이 하는 생각이나 말, 혹은 행동도 있지요. 무의식적인 행위도 있으니까요. 와즈라웨가가 처음 싸웠을 때는 생각이란 것을 하긴 했을 것입니다. 싸움을 해야 하나 말아야 하나, 하면 이길 수 있을까 등등. 그렇지만 싸움을 계속 하다 보니, 싸움이 행동 패턴이 된 것입니다. 생각 없이도 저절로 실행되는 뇌의 자동실행모드에 싸움이 장착된 것이지요. 인도신화에서 전생이라고 하는 것은, 요즘 우리가 무의식이라고 표현하는 것의 총체라고 할 수 있을지도 모릅니다. '(전생의) 운명에 이끌려' 저절로 하게 되는 행위란 것은, 패턴으로 굳어져 무의식 속에 깊이 박힌 행위 양식일 수도 있습니다. 그래서 자동실행모드가 실행되기 전에 먼저 의식적으로 생각하는 것이 중요합니다. 지금 이 순간 지금 이 자리에서, 우리는 의식적인 생각으로 자신의 운명을 결정할 수 있으니까요. "생각대로 살지 않으면 사는 대로 생각하게"폴 부르제 됩니다. 이 패턴이 어떻게 우리의 행복과 불행을 결정하는지는 마지막 장에서 다시 다루도록 하겠습니다.

그런데 죽음의 신 야마는 어떻게 저승의 왕이 되었을까요? 맨 처음 죽었기 때문이랍니다. 죽음의 신도 결국 죽음을 극복하지 못한 필멸자였던 것입니다.

3장

선악

덜떨어진 왕자들은 뭘 배웠나

아르주나의 화살에 죽음을 맞이하는 카르나

대서사시 『마하바라타』에서 판다와 형제들과 맞서 싸우는 카르나는 사실 판다와 형제들의 숨겨진 맏형이었지만, 결국 동생인 아르주나에 의해 죽음을 당한다. 판다와의 입장에서 서술된 『마하바라타』에서 카르나는 적이지만, 용맹하고 의롭고 고결한 인물로 그려진다. 이렇게 인도신화의 세계에는 명확한 선과 악의 구분이 존재하지 않는다.

『마하바라타』, 선도 악도 없는 전쟁

인도에는 선과 악을 규정하는 절대자가 없습니다. 옳고 그름은 관점에 따라 달라질 수 있지요. 한 편에 선이라도 다른 편에게는 악일 수 있다는 뜻입니다. 낭송된 지 이천 년 가까이 된 인도의 대서사시『마하바라타』는 사촌인 판다와(오형제)와 카우라와(백형제) 간의 반목과 전쟁을 다룬 이야기입니다. 인류 역사에서 가장 길다는 이 서사시는, 원 저자 위야사의 제자 다섯이 각기 다른 버전으로 후대에 전했다고 합니다. 그 가운데 판다와에게 유리하게 서술된 와이샴파야나의 이야기만 남고, 나머지는 모두 사라졌습니다. 왜 사라졌을까요? 판다와가 사촌 간의 전쟁에서 이겼기 때문입니다. 판다와 가운데 셋째인 아르주나의 후손이 왕이 되어, 자기 조상들이 정의롭다고 노래한 이야기만을 궁정에서 읊게 했기 때문이지요. 앞서 성자 파라샤라의 아들 위야사(『마하바라타』의 저자)를 낳은 사티야와티가 샨타누 왕과 결혼하여, 서로를 죽이는 사촌들의 증조할머니가 됩니다.

산타누 왕은 아름다운 사티야와티를 보자마자 사랑에 빠졌다. 왕이 청혼을 하자, 그녀의 아버지는 단호하게 말했다.

"내 딸의 후손에게 왕좌를 약속하시오. 그렇지 않다면 딸을 내줄 수 없소."

왕에게는 이미 왕위를 이어받을 왕자 비슈마가 있었기 때문에, 왕은 그 요구를 들어줄 수가 없었다. 사티야와티와 결혼할 수 없게 된 왕은 큰 슬픔에 잠기고 말았다. 아버지가 마르고 창백해지자, 선하고 의로운 왕자는 그 이유를 알아보았다. 그리고 사티야와티의 집에 찾아가, 스스로 왕좌를 포기할 뿐만 아니라 후손을 보지 않기 위해 금욕까지 하겠노라고 맹세했다. 그리하여 왕은 사티야와티를 왕비로 맞을 수 있게 되었다.

"고귀한 왕자야, 너는 패배를 모를 것이다. 또한 네가 원하기 전까지는 죽음도 너를 찾아오지 못하리라."

왕은 기쁨에 겨워, 아들 비슈마를 이렇게 축복해 주었다.

어부의 딸 사티야와티는 샨타누 왕과 혼인하여 두 아들을 낳았다. 이들은 차례로 왕국을 물려받았으나, 모두 후손을 남기지 못하고 요절하고 말았다. 사티야와티는 죽은 아들의 두 왕비에게서 후손을 보기 위해, 비슈마에게 씨내리[1]가 되어 달라고 부탁했다. 금욕

---

1 후사를 보기 위해 들이는 집안 내의 남자나 외간남자. 아내가 아이를 낳지 못하면 씨받이 여인을 들이듯이, 남편이 아이를 낳지 못하면 씨내리 사내를 들여 후손을 보는 풍속이 인도뿐만 아니라 우리나라에도 있었다. 아내를 남편의 밭이라고 여기는 인도에서는, 누가 씨를 뿌렸든 그 밭에서 거둔 것(아이)은 남편의 것이 된다.

의 맹세 때문에, 그는 아우의 왕비들과 동침하는 것을 거절했다. 그러자 사티야와티는 자신이 처녀 때 몰래 낳은 맏아들 위야사 성자를 만나, 그에게 씨내리가 되어 달라고 부탁했다. 두 왕비가 일 년 동안 서약을 잘 지키면 왕비들을 잉태시켜 주겠노라고, 성자는 어머니에게 약속했다. 하지만 사티야와티가 그를 재촉했다.

"왕비들이 지금 당장 잉태하도록 해다오. 왕이 없는 왕국에는 비 조차 내리지 않을 것이다. 어서 씨를 뿌려다오."

"때가 아닌 지금 아들을 잉태하려면, 두 왕비는 제 흉측한 모습을 견디어야 합니다. 제 끔찍한 몸뚱이와 냄새를 견딜 수만 있다면, 그 여인들은 아주 특별한 아이를 잉태할 것입니다."

이렇게 말하고 성자는 사라져 버렸다. 사티야와티는 어렵게 두 왕 비를 설득하고 나서, 다시 아들을 불렀다. 가임기를 맞은 그녀의 맏며느리는 합방을 위해 목욕재계를 하고 기다리다가, 검은 피부에 헝클어진 머리칼, 불그레한 턱수염을 가진 성자를 보자 그만 눈을 감아 버렸다. 그래서 맏며느리에게는 눈먼 아들 드리타라슈 트라가 태어났다. 눈먼 손자에게 왕위를 물려줄 수 없었던 사티야 와티는, 둘째 며느리에게 성자를 보냈다. 성자의 끔찍한 모습을 본 둘째 왕비는 너무나 놀라 하얗게 질리고 말았다. 그녀에게서는 핏기 없이 새하얀 아들 판두가 태어났다. 사티야와티는 만족하지 않고, 다시 한번 맏며느리에게 성자에게 가라는 명을 내렸다. 성자의 흉한 모습과 악취가 끔찍했던 맏며느리는, 자신의 시녀를 단장시켜 성자에게 보냈다. 이 슈드라 시녀에게서는 위두라라는 지혜로운 아들이 태어났다. 맏왕자는 장님이었고, 위두라는 천한 슈드라 여인에게서 태어났기 때문에, 결국 둘째 왕자 판두가 왕위를 이었다.

판두는 두 여인을 왕비로 맞았다. 어느 날 그는 짝짓기하던 사슴을 활로 쏘아죽이는 잘못을 저질러, 아내와 사랑을 나누면 죽는다는 저주를 받았다. 그래서 판두는 두 아내와 함께 산으로 들어가 고행을 시작했고, 그를 대신하여 맏왕자 드리타라슈트라가 왕위에 올랐다. 사슴의 저주 때문에, 판두는 씨내리를 들여 아들을 보려고 했다. 그의 맏왕비 쿤티는 어렸을 때, 신을 씨내리로 부르는 주문을 성자에게 받은 적이 있었다. 남편의 뜻에 따라 쿤티는 정의의 신 다르마, 바람의 신 와유, 신들의 왕 인드라를 각각 아버지로 하는 세 아들, 유디슈티라, 비마, 그리고 아르주나를 낳았다. 또한 주문을 둘째 왕비에게도 알려주어, 쌍둥이 신 아슈윈에게서 둘째 왕비가 쌍둥이 나쿨라와 사하데와를 낳게 해주었다. 하지만 판두는 아들 다섯(판다와)이 미처 장성하기도 전에 죽고 말았다. 화사한 봄날의 춘정을 이기지 못하고 둘째 아내와 사랑을 나누었기 때문이다. 사슴의 저주는 결국 판두를 죽음으로 몰아넣었다.

드리타라슈트라 왕은 아우 판두의 아들 다섯을 자신의 아들 일백

(카우라와)과 함께 키우며, 드로나와 크리파라는 훌륭한 스승들도 찾아 주었다. 같은 스승에게 배우면서도 판다와가 늘 카우라와를 앞섰기 때문에, 판두의 다섯 아들은 사촌들의 질시를 받을 수밖에 없었다. 어느덧 장성하여 배움을 마친 판다와는, 와라나와타 축제를 보기 위해 왕성을 떠나게 되었다. 이 기회를 놓치지 않고, 카우라와의 맏이 두료다나는 판다와를 없애기 위해 음모를 꾸몄다. 판다와가 머물 집을, 불에 타기 쉬운 건축재로 지어 두었던 것이다. 판다와의 맏이 유디슈티라는 그 집에 들어서자마자 기름과 발화재 냄새를 맡았다. 두료다나의 흉계를 눈치 챈 그는, 몰래 땅굴을 파도록 지시했다. 그래서 두료다나의 심복이 집에 불을 질렀을 때, 형제들과 함께 어머니를 모시고 불길 속을 빠져나올 수 있었다. 두료다나는 판다와가 모조리 죽은 줄 알고 기뻐했다. 끊임없이 계략을 꾸미는 두료다나를 피하기 위해, 판다와는 자신들이 살아 있다는 것을 알리지 않기로 했다. 브라만 행색으로, 그들은 탁발을 하며 살았다. 드라우파디 공주의 낭군고르기장이 열렸을 때에도, 그들은 브라만의 모습으로 대회에 참가했다. 공주의 낭군이 되기 위해서는, 억센 활을 굽혀 활줄을 맨 뒤 화살 다섯 대 전부를 공중에 걸린 구멍을 통과하여 과녁에 맞히어야 했다. 셀 수 없는 왕이 도전했지만, 활줄조차 매는 이가 없었다. 그때 아르주나가 일어나, 눈 깜짝할 새에 활줄을 걸고 화살을 쏘았다. 구멍을 관통

하여 날아간 화살은 과녁을 쏘아 떨어뜨렸다. 그리하여 환호성 속에서 아르주나는 드라우파디를 아내로 얻었다. 그러나 어머니의 말에 따라 판다와는 그녀를 형제 모두의 아내로 삼았다.

판다와는 무사히 왕성으로 돌아왔다. 그들이 살아 돌아오자, 드리타라슈트라 왕은 왕국을 둘로 쪼개 판다와와 카우라와에게 나누어 주었다. 맏형 유디슈티라를 왕으로 올린 판다와는, 적을 정복하고 번영하는 왕국을 일구어 내었다. 또한 유디슈티라 왕이 세상의 패자임을 선포하는 제사까지 올렸다. 제사에 초대된 두료다나는, 판다와가 누리는 영광을 보자 다시금 질투에 불타올랐다. 외삼촌 샤쿠니의 조언에 따라, 그는 유디슈티라를 도박에 끌어들였다. 샤쿠니는 속임수를 써서, 유디슈티라가 재산은 물론 왕국까지 다 잃게 만들었다. 유디슈티라는 광기에 사로잡혀 형제들과 자기 자신까지 차례차례 판돈으로 걸었다. 모든 것을 잃은 그는 급기야 드라우파디 왕비마저 걸었고, 노름에 졌다. 달거리 중이던 왕비는 걸옷이 벗겨진 채 끌려 나오는 수모를 당했다. 그녀는 치욕에 몸을 떨며, 드리타라슈트라를 비롯한 왕가의 웃어른들에게 눈물로 호소했다. 그녀에게 설득된 연장자들은, 두료다나로 하여금 유디슈티라가 잃은 것 전부를 되돌려 주도록 했다. 하지만 판다와가 자신들의 왕국으로 돌아가기도 전에, 두료다나는 유디슈티라를 다시 노름판에 불러들였다. 사악한 샤쿠니가 유디슈티라에게 제안했다.

"주사위 노름을 딱 한 판만 해서, 진 편이 숲에 들어가 열두 해를 사는 게 어떻겠소? 열세번째 해에는 변장을 하고 사람들 사이에 숨어야 하오. 마지막 한 해가 가기 전에 다른 이에게 자기 정체를 들키면, 다시 열두 해를 숲에서 살아야 할 것이오. 들키지 않고 십삼 년을 채워야, 진 편은 왕국으로 돌아갈 수 있소. 이것이 내기의 조건이오."

유디슈티라는 그 단판 내기를 받아들였고, 또다시 지고 말았다. 그리하여 판다와는 모든 것을 잃고 드라우파디와 함께 숲에서 12년을 살게 되었다. 13년째가 되던 마지막 해, 모습을 들키지 않기 위해 그들은 위라타 왕의 궁정에 숨어들었다. 그리고 누구에게도 정체를 들키지 않고 무사히 마지막 일 년을 보냈다. 유배가 끝나자 판다와는 두료다나에게 왕국을 돌려줄 것을 요구한다. 물론 두료다나는 이를 거절했다. 이제 사촌 간의 전쟁은 피할 수 없었다. 왕들도 두 편으로 갈려 전쟁을 준비한다. 평화를 위해 양쪽을 오갔던, 비슈누의 화신 크리슈나 역시 아르주나의 마부가 되어 전장에 선다. 카우라와의 총사령관 비슈마를 쓰러뜨리기 위해, 아르주나는 암바 공주의 후신 쉬칸딘을 앞세운다. 비슈마에게 납치된 뒤 복수를 맹세하며 불 속에 뛰어든 암바는 쉬칸디니 공주로 환생했는데, 복수를 위해 사내의 몸을 입어 쉬칸딘으로 불렸다. 여인과 싸우지 않는다는 원칙을 지키는 비슈마를, 아르주나의 화살이 꿰뚫었다. 그의 몸은 바닥에 닿지 않고, 몸을 관통한 화살들 위에 눕혀진다. 비슈마는 부왕에게 받은 축복 덕에, 전쟁이 끝날 때까지 살아 있었다. 전화(戰火)가 꺼진 후에, 그는 유디슈티라에게 왕의 임무를 일러 주고 스스로 삶을 떠난다. 참혹한 전쟁 속에서 비슈마, 드로나, 카르나, 두료다나 ……. 위대한 용사들이 차례로 쓰러졌다. 전쟁이 막바지에 이르자 드로나의 아들 아슈와타만은, 판다와 진영에 잠입해 잠든 전사들의 목을 죄다 베어 버리는 비겁한 일을 저지른다. 그곳에 있지 않았던 판다와와 크리슈나만이 목숨을 건졌다. 하지만 전세는 이미 기울어 있었다. 조부와 스승, 그리고 사촌을 도륙한 18일간의 전쟁에서 판다와는 승리를 거둔다. 백 명의 아들을 죄다 잃은, 카우라와의 어머니 간다리는 크리슈나를 저주한다. 그 저주 때문에 크리슈나는 사냥꾼의 화살에 맞아 숨을 거두고 만다. 크리슈나를 잃은 판다와는, 왕위를 물려주고 순례길에 오른다. 천상으로 가는 길 위에서 형제들과 드라우파디가 차례로 쓰러지고, 마지막까지 따라온 충직한 개 한 마리와 유디슈티라만 남았다. 천상에 들어가려던 그는 인드라에게 제지를 당한다. 미천한 개는 천국에 들어갈 수 없다고. 유디슈티라는 천국 대신 개를 택한다. 유디슈티라가 크샤트리야다운 답을 내자, 개는 친아버지인 다르마 신으로 변한다. 드디어 유디슈티라는 천국에 들어가지만, 아내와 아우들을 찾아 지옥으로 간다. 그리고 그들과 함께 지옥에 머무르기로 결심한다. 그것이 마지막 시험이었다. 마침내 판다와와 드라우파디는 하늘나라에서 영원한 복락을 누린다.

판다와와 카우라와의 전쟁은 어느 편도 정의롭지만은 않습니다. 완전히 선하기만 하거나 완전히 악하기만 한 존재는 인도에 없거든요. 절대선과 절대악의 대결구도는 성경의 하나님처럼 온전히 의로운 존재가 있을 때나 가능한 일입니다. 그렇기 때문에 동양에는 악이 아니라, 선하지 않은 불선(不善)이 있다고 봐야 할 것입니다.

용맹하고 의로운 악역, 카르나

동양신화에서는 영웅에 맞서는 반영웅이라도 사탄처럼 순도 100%의 악당은 아닙니다. 와이샴파야나가 전한 『마하바라타』에서는 두료다나가 음모의 화신으로 등장하지만, 사실 그는 천한 신분 때문에 멸시받는 카르나를 제후국의 왕으로 봉할 만큼 박력 있는 인물입니다. 그리고 백성들의 신망을 받는 왕이었답니다. 카르나 또한 판다와가 자신의 형제라는 것을 알고 난 뒤에도, 끝까지 두료다나에게 충성하며 의리를 지키지요.

판다와와 카우라와가 무술에 능숙해지자, 스승인 드로나는 제자들이 무용을 자랑할 수 있는 대회를 열었다. 왕자들은 말이나 코끼리를 타고 눈부신 궁술을 선보인 다음, 칼과 방패를 쥐고 서로 결투를 벌였다. 카우라와의 맏이 두료다나와 판다와의 둘째 비마의 격투는, 도중에 말려야 할 만큼 격렬했다. 한편 아르주나가 등장하자, "최고의 명궁이 왔다!"라는 함성이 터져 나왔다. 그는 질주하는 황소의 뿔 사이에 화살을 스물한 대나 쏘아 넣는가 하면, 검·철퇴 등의 무기를 휘두르며 시범을 보이기도 했다. 그가 놀라운 솜씨로 관중을 사로잡자, 두료다나는 질투심에 이를 갈았다. 그때 타오르는 불꽃 같은 청년이 대회장으로 걸어 들어왔다. 붉은 귀걸이에 반짝이는 갑옷을 입은 그를 보고, 판다와의 어머니 쿤티는 기절하고 말았다. 그 청년이야말로 그녀가 몰래 낳아 버린 맏아들, 바로 판다와의 큰형이었기 때문이다. 어린 소녀였을 때 그녀는 성자가 알려 준 주문이 궁금해 무심코 그것을 읊은 적이 있었다. 그것은 신을 씨내리로 부르는 주문이었다. 그 주문에 응해 태양신 수리야가 그녀에게 내려왔고, 그녀는 아들을 잉태했다. 혼인도 안 한 처녀가 아이를 낳았다는 수치를 견딜 수 없었던 쿤티는, 아들을 강물에 띄워 보내고 말았다. 카르나가 태어날 때부터 지니고 있었던 귀걸이와 갑옷 덕분에, 쿤티는 자신의 아들을 알아 보았다. 그녀의 남모르는 아들 카르나는 아르주나에게 장담했다.

"지금까지 그대가 펼쳤던 무공을 나도 전부 해보겠소. 모두가 보는 앞에서, 그대보다 훨씬 나은 솜씨를 보여 주리다."

그리고 아르주나가 앞서 선보였던 무예를 더 훌륭하게 펼쳐 보여, 아르주나를 부끄럽게 했다. 두료다나는 기뻐하며 카르나를 껴안았다.

"그대는 나와 함께 즐거움을 모두 누릴 것이오."

카르나에게 대적할 만한 용사는 이 세상에 없다고, 유디슈티라마저도 마음속으로 생각했다. 망신을 당했다고 여긴 아르주나는, 카르나에게 결투를 신청했다.

"내 그대를 죽여, 초대받지도 않았는데 와서 지껄이는 자가 떨어져야 마땅한 지옥으로 그대를 보내 주겠다."

"그대 스승의 눈앞에서, 네 머리통을 화살로 날려 주지."

카르나는 기꺼이 결투에 응했다. 하지만 일대일 결투의 관례에 따라 아르주나의 부모와 가문이 소개되자, 카르나는 고개를 떨어뜨렸다. 친어머니에게서 버려진 그를, 천한 마부가 길렀던 것이다. 크샤트리야 신분이 아닌 그에게 싸울 자격이 주어질 리 없었다. 이를 알고 두료다나는, 그 자리에서 카르나를 제후국 앙가의 왕으로 봉했다. 카르나는 황금좌에 앉아, 왕실의 일산과 야크꼬리 부채를 받았다. 감격한 카르나는 두료다나에게 우정을 맹세했다. 그때 카르나의 양아버지인 마부가 떨리는 몸으로 지팡이를 짚고 대회장으로 들어왔다. 효성이 지극한 그는 활을 내려놓고 아버지에게 절을 올렸다. 이를 본 비마가 카르나를 조롱했다.

"마부의 아들아, 아르주나와 싸우다 죽을 만한 가치가 네겐 없다. 네 신분에 어울리게 말채찍이나 들어라, 미천한 자야!"

그러자 두료다나가 카르나를 두둔했다.

"힘만이 크샤트리야의 덕목이다. 강의 수원을 찾기 어렵듯이, 영웅의 태생을 알기는 어려운 법이지."

그러고 나서 그는 카르나의 손을 잡고 대회장을 나가 버렸다.

신분만 따지며 카르나를 모욕하는 비마가 그리 의롭게 보이지는 않지요? 알고 보면, 카르나는 판다와의 맏형인데요. 카르나는 판다와의 반대편에 섰다뿐이지, 흠 없는 영웅입니다. 용맹하고 의로운 용사지요. 두료다나처럼 사악한 면을 지닌 반영웅이 아니라, 아르주나처럼 완벽한 영웅입니다(물론 완벽한 영웅이라고 해서 언제나 의로운 것만은 아닙니다). 선과 악을 흑백처럼 가르는 세계관 속에서는 이런 영웅이 있을 수 없지요. 우리 편에 서지 않는 자는 다 악인이 되니까요. 누구도 완벽하게 옳지만은 않다는 세계관 속에서만 나올 수 있는 영웅입니다. 이런 영웅을 '적대영웅'이라고 이름 붙여 반영웅과 구별하도록 하겠습니다. 판다와에게 유리하게 서술되었다는 와이샴파야나의 『마하바라타』에서조차 적대영웅 카르나는 큰 칭송을 받습니다. 아무리 적이라도 고결한 사람을 사악하다고 할 수는 없었나 봅니다.

카르나는 친아버지가 누군지도 모르면서도, 늘 부친인 태양신을 숭배했다. 태양신에게 기도를 올린 뒤에는, 누가 와서 무엇을 요구하든 다 들어준다는 서약을 세울 정도였다. 판다와와 카우라와 사이에 전운이 돌자, 아르주나의 친아버지인 인드라가 자기 아들 카르나를 해코지할 것이라고 태양신은 예견했다. 아들이 걱정된 나머지 태양신은 꿈속에 들어가, 카르나에게 일러 주었다.

"카르나야, 내일이나 모레, 인드라가 변장을 하고 네 앞에 나타날 것이다. 그는 자기 아들 아르주나를 위해, 태어날 때부터 너를 지켜 준 갑옷과 귀걸이를 달라고 하겠지. 절대로 주면 안 된다. 알겠느냐?"

이튿날 인드라는 허름한 행색의 브라만 수행자가 되어, 기도를 마친 카르나 앞에 나타났다. 카르나는 그가 인드라라는 것을 직감했지만, 무엇을 바라는지 차분하게 그에게 물었다. 아들을 위해 체면도 버린 인드라가 청했다.

"카르나여, 내가 바라는 것은 두 가지뿐이오. 당신의 빛나는 갑옷과 귀걸이를 내게 주시오."

물론 카르나는 이를 거절했다.

"브라만이여, 갑옷과 귀걸이는 내가 태어날 때부터 내 몸에 붙어 있었던 것이오. 떼어 내리려면 아프기도 하겠지만, 몸에 흉터도 남을 것이오."

하지만 인드라가 고집했다.

"걱정 마시오. 내가 흔적도 없이 떼어 갈 테니."

기도 직후에는 누가 무엇을 청하든 들어주겠다고 한 서약을, 카르나는 지켜야 했다. 그에게는 목숨보다 서약이 더 중요했기 때문이다.

"그리하시오."

카르나는 허락해 버리고 말았다. 아들을 향한 사랑에 눈먼 인드라는, 그의 몸에서 갑옷과 귀걸이를 흔적도 없이 떼어 내 가져갔다. 그렇지만 염치는 있었는지, 갑옷과 귀걸이를 가져가는 대신 그는 카르나에게 강력한 무기 하나를 내려 주었다. 『마하바라타』 1권과 3권

태양신의 아들 카르나는 갑옷과 귀걸이를 몸에 붙인 채 태어납니다. 인드라는 수행자 행세를 하며, 그를 지켜 주는

갑옷과 귀걸이를 빼앗으려 하지요. 카르나는 자신의 말을 지키는 고결한 영웅이었기 때문에, 뻔히 알면서도 인드라의 계략에 걸려들고 맙니다. 천한 신분이라고 멸시를 받지만, 카르나는 전장에서 크샤트리야처럼 명예롭게 싸우는 영웅입니다. 하지만 아무리 빼어나도 적대영웅은 영웅에게 타도되는 운명을 맞기 마련이지요.

크샤트리야는 전장에서 명예롭게 싸워야 합니다. 비겁하게 이기느니 명예롭게 죽어야 천상에 갈 수 있거든요. 그러나 카우라와는 비겁하게 아르주나의 어린 아들 아비만유에게 떼로 달려들어, 아이의 목숨을 끊어 버립니다. 카우라와 편에 선 아슈와타만도 아버지의 복수를 위해, 해가 지면 휴전해야 한다는 전장의 규칙을 어기고 야습을 감행합니다. 또한 의롭다는 판다와도 크샤트리야로서는 그다지 명예롭지 않게 카르나의 목숨을 빼앗아 버린답니다.

카르나와 아르주나가 싸우고 있을 때, 카르나의 전차가 그만 수렁에 빠져 버리고 말았다. 카르나가 아르주나에게 말했다.

"수레바퀴를 빼낼 때까지 잠시 기다려라. 겁쟁이처럼, 적이 싸울 수 없을 때 싸우려 들진 않겠지? 전장의 규칙을 아는 명예로운 크샤트리야라면 말이다."

하지만 아르주나의 마부인 크리슈나는 카르나를 비웃었다.

"유디슈티라가 주사위놀음에서 지고 있을 때, 드라우파디가 홑옷만 입은 채 끌려 나올 때, 어린 아비만유가 어른들 손에 죽어갈 때 너는 크샤트리야다웠느냐? 자신은 의롭게 행동하지 않았으면서, 왜 다른 사람은 정직하게 싸우길 바라는 거지?"

그러자 아르주나는 전차를 빼내던 카르나의 급소에 화살을 쏘아 그의 목숨을 끊었다. 『마하바라타』 8권

비슈누가 의로운 아수라 발리를 속이다

선과 악이 분명하지 않은 존재인 것은 신도 마찬가지입니다. 아수라는 신에게 맞서는 악한 존재로 알려져 있지만, 사실 아수라족과 신족은 카샤파라는 성자에게서 태어난 배다른 형제입니다. 어머니들 또한 자매 사이이니, 혈통으로 보나 능력으로 보나 신족과 아수라족은 그다지 다르지 않습니다. 알려진 것처럼 아수라는 지옥에 사는 악마가 아니랍니다. 인도신화에서 악역을 주로 맡는 종족은, 창조주 브라흐마의 손자인 나찰입니다. 밤에 돌아다니며 사람을 잡아먹는 음침한 족속이기 때문이지요. 마족이라고 생각하면 됩니다. 물론 나찰도 완벽히 악한 존재는 아니지요. 어떻게 창조주

의 손자들이 인육을 먹는 마족이냐고요? 세상이 창조될 때 선하지 않은 존재도 생겨났다는 것은, 완전한 세상에 대한 인도인의 균형 감각을 말해 줍니다. 실은 악도 선의 끄트머리 아닐까요? 의로운 아수라왕 발리를 비슈누가 속임수로 굴복시키는 이야기를 들으면, 선과 악의 이분법이 인도에서 얼마나 무의미한지 알 수 있을 것입니다.

신과 아수라 사이에 불사약을 두고 격전이 벌어졌을 때, 인드라는 벼락으로 아수라왕 발리를 죽여 긴 전쟁을 끝맺었다. 아수라들은 스승인 슈크라에게 발리의 시신을 가져갔다. 죽은 자를 살리는 주문과 약초를 써서, 슈크라는 발리를 되살려 냈다. 발리는 혹독한 고행으로 막강한 힘을 얻어, 다시 신들을 공격했다. 아수라의 공격을 감당하지 못한 신들은 그들의 도시를 버릴 수밖에 없었다. 제신의 왕 인드라는 공작으로, 풍요의 신 쿠베라는 도마뱀으로…… 신들은 제각각 다른 모습으로 변해, 신과 아수라 모두의 아버지 카샤파 성자에게 도망갔다. 신족을 물리치고, 발리는 세상의 주인이 되었다.

어느 날, 비슈누를 신봉하는 친할아버지가 오자, 발리는 할아버지를 극진하게 대접했다. 그리고 어떻게 해야 세상을 잘 다스릴 수 있느냐고 할아버지에게 물었다. 세상을 올바로 다스릴 수 있는 방법은 오직 덕뿐이라고, 할아버지는 그에게 조언했다. 그 조언에 따라 발리는 세상을 덕으로 다스려 모든 이의 마음을 얻었다. 그는 덕이 넘치는 정의로운 왕이었고, 관대함으로 온 세상의 존경을 받았다. 생명이 있는 것과 없는 것 전부가 발리의 통치에 만족하자, 삼계를 빼앗긴 신들은 그를 물리쳐 달라고 비슈누에게 청원할 수밖에 없었다.

"지금 발리가 천하를 다스리고 있나이다. 누가 무엇을 부탁하든 그는 다 들어준다고 합니다. 최고의 신이시여, 부디 저희의 풍요를 되찾아주소서."

비슈누는 신들의 간청을 들어주겠다고 약속했다. 한편, 카샤파의 아슈람에서 궁핍한 피난살이를 하는 자식들을 보고, 신들의 어머니 아디티는 슬픔에 잠겼다. 그래서 하루 빨리 비슈누가 자신의 몸을 빌려 세상에 나오기를 기도하며, 그녀는 단식과 고행을 시작했다. 마침내 비슈누가 난쟁이의 모습으로 그녀의 태에 들어갔다. 이 무렵 발리는 불길한 조짐을 보고, 할아버지를 찾아가 이유를 물었다.

"지금 아디티의 복중에 비슈누가 들어 있어서 그렇단다."

할아버지가 이렇게 답하자, 발리가 격분하여 말했다.

"아수라들이 비슈누보다 더 강합니다."

비슈누를 따르는 할아버지는 화가 나서, "네 세계는 곧 파멸하리라"라는 저주를 손자에게 내리고 말았다.

이윽고 난쟁이로 태어난 비슈누는, 관대함이 발리의 약점이라는 것을 알고 탁발수행자로 변장했다. 제사를 올리고 있는 발리 왕에게, 비슈누는 자신의 걸음으로 세 걸음만큼의 땅을 달라고 청했다. 부탁을 거절한 적이 없는 왕은 흔쾌히 이를 허락했다. 스승 슈크라가 수상한 기미를 눈치채고, 난쟁이와 약속을 하지 말라며 그를 말렸다. 하지만 발리는, 이미 한 약속을 거두어들일 수 없다며 뜻을 굽히지 않았다. 화가 난 슈크라는 그에게 저주를 퍼부었다.

"스승의 말을 듣지 않는 쓸데없는 고집 때문에, 그대는 망하게 되리라."

스승이 저주를 내리건 말건, 발리는 아내가 떠온 물을 땅에 부어 약속한 땅을 난쟁이에게 주려고 했다. 그때 난쟁이가 거인으로 변하더니 첫 걸음으로 온 대지를, 두번째 걸음으로 온 천계를 딛고는 발리에게 물었다.

"나머지 한 걸음을 어디에 두어야 하는가?"

발리는 주저 없이 당당하게 말했다.

"내 머리에 두시오."

비슈누가 그의 머리를 딛고 서자, 발리는 땅 밑 세계로 떨어지고 말았다. 신들에게 삼계를 되찾아 주긴 했지만, 의로운 발리에게 비슈누는 미안하지 않을 수 없었다. 그래서 그는 발리에게 지하세

계를 다스릴 권한을 주었다.『와마나 푸라나』와 『비슈누 푸라나』에서 발췌

비슈누는 세상을 구하기 위해 화신으로 태어나는 신입니다. 여러 가지 모습으로 인간 세상에 나타나는 비슈누를 화신이라고 하지요. 우주가 파괴되기 전까지, 열 명의 화신이 이 세상에 온다고 합니다.『마하바라타』에 등장하는 크리슈나 역시 비슈누의 여덟번째 화신입니다. 현재 인도에서 가장 사랑받는 신이라고 할 수 있지요. 그 밖에 물고기, 거북이, 멧돼지 화신도 있습니다. 가장 무시무시한 화신은 사자 머리의 반인반수 나라싱하가 아닐까요? 마지막 화신 칼키는 세계를 멸망시키기 위해 온다고 합니다. 열 명의 화신 가운데 칼키를 제외한 아홉은 이미 세상에 출현했지요. 지금 우리가 살아가고 있다는 칼리 유가의 끝에 칼키가 오면, 말세의 불이 일어나 우주 전체를 태우게 됩니다. 그리고 다시 새로운 우주가 창조되지요.

비슈누의 화신 크리슈나는 카르나가 요구하는 크샤트리야의 규율을 무시하고, 아르주나로 하여금 그를 죽이도록 합니다. 난쟁이 화신도 발리 왕에게 속임수를 쓰지요. 이렇게 신들의 신인 비슈누도 늘 떳떳하지만은 않습니다. 역시 정의란, 승자의 편에 서는 것이 아닐까요? 전쟁에서 이긴 판

다와와 신은 의로운 존재가 되고, 지고 만 카우라와와 아수라는 의롭지 않은 존재가 되니 말입니다.

내가 한 일을 나 자신에게 감출 수는 없다

정의가 승자의 편이라면, 수단과 방법을 가리지 않고 이기기만 하면 되지 굳이 착하게 살 필요 있냐고요? 물론 인도에는 신의 심판이 없으니, 지옥 무서워할 필요 없이 마음껏 속이고 사기 쳐도 됩니다. 뒷감당할 각오만 있으면요. 앞서 우리는 심판할 신 없이도, 뿌린 대로 거두는 업을 살펴본 바 있지요. 자신의 업보를 자신이 받을 때, 신이 아니라 그 누구라도 자신을 구해 줄 수는 없습니다. 현생에서 잘 먹고 잘 살고 나서, 있는지도 확실하지 않은 내생에 업보를 받겠다고요? 현생에서 저지른 일로 현생에 과보를 받을 수도 있답니다.

붓다의 제자들 중에는, 무시무시한 전직 살인마도 있었습니다. 사람을 죽일 때마다 오른손 손가락 하나를 잘라서 목걸이로 엮어 걸고 다녔기 때문에, '앙굴리말라'(손가락 목걸이)라고 불렸던 자입니다. 붓다를 만나 개과천선해서 승려가 된 뒤, 그는 깨달음까지 얻었습니다. 하지만 살인의 죄과로, 현생에서 가사가 찢기고 머리에 피가 줄줄 흐르도록 돌팔매를 맞고 다닙니다. 신통력 최고라는 상수제자 목갈라나(목련)도, 전생의 과보로 초능력을 발휘하지 못해 도적에게 맞아죽고 맙니다.

목갈라나는 뛰어난 신통력을 보여 교단에 사람을 모으곤 했다. 위기를 느낀 외도들은 도적 두목에게 천금을 주며, 그를 죽이라고 사주했다. 도적떼가 들이닥칠 때마다 목갈라나는 하늘로 날아올라 화를 면했다. 그러나 이레째 되는 날, 전생에 부모를 죽이려고 했던 그의 과보가 무르익었다. 전생에 그는 사악한 아내의 꼬드김에 넘어가, 눈먼 부모를 수레에 태워 숲으로 데려간 적이 있었다. 그리고 산적이 나타난 것처럼 가장해서, 부모를 때렸다. 앞이 보이지 않는 부모는 정말 도적이 나타난 줄 알고, 빨리 도망치라며 아들에게 소리쳤다. 그 모습에 아들은 마음을 고쳐먹고, 부모를 다시 집으로 모셔 왔다. 부모를 죽이려고 했었던 전생의 업보가 발현되자, 목갈라나는 신통력을 쓸 수 없었다. 도적들은 잘게 썬 볏짚처럼 목갈라나의 뼈를 부수고 나서, 그가 죽었다고 여기고는 가 버렸다. 죽기 전에 붓다를 뵙고 싶었던 목갈라나는 신통력으로 몸을 추스르고 나서, 하늘을 날아 스승에게 갔다. 붓다는 중생에게 마지막 설법을 베풀라고 그에게 권했다. 그리하여 목갈라나는 온갖 이적을 보이며 설법을 한 뒤에 열반에 들었다.

앙굴리말라가 돌팔매질을 당한 것도, 목갈라나가 처참하게 맞아 죽은 것도 모두 붓다가 이 세상에 있을 때 일어난 일입니다. 하지만, 이들을 자신의 업에서 구해 줄 수 있는 이는 아무도 없었답니다. 붓다는 그저 앙굴리말라의 머리에 흐르는 피를 닦아 주고, 목갈라나에게 설법을 베풀라고 청할 수 있었을 뿐이었습니다. 과보 따위는 두렵지 않으니, 영혼을 팔아서라도 원하는 것을 얻고 싶다고요? 물론 인도에서는 마키아벨리가 울고 갈 만한, 정치학과 처세술로 포장된 사기와 계략도 가르칩니다.

옛날 남쪽 나라에, 정치에 통달한 왕 아마라샥티가 살았다. 그는 아둔한 아들만 셋을 두었다. 나라의 앞날이 걱정스러웠던 왕은 대신들을 불러 한탄했다.

"아들이라고 하나같이 모자라니, 차라리 딸이 나았을 것이오. 왕자들의 어리석음을 깨우칠 방법이 없겠소?"

그러자 신하 하나가 조언했다.

"비슈누샤르만이란 브라만이 통치학으로 명성 높다고 하옵니다. 왕자들의 교육을 그에게 맡겨 보시지요."

그 말을 듣고 왕은 그 브라만을 불러들여, 그에게 아들들을 부탁했다.

"브라만이여! 그대가 우매한 왕자들에게 정치를 가르쳐서, 왕자들을 그 누구보다도 정치에 뛰어나도록 만들어 주시오. 그러면 그대에게 큰 재물과 존경을 바치리다."

브라만은 왕에게 장담했다.

"재물은 한낱 물거품에 지나지 않나이다. 하지만 전하를 위해 제가 왕자들의 교육을 맡도록 하지요.. 여섯 달 안에 왕자들이 통치학에 달통할 수 있도록 가르치겠나이다."

기대를 넘는 이 약속을 듣고, 왕은 놀라움과 기쁨을 감추지 못하며 그에게 세 아들을 넘겨주었다.『판차탄트라』「서문」

이 자신만만한 학자에게서 세 왕자는 대체 뭘 배웠을까요? 우화를 통해 브라만은 왕자들에게 통치학을 가르칩니다. 재미있는 이야기를 듣다 보면 저절로 정치에 대해 통달하게 되는 가르침이었지요. 그런데 왕자들이 배운 통치의 본질은, 이간질과 속임수였답니다. 그들이 들은 이야기 한 자락을 들어 볼까요?

옛날 사자 한 마리가 숲에 살고 있었다. 어느 날 그는 신하인 표범과 까마귀, 그리고 여우를 거느리고 숲을 거닐다가, 대상의 행렬에서 벗어난 낙타를 보았다. 낙타를 처음 본 사자가 명을 내렸다.

"저 이상하게 생긴 놈이 누군지 알아보아라."

그러자 그의 신하들이 낙타를 달래어 사자에게 데려왔다. 낙타는 자신이 누구이며 어디서 왔는지, 그리고 어떻게 상단에서 벗어나 홀로 떨어지게 되었는지 이야기했다. 이를 듣고 낙타를 가엾게 여긴 사자는, 그를 지켜 주겠노라고 약속했다.

그러던 어느 날, 사자는 코끼리와 싸우다가 상아에 찔리고 말았다. 몸을 다친 사자는 며칠 동안 동굴에서만 지내야 했다. 그가 사냥을 할 수 없게 되자, 신하들도 굶주렸다. 사자가 그들에게 말했다.

"상처가 아파서, 예전처럼 내가 그대들의 먹이를 마련할 수가 없다. 그러니 너희도 어떻게든 스스로 먹을 것을 마련해 보아라."

표범과 여우와 까마귀는 숲속을 돌아다니며 먹이를 찾았지만, 아무것도 구할 수가 없었다. 그러자 셋은 사악한 음모를 꾸미기 시작했다.

"할 수 없어, 낙타라도 죽여서 연명해야지."

"그래도 우리 친구인데……."

"풀 먹는 짐승이 어떻게 고기 먹는 짐승과 친구가 돼?"

"하지만 왕께서 낙타를 지켜 주겠다고 약속하셨는데, 무슨 수로 잡아먹어?"

사자가 한 약속 때문에 낙타를 죽일 수 없다는 것을 알자, 까마귀가 사자에게 가서 말했다.

"먹을 것이 부족했던 탓에 저희 모두 눈이 잘 보이지 않고 기력마저 없어, 먹이라곤 아무것도 찾아내지 못했습니다. 어쨌거나 왕께서도 아셔야 할 것은 아셔야 합니다. 먹이가 손 안에 있는데도, 전하께서는 일을 망치고 계시니까요. 저 낙타를 이르는 말입니다."

그러자 사자가 격노했다.

"비열한 짓이다. 내가 지켜 주겠다고 약속하지 않았더냐? 그런데 이제 와서 어떻게 낙타를 죽일 수 있겠는가?"

까마귀는 사자를 설득했다.

"위대한 성인께서 말씀하셨습니다. 더 나은 이익을 위해, 더 나쁜 일이 행해지기도 한다고요.

가족의 이익을 위해 한 사람

마을의 이익을 위해 한 가족

나라의 이익을 위해 한 마을

내 자신의 이익을 위해서는

온 세상이 희생되어야 하느니

이런 경구도 있지 않습니까. 왕께서 직접 죽이실 필요는 없습니다. 제가 속임수를 써서 낙타가 제 스스로 죽도록 할 테니까요."

"뭘 어떻게 하려고?"

사자가 묻자, 까마귀는 대답했다.

"이런 상황 속의 전하와 저희를 보고, 낙타는 스스로 제 몸을 우리에게 주고 하늘나라로 가겠다고 할 것입니다. 그러면 누구의 잘못도 되지 않지요."

이 말을 듣고 사자는 굳은 표정으로 아무 말도 하지 않았다. 까마귀는 나머지 둘과 함께 낙타에게 가서, 말을 꾸며대었다.

"전하의 목숨이 위태로워. 왕께서 계시지 않는다면, 누가 이 숲을 지키겠어? 그러니 저 세상으로 가시려는 전하를 위해, 우리가 육신을 희생하여 군주의 은혜를 갚도록 하자."

번지르르한 말에 넘어가서, 낙타는 모두와 뜻을 같이하겠다고 했다. 표범과 여우와 까마귀는 낙타를 데리고 사자에게 갔다.

"왕이시여, 결국 먹이를 찾지 못했습니다. 왕께선 오랜 굶주림으로 고통받고 계시니, 우선 제 살을 드십시오."

먼저 까마귀가 이렇게 말하자, 사자가 대답했다.

"그대 몸은 한 줌밖에 되지 않으니, 그대를 먹더라도 아무런 득이 없다."

이번에는 여우가 권했다.

"제 체구가 까마귀보다는 좀 큽니다. 그러니 제 몸뚱이로 전하의 생명을 보전하십시오."

사자는 같은 말로 거절했다.

"저들 둘보다 제 몸이 더 크나이다. 제 몸을 맛보십시오."

표범이 말했을 때도 사자는, "그대 역시 작다"라고 말할 뿐이었다. 이를 지켜보던 낙타는 생각했다.

'아무도 잡아먹히지는 않겠군. 그렇다면 나도 똑같이 해야지.'

결국 낙타는 이렇게 말했다.

"왕이시여! 저들보다 제 체구가 더 크나이다. 그러니 전하께서는 제 육신으로 생명을 잇도록 하소서."

그 말이 떨어지자마자, 표범과 여우는 낙타의 양 옆구리를 갈기갈기 찢어발겼다. 이렇게 해서 낙타는 그들에게 잡아먹히고 말았다.『판차탄트라』1장

온 세상을 희생시켜서라도 내 이익을 꾀한다는 말을, 경구랍시고 읊고 있지요? 제 뱃속을 채우기 위해서는 속임수를 써도 된다며(혹은 써야 한다며), 나쁜 짓을 부추기는 이야기입니다. 그런데 이왕 나쁜 짓을 하기로 결심했다면, 그냥 낙타를 잡아먹으면 되지 않나요? 왜 굳이 낙타 입에서 자신을 잡아먹어도 된다는 허락이 떨어지기를 기다릴까요? 물론

사자가 낙타를 지켜 주겠다고 약속했기 때문입니다. 하지만 약속도 지켜 가며 나쁜 짓을 해야 하나요? 속임수를 쓰더라도 인도에서는, 우선 자기 자신(존엄성)을 지켜야 합니다. 다짜고짜 낙타를 잡아먹는다면, 사자는 자신의 약속을 스스로 깨게 되지요. 백수의 왕이 거짓말쟁이라는 오명을 얻는 것은 물론, 자기 자신을 더 이상 믿을 수 없게 됩니다. 자신의 생각·말·행동은 다른 사람이 알 수도 모를 수도 있지만, 자기 자신은 항상 알고 있습니다. 자신에게 우리는 무슨 말과 생각을 들려주고, 어떤 행동을 보여 주고 있습니까? 인도에서는, 거짓된 일을 하면 할수록 자기 영혼의 빛이 스러진다고 생각합니다. 속세에서 떵떵거리고 사는 것이, 자신의 영혼(존엄성)보다 중요한가요? 죽음에 이르면, 어차피 신기루처럼 여겨질 삶인데요? 자기 자신보다 돈이나 권력 따위가 중요한 사람은, 돈·권력의 노예로 비참하게 살게 됩니다. 이런 믿음에 대해서는 뒷장에서 상세히 다루도록 하겠습니다.

선악의 저울을 떠나는 지혜

인도 처세술이 기만과 속임수만을 가르치지는 않습니다. 신도 성자도 세상도 완벽하지는 않기에, 순교자가 될 필요는 없다는 것을 넌지시 알려줄 뿐이지요. 때마다 정의사회가 구현되는 것은 아니니까요. 앞에 나서기보다 남몰래 내부고발자처럼 행동하는 것이, 인도가 말하는 '현명'인지도 모릅니다. 조직의 비리에 공범이 되지 않는 것으로 자신의 영혼을 지키고, 신원을 드러내지 않는 것으로 자신의 세상살이를 지키니까요. 선을 지키는 데는 용기뿐만 아니라, 지혜도 필요합니다. 신원이 드러나 고통을 겪는 내부고발자가 많은 것을 보면, 세상 일에는 지혜가 더 필요할지도 모릅니다. 옳은 일을 한다고 세상이 나를 지켜 주지 않으니까요. 또한 선이 지켜지려면, 때와 장소가 적합해야 합니다. 그래도 옳은 것은 옳고 그른 것은 그르다고요? 이 세상을 선과 악으로 나누는 것은, 인도의 관점에서 볼 때 매우 순진하고 위험한 일입니다. 자신의 신과 경전이 절대선이라고 굳게 믿는 원리주의 테러리스트가 있기 때문에, 지금 이 순간에도 성전(聖戰)를 내세운 살육이 끊이지 않지요. 선과 악, 옳고 그름도 시대에 따라 변하는 유동적 가치입니다.

선악이 모호한 인도의 세계관이 마음에 들지 않을 수도 있겠지요. 하지만 우리가 사는 세상 자체가 회색처럼 흐리멍덩합니다. 인도에서는 이 세상을 지배하는 것이 '물고기의 법칙'이라고 합니다. 큰 물고기가 작은 물고기를 잡아먹는 약육강식의 법칙이지요. 그럼, 선한 이는 악한 이의 먹잇감일 뿐일까요? 순진과 순수는 구별해야 합니다. 진정한 선은 악으로 단련되어야 하지요. 선하기 위해서는 현명해야 합니다. 지혜는 악한 이의 의도를 꿰뚫어 봅니다. 인도에는 성스럽다는 산스크리트어로 쓰인, '상스러운 도둑질 책'도 있답니다. 도둑질을 하라는 뜻이 아니고 당하지 말라는 뜻이지요. 알아야 안 당하니까요. 기생에게 속지 말라고 자기 아들을 기생에게 맡긴 아버지도 있답니다.

옛날에 라트나와르마라고 하는 갑부 중의 갑부가 살았다. 그에게는 이슈와라와르마라는 외아들이 있었다. 아들이 학문을 다 배우고 나자, 그는 생각했다.

'젊음에 취한 청년의 부와 심장을 훔치라고, 신께서는 아름답고도 사악한 기녀를 창조하셨지. 아들을 퇴기에게 맡겨, 기녀의 수에 놀아나지 않도록 해야겠군.'

그는 어느 늙은 기생의 집에 아들을 맡겼다.

"내 아들을 가르쳐라. 천 디나르[2]를 주지."

---

2 금화의 무게 단위이자 금액의 단위.

이슈와라와르마는 일 년간 그 집에 머물며 기녀의 속임수를 배운 뒤, 다시 부친의 집으로 돌아왔다. 열여섯 살이 되자, 그가 아버지에게 말했다.

"우리 같은 상인들에게 돈은 종교이자 사랑입니다. 존경도 돈에서 나오지요."

그러자 그의 아버지는 기뻐하며, 금화 오천만 개를 주어 아들이 사업을 시작하도록 했다. 이슈와라와르마는 상단을 꾸려, 길일에 다른 도시로 장사를 하러 떠났다. 도중에 그는 사원에 공연을 보러 갔다가, 순다리라고 하는 젊고 아름다운 무용수를 보았다. 노기의 그 모든 가르침도 소용없이, 그녀를 본 순간 그는 사랑에 빠지고 말았다. 그녀의 침실에서 하룻밤을 보내고 나서도, 이슈와라와르마는 그녀를 떠날 수 없었다. 이틀 뒤 그가 금화 이백오십만 개와 보석을 주자, 순다리는 애정을 한껏 가장하며 그 선물을 거절했다.

"전 이미 많은 재산을 가지고 있어요. 그러니 당신을 만나는 데 돈이 무슨 소용인가요? 그저 당신 같은 남자를 만난 적이 없을 뿐이에요."

그러자 그녀의 어머니가 짐짓 말했다.

"이제 우리 재산 전부가 그의 것이고 그의 것도 우리의 것이니, 그가 주는 것을 받아도 상관없단다."

순다리는 마지못해 받는 척, 그가 주는 것을 챙겼다. 멍청한 이슈와라와르마는 그녀가 정말 자신과 사랑에 빠졌다고 여겼고, 두 달간 금화 이천만 개를 그녀에게 주었다. 상단이 떠나지 못하자, 동료가 찾아와 그를 책망했다.

"노기에게 배운 것이 대체 무슨 쓸모가 있나? 자네 부친이 아시면 노하실 걸세."

"순다리는 다른 기녀와 달라. 날 보지 못하면 그녀는 정말 죽어 버릴 거야."

그는 이렇게 변명할 따름이었다. 그러자 이슈와라와르마 앞에서, 그 친구가 순다리에게 말했다.

"장사를 위해 떠나야 하니 그를 보내 주게. 돈을 벌고 나서 되돌아오면, 그때 함께 지낼 수 있지 않은가?"

이 말을 들은 그녀는, 눈물 가득한 눈으로 이슈와라와르마에게 하소연했다.

"내가 죽을 걸 이미 아는 당신에게 무슨 말을 더 하겠어요? 운명에 맡길 수밖에요."

이슈와라와르마가 떠나는 날, 그녀는 그가 지나는 길목에 있는 우물에 몸을 던졌다. 순다리가 죽은 줄 알고 그는 얼이 빠졌다. 그녀의 어머니가 울며불며, 우물 안으로 하인을 내려보냈다. 밧줄을 타고 내려간 이들은, "기적이다, 아직 살아 있다!"라고 외치며, 순다리를 우물 밖으로 끌어냈다. 미리 우물 안에 그물을 펴 두었던 터라, 그녀가 무사할 수 있었던 것이다. 죽을 뻔한 척 연기를 펼치고 나서, 순다리는 이슈와라와르마의 이름을 부르며 눈물을 흘렸다. 결국 그녀의 사랑을 확신하게 된 그는, 한 달을 더 그곳에 머물렀다. 그가 가진 돈을 다 탕진하자, 순다리의 어머니는 그를 내쫓아버렸다.

무슨 일이 있었는지 알게 된 이슈와라와르마의 아버지는 아들을 가르쳤던 노기에게 다시 그를 데려갔다.

"그 수법을 가르치는 것을 잊었으니 제 잘못입니다. 하지만 아직 방법은 있어요."

이렇게 말하며, 노기는 원숭이 한 마리를 내놓았다. 그녀는 천 디나르를 놓고 원숭이에게 명했다.

"삼켜라."

그러자 훈련을 받은 원숭이는 동전을 모두 삼켰다.

"이분께 이십, 저분께 이십오, 그리고 이 사람에게는 육십, 저 사람에게는 백 디나르를 내어 드려라."

그녀가 다시 명하자, 원숭이는 정확히 시키는 대로 했다. 노기는 그 원숭이를 이슈와라와르마에게 주고, 그의 부친으로 하여금 그에게 금화 이천만 개를 주도록 했다. 그는 다시 순다리에게 돌아갔고, 그가 자신의 전부인 것처럼 그녀는 다시금 그를 반겨 주었다. 그녀의 신뢰를 다시 얻은 이슈와라와르마는, 미리 금화 천 디나르를 삼킨 원숭이를 데려오게 했다.

"우리에게 삼백 디나르를 주렴. 비용으로 백을 더 주고. 그리고 백은 순다리의 모친에게, 백은 브라만들에게, 그리고 천 디나르에서 남는 돈은 순다리에게 주어라."

그가 명하자, 원숭이는 시키는 대로 했다. 이렇게 보름 동안 원숭이가 계속 돈을 내놓자, 순다리 모녀는 그 원숭이가 하루에 천 디나르를 주는 보물이라고 생각하게 되었다. 순다리는 이슈와라와르마에게 매달렸다.

"저를 진정으로 사랑하신다면, 원숭이를 제게 주세요."

"그 원숭이는 아버지의 것이자, 아버지의 전부야. 네게 줄 수는 없다."

그가 거절하자, 그녀는 더욱더 그를 조르며 제안했다.

"오천만 루피를 드릴게요."

"네 전 재산, 아니 이 도시 전체를 준다고 해도 원숭이를 줄 수는 없어."

그는 이렇게 거절했다.

"제 전 재산을 드릴 테니 원숭이를 주세요. 그렇지 않으면, 엄마가 제게 화낼 거예요."

순다리가 그의 발 앞에 엎드려 애원하자, 이슈와라와르마가 못 이기는 척 대답했다.

"줄게. 일어날 일은 일어나기 마련이니까."

그리고 이튿날 원숭이를 주겠다고 약속했다. 미리 원숭이에게 이 천 디나르를 삼키도록 한 다음, 그는 순다리 모녀의 전 재산과 원숭이를 바꾸고 나서 서둘러 도시를 떠났다. 매일 천 디나르를 뱉어 내는 원숭이를 보며 순다리는 기뻐했다. 하지만, 사흘째 되던 날 원숭이가 아무것도 내놓지 않자, 그녀는 주먹으로 원숭이를 때렸다. 그러자 원숭이도 화가 나서 모녀를 할퀴었다. 자기 얼굴이 피로 물들자, 둘의 분노가 폭발했다. 순다리의 어머니는 몽둥이로 원숭이를 죽을 때까지 때리고 말았다. 이렇게 해서 가진 것을 모두 잃고, 모녀는 얼굴에 상처만 남겼다.Somadeva, *Tales from the Kathasaritsagara*에서 발췌 번역

속임수도 기술이고, (착하기 때문이 아니라) 멍청하기 때문에 이런 기술에 속는다는 생각이 위 이야기의 바탕에 깔려 있습니다. 속는 사람만 바보라고 비아냥대는 것이지요. 그런데 기녀 순다리가 원래 사악해서, 남자에게 돈을 우려내려고 속임수를 쓴 것일까요? 갑부의 생각처럼, 기녀는 다 태생부터 사악한 것일까요? 돈을 사랑하기는 이슈와라와르마 부자도 마찬가지입니다. 돈이 종교이자 사랑이라고, 아

들이 마치 깨달음이라도 얻은 것처럼 말하자, 아버지는 아들이 철들었다며 기뻐하니까요. 장사로 돈을 벌어야 하는 상인에게 돈이 종교이자 사랑이라면, 젊음과 아름다움을 팔아 돈을 버는 기녀에게도 돈은 종교이자 사랑입니다. 물건을 팔아 이익을 남기는 것은 상인의 도이고, 사랑을 팔아 돈을 버는 것은 기녀의 도인 것이지요. 직업에 따라, 따라야 하는 행동 양식이 다르다는 것입니다. 그래서 경전에서는 직업의 중요성을 강조하지요. 속이는 것이 직업인 사람은 태생이 악해서가 아니라, 직업적 행동 양식 때문에 악인이 되니까요. 직업뿐만 아니라, 처한 여건과 환경이 사람을 악인으로도 선인으로도 만들 수 있습니다. 환경에 따라 사람은 행동을 달리할 뿐, 영원한 악인도 영원한 선인도 없다는 것이 인도의 생각입니다. 누구도 완벽하게 옳을 수 없다는 말은 자신에게 핑계를 만들어 주기 위해서가 아니라, 타인을 이해하고 용서하기 위해서 기억해야 하는 금언입니다.

인도의 지혜는 여기서 더 나아갑니다. 한 개인 안에서도 선과 악을, 빛과 그림자로 여기니까요. 선과 악도 시소처럼 균형을 이뤄야 한다고 생각하는 것입니다. 선과 악의 시소에서 한 쪽의 관점만을 취하면 삶의 균형이 무너지게 마련입니다. 억지로 하이드(악)를 떼어 낸 지킬 박사는 어떻게 되었나요? 시소의 길이를 점차 줄여 나가는 것이 지혜입니다. 그래야 양극단을 오가더라도, 삶에서 추락하지 않을 수 있으니까요. 또한 진정한 지혜는 선악을 저울질하는 것이 아니라, 선악 자체를 떠나는 것입니다.

4장
—

진실

공주는 어쩌다 남편 다섯을 얻었나

불 속에서 진실을 증명하는 시타

나찰에게 납치된 아내 시타를 구해 낸 영웅 라마는, 아내의 정절을 의심하고 자신에게서
떠나라고 말한다. 이에 시타는 진실을 증명하기 위해 불 속으로 뛰어든다. 진실한 자는
무엇으로도 해칠 수 없기 때문에, 불은 그녀를 태울 수 없었다. 불의 신 아그니는 진실을
보증하며 시타를 안고 불 속에서 나온다. 불 속에서 시타와 함께 있는 인물이 아그니이
며 오른쪽에는 남편 라마가, 하늘에서는 신들이 지켜보고 있다.

삶은 한바탕 꿈일까

인도에서는 삶이 허망하다 못해 꿈과 같다는 생각까지 발전했습니다. 이 세상은 실체가 아니고, 우리의 삶도 실재가 아니라는 것이지요. 꿈을 꾸고 있을 때는 꿈속에서 경험하고 있는 것을 현실처럼 느끼지만, 꿈에서 깨고 나면 꿈속의 모든 것이 허상이라는 것을 알게 됩니다. 마찬가지로, 깨달음을 얻기 전에는 이 세상 모든 것이 실재한다고 여기지만, 깨달음을 얻고 나면 그 모든 것이 사실은 신기루였다는 사실을 알게 된다고 합니다.

성자 나라다가 혹독한 고행을 계속하자, 비슈누가 성자 앞에 나타나 그에게 축원을 내렸다. 성자는 신에게 간청했다.

"마야의 힘을 제게 보여 주소서."

그러자 신은 미소를 띠며 흔쾌히 허락했다.

"그리하겠노라. 나를 따라오거라."

비슈누는 나라다를 데리고, 태양이 작열하는 사막으로 갔다. 두 사람은 곧 심한 갈증을 느꼈다. 저 멀리에 작은 마을이 있는 것을 보고, 비슈누가 성자에게 말했다.

"저곳에서 물을 구해다 주겠느냐?"

"그리하겠나이다, 신이시여!"

성자가 대답을 하고는, 물을 가지러 갔다. 비슈누는 그늘 밑에서 쉬며 그가 돌아오기를 기다렸다. 마을에 도착한 나라다는 첫번째 집의 대문을 두드렸다. 고운 소녀가 문을 열어 주자, 성자는 그녀의 눈에 마음을 사로잡혔다. 소녀의 눈은 비슈누의 눈과 닮아 있었다. 넋을 잃은 채 성자는 우두커니 소녀를 바라보았다. 자신이 왜 왔는지, 그는 까맣게 잊고 말았다. 그가 대문 안으로 들어서자, 그 집 사람들이 그를 공손하게 맞았다. 니라다는 그늘과 함께 편안히 머물렀다. 누구도 그에게 왜 왔는지 묻지 않았다. 그는 예전부터 그들의 가족이었던 사람 같았다. 시간이 흐른 뒤, 그는 소녀와 혼인했다. 나라다는 가족과 함께 기쁨과 슬픔을 나누었다. 장인이 죽은 뒤, 그가 집안의 가장이 되어 가축을 기르고 밭을 일구었다. 12년이 흐르는 동안, 그는 세 아이를 얻었다. 열두번째 해의 우기에, 갑작스럽게 홍수가 났다. 한밤중에 가족 모두 피난길에 올라야 했다. 막내를 목말 태운 채, 한 손으로는 아내를 부축하고 다른 손으로는 두 자녀를 잡아끌며, 나라다는 서둘러 길을 나섰다. 어둠을 헤치며 나아가다가, 그는 미끄러운 진창에 빠졌다. 그가 비틀거리자, 어깨 위의 어린아이가 물에 떨어졌다. 막내를 붙잡으라고 큰 아이에게 소리쳤지만, 이미 늦었다. 때마침 큰물이 들이닥쳐 남은 두 아이마저 쓸어갔다. 그가 그 불행을 미처 깨닫

기도 전에, 이번에는 물이 옆에 있던 아내마저 떼어 갔다. 나라다 자신도 급류에 휩쓸려 떠내려가다가 해안에 처박혔다. 의식을 되찾은 그는 속절없이 눈물만 흘렸다.

"얘야."

익숙한 목소리를 듣자, 그의 심장은 멎을 뻔했다.

"물은 가져왔느냐? 반 시진이 넘도록 너를 기다리고 있었다."

나라다는 주위를 돌아보았다. 햇살이 눈부시게 빛나는 사막이었다. 그는 맞은편에 비슈누가 서 있는 것을 보았다. 여전히 미소를 띤 신의 입에서 질문이 흘러나왔다.

"내 마야의 힘을 이제 이해했느냐?"

소녀를 보고 욕망을 품었던 성자는, 꿈에서 깨듯 삶에서 깨어납니다. '마야'라는 것은 실체를 덮는 환영의 힘을 뜻합니다. 꿈처럼 실체가 없는 삶을 진짜 현실처럼 느껴지게 해주는 힘이지요. 게임 속 가상공간을 현실처럼 느끼게 해주는, 실사처럼 정교한 그래픽과 같습니다. 위 이야기에서처럼 인생이 일장춘몽이라면, 인생이라는 꿈속에서 선과 악은 무슨 의미가 있을까요? 앞서 살펴본 것처럼, 인도인은 완벽한 선도 순수한 악도 없다고 생각했습니다. 절대선인 절대자가 없는 동양에서는 당연한 귀결이지요. 그러니 늘 옳지만은 않은 선에 얽매일 필요 없이, 꿈속에서처럼 마음대로 살아도 되지 않을까요? 굳이 꿈속에서까지 정의니 덕이니 하는 것을 따질 필요는 없을 테니까요.[1] 어차피 꿈속의 일이라면, 의롭고 선하기 위해 힘겹게 싸우는 것이 무슨 의미가 있겠습니까.

진실만을 말해야 한다

낭군고르기장에서 드라우파디를 아내로 얻은 아르주나는, 형제들과 함께 어머니가 있는 오두막으로 돌아갔다. 아르주나가 그녀를 얻었다는 사실을 어머니 쿤티에게 어서 알리고 싶어서, 판다와 형제들은 오두막 밖에서 외쳤다.

"저희가 무얼 얻어 왔는지 보세요!"[2]

오두막 안에서 드라우파디를 미처 보지 못한 그들의 어머니는, 그녀를 탁발해 온 음식으로 착각하고는, "모두 함께 즐기거라"라고 하고 말았다.

"아아, 내가 무슨 말을 한 게냐?"

---

1 다르마라는 말에는 선과 정의, 그리고 의무가 뭉뚱그려져 있다.
2 원문은 "탁발해 왔습니다"이다.

뒤늦게 드라우파디를 본 쿤티는, 두려움과 수치심에 사로잡혔다.

그녀는 드라우파디의 손을 잡고 맏아들 유디슈티라에게 말했다.

"네 아우가 데려온 공주를 두고, 내가 조심성도 없이 모두 함께 즐기라고 말해 버렸구나. 그러니 내게 말해다오. 어떡해야 내 말이 거짓이 되지 않을 수 있겠느냐? 어떡해야 공주가 다르마를 범하지 않겠느냐?"

유디슈티라는 어머니를 위로하고는, 아르주나에게 권했다.

"네가 공주를 얻었다. 그러니 네가 공주를 행복하게 해주어야지. 혼례의 불을 지피고 의례에 따라 그녀의 손을 잡아라.[3]"

그러나 아르주나는 어머니의 말에 복종해야 한다는 다르마를 거스를 수가 없었다.

"다르마가 아닌 짓을 제게 종용하지 마십시오. 이 여인은 맨 처음 형님께, 그 다음은 비마에게 주어져야 합니다. 그러고 나서 제게, 제 뒤로 나쿨라에게, 마지막으로 사하데와에게 주어져야 하지요. 이 여인은 우리 모두의 것입니다."

아르주나가 이렇게 말하자, 우두커니 서 있는 공주를 판다와 모두가 바라보았다. 그녀의 빼어난 아름다움에 그들의 가슴이 세차게

---

3 여인의 손을 잡는 것, 그리고 신성한 불을 일곱 바퀴 도는 것이 혼례 의식의 핵심이다.

흔들렸다. 형제 모두 그녀에게 사랑을 품고 말았던 것이다. 유디슈티라는 형제들의 마음을 알아차리고는, 다툼이 일어날까 봐 서둘러 이렇게 말했다.

"사랑스러운 드라우파디를 우리 모두의 아내로 삼자." 『마하바라타』 1권

어머니가 말 한마디 잘못했을 뿐인데, 아르주나와 유디슈티라는 왜 한 여인을 다섯 형제의 공처로 만드는 어이없는 짓을 했을까요? 형제 모두가 한 아내에게 장가드는 티벳의 관습이, 옛 인도에도 있었던 걸까요? 힌두교에서는 일부일처제가 원칙입니다.[4] 결혼을 신성하게 여기기 때문에, 힌두교도는 원칙적으로 이혼도 할 수 없지요. 특히 여자에게는 평생 한 남자만을 섬기라고 강요하고요. 그러니 당시에도 이런 일은 있을 수 없었습니다. 그래서 드라우파디의 아버지 드루파다 왕은 이렇게 말하지요.

한 남자가 여러 여자를 거느리는 것은 드물지 않지만, 한 여자가

---

4 같은 계급의 공식적인 아내가 하나라는 뜻이다. 하층 계급에서 첩을 취하는 것은 허용되었다.

여러 남자를 거느리는 것은 세상 어디에도 없는 일이네. 내 자네를 다르마를 따르는 의로운 사람으로 알았네. 그런데 세상의 법칙을 무시할뿐더러 베다에도 어긋나는 그런 짓을 자네가 하다니? 쿤티의 아들이여, 어떻게 이렇게 어처구니없는 짓을 하는가? 『마하바라타』 1권

형제 모두가 한 여자와 결혼하는 것이 다르마가 아니라는 비난을 받자, 이를 정당한 일로 만들어 주기 위해 판다와의 할아버지인 위야사 성자가 등장합니다. 드라우파디의 전생에 있었던 일을, 일처다부 결혼을 반대하는 그녀의 아버지에게 이야기해 주기 위해서지요.

옛날 어느 고행의 숲에, 성자의 딸이 살고 있었소. 남편을 찾지 못하자, 그녀는 혹독한 고행을 했다오. 흡족해진 쉬바께서는 그녀에게 소원을 들어주겠다고 하셨소. 그러자 그 처녀는 신들의 주인인 쉬바께, "만덕을 갖춘 남편을 바라나이다"라고 여러 번 말했다오.
"그대는 뛰어난 남편 다섯을 갖게 되리라."
신께서는 이렇게 답하셨소. 그녀가 놀라 다시 청했다오.
"제가 바라는 것은 덕 있는 남편 하나입니다."
하지만 신 중의 신은 그녀에게 말씀하셨소.

"너는 내게 남편을 달라고 다섯 번 말했느니라. 그러니 그리될 것이다. 복 받기를! 네가 다른 몸을 받고 나면, 소원이 이루어질 것이다."

드루파다여, 바로 그 여인이 당신의 딸로 태어난 것이오. 드라우파디는 다섯 사내의 아내로 이미 정해져 있었다오.『마하바라타』 1권

한 여인이 여러 남편을 얻는 것이 말이 안 되는 일이긴 했나 봅니다. (물론 판다와 형제들이 장가를 한 번만 간 것은 절대 아닙니다.) 성자까지 나서서 변명을 해주니 말입니다. (게다가 정작 드라우파디에겐 선택권이 없지요.) 일이 이렇게 된 것은 다 판다와의 어머니 쿤티가 말 한마디 잘못했기 때문입니다. 물론 어머니의 말에 복종하는 것은 자식의 의무(다르마)입니다. 그렇지만 어머니가 자신의 말을 거두면 되지 않을까요?

"내가 말을 잘못했다. 그러니 드라우파디는 아르주나와 혼인하거라"라고 쿤티가 자신의 실수를 인정하면요.

그랬다면 "드라우파디는 우리 형제 모두의 아내가 될 것입니다. 제 어머니께서 그렇게 말씀하셨기 때문입니다"『마하바라타』 1권라고 유디슈티라가 변명할 일도 없었을 것입니다. 하지만 쿤티는 아들들의 일처다부 혼인을 바로잡을 생각은커녕, 성자에게 하소연만 합니다.

"거짓에 대한 제 두려움이 너무나 큽니다. 어찌해야 거짓에서 벗어날 수 있겠습니까?"『마하바라타』1권

말은 잘못했지만, 자기 말이 거짓이 되면 안 된다는 속내를 보이지요. 그녀는 진실만을 말하겠다는 맹세를 했기 때문에, 이미 뱉은 말이 거짓이 되면 (함께 즐기라고 했던 자신의 말대로, 드라우파디가 형제 모두와 결혼하지 않는다면) 그 맹세는 깨집니다. 진실만을 말한다는 맹세는 중요한 종교적 서약이랍니다. 그러니 자기 말이 거짓이 될까 봐, 쿤티가 두려워할 수밖에 없지요.

진실은 힘이 세다

말 한마디 때문에 너무 나간다는 생각이 드나요? 이 사태를 제대로 이해하려면, 말 자체가 주술과 같은 힘을 갖고 있다는 인도의 믿음을 알아야 합니다. 앞서 다섯 명의 날라 가운데 진짜 날라를 골라 내기 위해, 다마얀티가 했던 기도를 기억하시나요?

백조의 말을 들은 순간부터 제가 날라 왕을 남편감으로 생각해 왔다는 것이 진실이라면 신들이시여, 이 진실의 힘으로 그분을 제게

보여 주소서. 제가 말과 생각으로 털끝만 한 거짓도 저지르지 않았다면 신들이시여, 이 진실의 힘으로 본모습을 드러내 주소서.

자신이 사랑하는 사람은 날라뿐이라는 진실을 걸고, 다마얀티는 신들에게 진실을 드러내라고 요구합니다. 진실 그 자체가 힘이라고 믿기 때문이지요. 진실의 힘으로 자신의 소원을 비는 것은, 예나 지금이나 인도에서는 아주 흔한 일입니다. '진실은 실로 승리하나니'라는 경구가 인도 정부의 공식 슬로건이 될 정도니까요. '이러이러한 진실의 힘으로, 내 소원이여 이루어져라!'라고, 마치 진실을 주문처럼 쓰는 것을 '진실어'라고 합니다. 붓다는 제사와 점술뿐만 아니라 주문과 주술도 모두 금했는데, 유독 진실어만은 쓰도록 권장했습니다. 제자 앙굴리말라에게 직접 진실어를 가르치기도 했지요.

탁발을 하던 중에 앙굴리말라는, 어떤 여인이 순산을 하지 못하고 산고를 겪는 것을 보았다. 탁발에서 돌아온 그는 붓다를 뵙고 이렇게 말씀드렸다.

"붓다시여, 저는 어떤 여인이 순산을 하지 못하고 산고를 겪는 것을 보았습니다. 그것을 보고, '중생들은 참으로 고통 받고 있구나'

라는 생각이 들었습니다."

그러자 붓다는 앙굴리말라를 시험하려고 말했다.

"앙굴리말라여, 가서 그 여인에게 이렇게 말하라. '누이여, 태어난 이후로 나는 일부러 산 생명의 목숨을 빼앗은 적이 없습니다. 이 진실로 그대가 편안하고 태아도 편안하기를 바랍니다'라고."

하지만 예전에 살인마였던 앙굴리말라는 이렇게 대답했다.

"붓다시여, 그것은 거짓말입니다. 저는 산 생명을 숱하게 빼앗았습니다."

"앙굴리말라여, 그렇다면 가서 그 여인에게 이렇게 말하라. '누이여, 출가한 이후에 나는 일부러 산 생명을 빼앗은 적이 없습니다. 이 진실로 그대가 편안하고 태아도 편안하기를 바랍니다'라고."

"그러겠습니다, 붓다시여."

이렇게 대답하고, 앙굴리말라는 그 여인에게 가서 말했다.

"누이여, 출가한 이후에 나는 일부러 산 생명을 빼앗은 적이 없습니다. 이 진실로 그대가 편안하고 태아도 편안하기를 바랍니다."

그러자 그 여인도 태아도 모두 편안해졌다.『맛지마 니까야』[5]

---

5 앙굴리말라의 이 진실어를 불교 진언의 시작으로 보기도 한다.

진실어는 말 그대로 진실해야 합니다. 붓다가 앙굴리말라에게 처음 일러 준 진실어('태어난 이후로 일부러 산 생명을 빼앗은 적이 없다')는 거짓이기 때문에 효과가 없지요. 그래서 붓다는 '출가한 이후'라고 말을 바꾸어 다시 진실어를 만듭니다. 이 진실어로 앙굴리말라는 산고를 겪는 여인을 낫게 하는 기적을 보여 주지요. 이렇게 진실 자체가 힘이라는 믿음이, 진실함을 인도 최고의 덕목으로 만들지 않았을까요? 물론 소원성취만을 위해 진실을 지키는 것은 아닙니다.

인도에서 진실은 참으로 힘이 셉니다. 거짓을 말한 적이 없다는 사실, 언제나 진실만을 말한다는 사실도 진실어처럼 주술적인 힘으로 작용합니다. 다시 말해, 지금까지 진실만을 말해 왔다는 진실의 힘이 앞으로 할 말까지 진실로 만들어 준다는 것입니다. 판다와의 친할아버지 위야사 성자는 자욱한 안개 때문에 강 위의 어부들을 알아보지 못하고, "브라만들이여, 안녕하시오?"라고 그들에게 인사를 건넨 적이 있었습니다. 신분이 천한 어부에게 브라만이라고 한 것이지요. 그러나 진실을 지켜 온 고매한 성자의 말이 거짓이 될 수는 없어, 그 어부들은 브라만으로 신분이 바뀌었다고 합니다. 이렇게 성자의 단순한 말실수마저 사실로 만들어 버리는 것이 진실의 힘입니다. 아르주나는 아들 아비만유를 살해한 자야드라타를 해가 떨어지기 전까지 죽이겠다고 맹세하는데, 그의 말을 사실로 만들기 위해 크리슈나는 태양을 가리기까지 한답니다.

아들 아비만유가 죽었다는 소식을 듣고, 아르주나는 눈물이 넘쳐흐르는 눈을 미친 사람처럼 굴리며 맹세했다.

"분명히 말씀드리건대, 내일 저는 자야드라타를 죽일 것입니다. 설사 그가 크리슈나님의 보호를 청하더라도, 제가 자야드라타를 꼭 죽이고야 말 것입니다. 내일 전투에서 이 약속을 지키지 못한다면, 저는 속죄도 할 수 없는 중죄를 저지른 자가 가는 지옥에 떨어질 것입니다."

이튿날 그는 크리슈나가 모는 전차를 타고 나가 적을 도륙하기 시작했다. 아르주나는 죽음의 화신처럼 자야드라타를 쫓아가서, 그에게 64대의 화살을 쏘았다. 자야드라타도 아르주나에게 화살을 맞쏘았으나, 아르주나가 그의 화살을 전부 걷어내 버렸다. 그리고 화살 두 대로 자야드라타가 탄 전차의 마부를 맞히었다. 마부를 잃은 전차가 튀어 오르자, 자야드라타는 불에서 불꽃이 튀는 것처럼 땅에 떨어졌다. 그는 다급하게 몸을 일으켜, 아군 전차들 사이에 숨었다. 그러는 동안에도 해는 쏜살같이 서산으로 기울고 있었다. 크리슈나가 아르주나에게 말했다.

"자야드라타가 용맹한 전차병들 한가운데 있구나. 제 목숨을 구하려고 그곳으로 들어간 것이다. 저들 전차병 여섯을 물리치지 않고서는, 자야드라타를 죽이기 어렵다. 하지만 싸울 시간이 없구나. 그러니 내가 태양을 덮어 주리라. 그러면 자야드라타는 해가 진 줄 알고, 네 파멸을 구경하러 나오겠지. 그 기회를 놓치지 말고 그를 죽여라."

그리고 그는 어둠의 막을 만들어 태양을 덮었다. 그러자 해가 떨어진 줄 알고 자야드라타는 기뻐했다.

"보아라, 자야드라타가 나오고 있구나. 이제 속히 네 맹세를 이행해라."

크리슈나가 재촉하자, 아르주나는 자야드라타와 그를 보호하고 있던 전사들에게 화살을 쏘아댔다. 적은 혼란에 빠져 자야드라타를 버리고 달아났다. 그때 크리슈나가 다급하게 외쳤다.

"아르주나, 빨리 자야드라타의 머리를 잘라! 해가 서산에 걸려 있다."

마침내 아르주나가 자야드라타의 머리를 자를 때, 크리슈나는 어둠의 막을 걷어 적이 태양을 보게 했다.『마하바라타』 7권

진실을 지켜 온 사람은, 이렇게 신의 도움까지 받아 자신의 맹세를 진실로 만들기도 합니다. 진실만을 말하면 자

신이 앞으로 할 말도 진실이 된다는 믿음 때문에, 자신의 말을 진실로 만들기 위해 잔혹한 짓을 저지르기도 한답니다.

아르주나는 정성을 다해 스승 드로나를 섬기며, 무기를 익히는 데 힘을 쏟았다. 그는 곧 스승이 가장 총애하는 제자가 되었다. 어느 날 아르주나가 밥을 먹고 있는데, 바람이 불어 등을 꺼트리고 말았다. 하지만 어둠 속에서도 그는 어려움 없이 음식을 먹을 수 있었다. 먹는 일을 끊임없이 반복했기 때문에, 보이지 않아도 먹을 수 있다는 사실을 아르주나는 깨달았다. 그 뒤로 그는 밤에도 활쏘기 연습을 게을리하지 않았다. 드로나는 한밤에 활줄 튕기는 소리를 듣고 나왔다가, 연습 중인 아르주나를 보았다. 기쁜 마음에, 그는 제자를 품에 안으며 말했다.

"이 세상 누구도, 너보다 궁술을 더 잘 알지는 못하리라. 그렇게 만들기 위해 나는 무슨 짓이든 할 것이다."

드로나는 아르주나에게 말이나 코끼리를 타고 싸우는 법, 그리고 전차 위나 평지 위에서 싸우는 법을 가르쳤다. 또한 철퇴와 칼, 창과 투창은 어떻게 쓰는지, 한꺼번에 여러 무기를 어떻게 다루는지도 가르쳤다. 아르주나의 솜씨에 감탄한 왕과 왕자들이, 무예를 배우려고 드로나에게 몰려들었다. 니샤다 수장의 아들 에칼라위야도 제자가 되려고 드로나를 찾아왔다. 하지만 에칼라위야의 천한 신분 때문에, 드로나는 그를 제자로 받아들이지 않았다. 그러자 에칼라위야는 드로나의 발에 머리를 대고 절한 뒤 숲으로 떠났다. 그곳에서 그는 흙으로 드로나의 상을 빚어서는, 스승에게 행하는 예를 그 상에게 다했다. 그 상을 실제 스승으로 여기면서, 에칼라위야는 활쏘기에 온 힘을 기울였다. 스승에 대한 무한한 신뢰와 무서운 훈련 덕분에, 그는 곧 궁술의 달인이 될 수 있었다. 세상 누구보다 날렵하게 활줄에 화살을 메겨, 과녁을 향해 화살을 날릴 수 있게 된 것이다.

어느 날 판다와와 카우라와는 도성을 나와 사냥에 나섰다. 시종들이 개떼를 데리고 그들의 뒤를 따랐다. 사냥감을 찾아 숲속을 헤매던 개 한 마리가 길을 잃고 우연히 에칼라위야가 있는 곳에 이르렀다. 검은 피부 위에 검은 사슴 가죽을 입고 있는, 우락부락한 생김새의 그를 보고, 그 개는 쉴 새 없이 짖어댔다. 시끄럽게 짖는 개의 아가리에, 에칼라위야는 화살을 일곱 대 쏘았다. 얼마나 빠른지 마치 화살 일곱 대가 한꺼번에 꽂히는 것 같았다. 입에 화살이 꽂힌 채로 개는 판다와에게 달아났다. 그 개를 본 판다와는 그의 활솜씨에 너무 놀라, 낯모르는 궁수를 찾아 나섰다. 그들은 곧 끊임없이 화살을 날리고 있는 에칼라위야를 찾아냈다. 소리만 듣고도 목표를 정확히 맞히는 그의 솜씨에, 판다와는 경탄을 멈출 수가 없었다. 험상궂은 에칼라위야에게 판다와가 물었다.

"그대는 누구지? 누구의 아들인가?"

"나는 니샤다 왕의 아들이자, 드로나의 제자다. 궁술을 익히고 있는 중이지."

에칼라위야가 대답했다. 판다와는 궁성에 돌아가, 이 일을 드로나에게 고했다. 에칼라위야의 활솜씨를 되새기던 아르주나가 드로나에게 말했다.

"스승님께서는 이 세상에 저보다 뛰어난 제자는 없다고 말씀하셨습니다. 그런데 어찌하여, 이 세상 모든 제자를 합친 것보다 더 빼어난 에칼라위야를 제자로 두셨습니까?"

드로나는 잠시 생각하더니, 아르주나를 데리고 에칼라위야가 있는 곳으로 갔다. 숲 속에서 그들은, 쉬지 않고 화살을 날리고 있는 에칼라위야를 찾아냈다. 드로나가 오는 것을 본 에칼라위야는, 머리를 땅에 조아리며 그에게 절했다. 그리고 공손히 두 손을 모은 채, 자신이 드로나의 제자라고 밝혔다. 그러자 드로나가 그에게 말했다.

"네가 진정 내 제자라면, 어서 내게 닥쉬나(제자가 배움을 모두 마쳤을 때 스승에게 바치는 수업료)를 바치거라."

그의 말을 듣고, 에칼라위야가 기뻐하며 물었다.

"스승님, 무엇을 바칠까요? 어서 말씀해 주소서. 제가 스승님께 바치지 못할 것은 이 세상에 아무것도 없나이다."

"네 오른손 엄지를 다오."

드로나의 잔인한 요구에도 불구하고, 에칼라위야는 얼른 자신의 오른손 엄지를 잘라 그에게 바쳤다. 남은 손가락만으로 활줄을 당겨야 하는 에칼라위야에게, 예전의 날렵함은 찾아볼 수 없게 되었다. 그리하여 드로나는, 아르주나를 능가하는 제자가 이 세상에 없다는 자신의 말을 지켰다. 『마하바라타』 1권

아르주나가 최고의 궁수라고 했던 자신의 말을 사실로 만들기 위해 드로나는, 자신이 가르친 적도 없는 에칼라위야에게 가혹한 수업료를 받아 냅니다. 그러니 말실수를 한 쿤티가 전전긍긍하는 것은 당연한 일이지요. 드라우파디 공주가 아르주나와만 혼인하게 되면 자신이 지켜 온 진실의 힘은 모두 사라질 테고, 그렇다고 자신의 말을 진실로 만들자니 공주가 다섯 아들 모두와 결혼하는 불상사가 생길 테니까요. 결국 쿤티의 말대로 공주는 다섯 사내의 아내가 됩니다.

『라마야나』, 라마는 두 번 말하지 않는다

진실의 힘이 아니더라도, 진실만을 말하고 자신의 말을 지

켜야 하는 이유는 명백합니다. 말이 자기충족적 예언이 되기 때문이지요. 게다가 진실은 (하늘을 우러러 한 점 부끄러움 없다는) 당당함을 선물로 줍니다. 사기와 속임수를 써서라도 이기고 싶은 욕망을 원천적으로 봉쇄하는 것이, 진실함이라는 덕목이라고 할 수 있지요.

『마하바라타』와 쌍벽을 이루는 대서사시 『라마야나』는, 주인공 라마가 자신의 왕국에서 추방되는 두번째 권부터 흥미로워집니다. 잘생기고 능력 있고 성격까지 좋은 맏아들 라마를, 계모인 카이케이 왕비가 추방하고 자신의 아들 바라타를 왕위에 올리려고 하기 때문이지요. 라마의 아버지 다샤라타 왕은 카이케이 왕비와의 오래전 약속을 무를 수 없어 사랑하는 아들 라마를 추방하고는, 그 슬픔 때문에 목숨을 잃고 만답니다.

다샤라타 왕은 라마의 대관식을 명하고 나서, 이 소식을 사랑하는 둘째 아내 카이케이에게 말하려고 내궁으로 들어갔다. 속임수를 모르는 노왕은 자기 목숨보다 소중한 젊은 아내가 맨바닥에 누워 있는 것을 보고, 독화살을 맞은 암코끼리를 우두머리 코끼리가 어루만지듯이 그녀를 사랑으로 어루만졌다. 그러고 나서 연꽃잎 눈을 가진 아내를 다정하게 두 손으로 안고 말했다.

"그대가 왜 화를 내는지 모르겠구려, 왕비. 그대의 바람이라면, 내 목숨을 걸고라도 들어주지 않을 수 없소. 그러니 그대의 가슴이 원하는 것을 말해 보시오. 바퀴가 구르는 한[6] 대지는 나의 것이오."

이 말을 듣고 그녀는 용기를 내어 남편을 괴롭히기 시작했다.

"왕이시여, 누구도 저를 불쾌하게 하거나 모욕하지 않았어요. 하지만 전하께서 들어주시기를 바라는 소원이 있답니다. 소원을 꼭 들어주시겠다고 맹세하세요. 그럼 제가 바라는 것을 말할게요."

사랑하는 왕비가 이렇게 말하자, 여인의 힘에 사로잡힌 왕은 놀라면서 카이케이에게 말했다.

"긍지 높은 여인이여, 범 같은 사내 라마를 빼곤, 내가 그대보다 더 사랑하는 이는 없다는 것을 모르는구려. 내 마음도 덩달아 죽을 것 같으니 카이케이, 부디 말해 보시오. 내 힘을 의심하지 마오. 그대가 기뻐할 일을 하겠다고 내 맹세하리다.[7]"

이 말에 기뻐하며 왕비는 맹세의 증인을 불렀다.

"제 소원을 들어주겠다고 당신이 맹세하는 것을 인드라가 수장인

---

6 대양에 둘러싸인 온 대지를 다스리는 군주를 '바퀴를 굴리는 자'라고 한다. 불교 용어인 전륜성왕(차크라와르틴)도 같은 뜻이다.
7 약속을 지키지 못하면 자신이 쌓아 온 모든 공덕이 사라져도 좋다는 뜻이다.

서른세 신[8]이 차례로 듣게 하세요. 해와 달도, 하늘과 행성도, 낮과 밤도, 사방을 비롯해 천상과 대지도, 간다르와와 나찰도, 밤에 돌아다니는 귀신과 집에 있는 조상신도, 그리고 다른 영혼들도 당신의 말을 듣게 하세요.

빛이 넘치는 왕, 약속을 지키고 다르마를 아는 그가 온전히 제정신인 상태에서 제 소원을 들어주려 하오니, 신들은 저를 위해 들어주소서."

이렇게 왕비는 왕을 손아귀에 넣고 나서, 사랑 때문에 어리석어진 그에게 이렇게 말했다.

"왕이시여, 예전에 당신이 제게 약속하셨던 소원 두 가지를 이제 말씀드리려고 하니, 제 말을 들어주세요! 라마의 대관식을 위해 준비하신 것으로, 제 아들 바라타의 대관식을 치러 주세요. 그리고 라마가 아홉 하고도 다섯 해를 숲에서 살게 해주세요. 지금 당장 라마가 숲으로 떠나는 것을 보게 해주세요. 오늘 바라타가 경쟁자 없이 새 왕이 되게 해주세요."

카이케이의 무자비한 말을 듣고 왕은 호랑이를 본 사슴처럼 떨었다. 그는 깊은 숨을 들이쉬며 바닥에 주저앉아 분노했다.

---

8 인드라를 비롯한 주요 신 33명.

"아, 이 무슨 일이란 말인가!"

불행의 화신인 카이케이는 아직 목적을 성취하지 못해 불안했다. 그래서 왕을 닦아세웠다.

"위대한 왕이시여, 진실하고 약속을 지킨다며 늘 스스로를 자랑스러워하셨으면서, 왜 제 소원은 들어주지 않으시나요?"

카이케이가 이렇게 말하자, 다샤라타 왕은 잠시 머뭇거리다가 화를 내며 대답했다.

"내 원수가 된 이 비천한 여자야, 내가 죽고 라마가 숲으로 가며, 너는 바라는 것을 이루어 행복하겠지. 너를 기쁘게 하기 위해 라마는 숲으로 추방되어야 하고, 내 말에 진실하기 위해 나는 라마가 죄를 지었다고 거짓말을 해야 하는구나. 내 불명예는 더할 수가 없을 것이고, 내 치욕은 피할 수가 없을 게야."

혼란스러운 마음으로 그가 이렇게 애통해하고 있을 때, 서산에 해가 지고 밤이 왔다. 아들 때문에 슬퍼하며 괴로워하다 다시 바닥에 쓰러진 왕을 보고 사악한 여인이 말했다.

"어떻게 제 소원이 간사한 것처럼 땅바닥에 쓰러져 계실 수가 있어요? 당신은 자신의 의무를 다하셔야 해요. 다르마를 아는 이는 진실함을 최고의 다르마라고 말하기 때문이지요. 저는 진실함에 의지해서 당신이 다르마를 행하도록 하려는 것이고요."

두려움 없는 그녀에게 재촉을 받은 왕은 카이케이라는 올가미에서 풀려날 수가 없었다. 눈앞이 캄캄해진 왕은 간신히 평정을 유지하면서 그녀에게 말했다. "신성한 불 앞에서 네 손을 잡고 혼례를 치렀다니! 악독한 여인아, 너와 함께 네가 낳은 아들도 나는 버릴 것이다."

카이케이는 화가 치밀어, 왕에게 거칠게 말했다.

"왕이시여, 왜 그렇게 독기 어린 말씀을 하시는 건가요? 지체 없이 당신의 아들 라마를 여기에 데려오세요. 제 아들을 왕위에 올리시고, 라마를 숲으로 보내시어 제 적수를 모두 없애 주셔야 당신의 의무는 다 이행된 거예요."

채찍질을 당하는 말처럼, 카이케이에게 재촉을 당한 왕이 말했다. "다르마의 족쇄에 묶여 내 마음이 깨져 버리는구나! 내 사랑하는 맏아들, 정의로운 라마를 보고 싶다."

왕이 이렇게 말하는 것을 듣고, 카이케이가 마부에게 명했다.

"가시오. 그대가 라마를 데려오시오."

입궁한 라마는, 아버지가 슬프고 가련한 얼굴로 카이케이와 함께 의자에 앉아 있는 것을 보았다. 부친의 두 발에 절을 올리고 나서, 그는 카이케이의 두 발에도 마음을 다하여 인사를 올렸다. 가련한 왕은 눈물이 고여 흐려진 눈으로 "라마!" 하고 불렀지만, 아들을 보지도 아들에게 말을 하지도 못했다. 왕의 이런 모습을 보고, 라마 또한 뱀이 발에 닿은 것처럼 불안에 사로잡혔다. 그는 카이케이에게 인사하면서 이렇게 말했다.

"왕비님, 사실대로 말해 주십시오. 무슨 이유로 왕께서 저러십니까? 스승이자 부친이신 전하의 명이라면, 저는 불 속에라도 들어가고 독이라도 마실 것입니다. 왕비님, 전하께서 바라시는 것이 무엇인지 말씀해 주십시오. 제가 그것을 할 것입니다. 약속드립니다. 라마는 두 번 말하지 않습니다."

비열한 카이케이는 정직한 라마에게 무자비하게 말했다.

"라마야, 오래전 신과 아수라의 전쟁이 있었을 때, 큰 전투에서 화살을 맞으신 부친을 내가 구했단다. 그때 부친께서는 내 소원 두 가지를 들어주시겠다고 약속하셨지. 그래서 지금 나는 전하께 바라타의 대관식을 치러 달라고, 그리고 당장 너를 숲으로 보내 달라고 청했다. 부친과 네 자신이 약속에 진실하기를 바란다면, 최고의 사내야, 너는 십사 년 동안 숲에 들어가 있어야 한다. 대관식을 포기하고 칠 년하고도 다시 칠 년을 숲에서 살아라. 풍요로운 이 땅을 바라타가 다스리게 하렴."

라마는 이 가증스러운 말을 듣고도 동요하지 않고 이렇게 말했다.

"그리할 것입니다. 왕께서 하신 약속을 지켜, 저는 숲으로 가서 살겠습니다. 스승이자 부친이신 전하의 명을 받고, 어떻게 제가 그분을 기쁘게 하는 일을 망설일 수 있겠습니까? 하지만 마음에 한 가지 걸리는 것이 있군요. 바라타를 즉위시키신다고, 전하께서 제게 직접 말씀해 주시지 않는 것 말입니다."

카이케이는 라마의 말을 믿고 기뻐하며, 그를 곧바로 숲으로 보내려고 했다.

"라마, 너는 지금 숲으로 떠나야 한다. 왕께서는 창피하셔서 네게 직접 말씀 못하시는 것이니, 최고의 사내야, 걱정할 필요 없다."

그때 슬픔에 휩싸인 왕이, "아, 고통스럽구나!"라며 한숨을 쉬더니, 의자에서 떨어지고 말았다. 왕을 일으키는 순간에도, 라마는 어서 숲으로 떠나라는 독촉을 받았다. 그녀의 불쾌한 말을 듣고도, 라마는 흔들림 없이 이렇게 말했다.

"왕비님, 저는 이익을 바라고 세상살이를 헤쳐 나가지 않습니다. 어머니께 하직을 고하고 아내를 달랜 다음, 오늘 숲으로 떠날 것입니다."

라마의 말을 들은 왕은 슬픔 때문에 눈물을 참지 못하고 큰 소리로 울었다. 라마는 정신을 잃은 부친과 비열한 카이케이의 두 발에 절하고 밖으로 나왔다.

그날, 위대한 영혼의 라마가 숲으로 떠나자, 다샤라타 왕은 애통해하며 고통에 몸부림쳤다. 밤이 반쯤 지났을 때, 그는 슬픔을 견디지 못하고 마지막 숨을 내쉬고 말았다.『라마야나』2권

오래전에 다샤라타 왕은, 자신의 목숨을 구해 준 대가로

어떤 소원이든 두 가지를 들어주겠다고 둘째 왕비 카이케이에게 약속했었던 적이 있었습니다. 그 약속 때문에 왕은 왕위를 물려주려고 했던 아들 라마를 추방하고, 그 때문에 낙심해서 목숨을 잃게 되지요. 그 아버지에 그 아들인 라마도 약속을 지키려고 14년 동안이나 숲에서 삽니다. 자기 어머니 카이케이가 저지른 악행을 바로잡으려고, 이복아우 바라타는 숲까지 라마를 찾아가지요. 하지만 아무리 바라타가 돌아오라고 애걸해도, 라마는 끝까지 왕위를 거절합니다. 결국 바라타가 왕이 되었냐고요? 바라타는 라마 대신 그의 나막신[9]을 모시고 왕국으로 돌아가, 그가 돌아올 때까지 14년간 나라를 다스립니다. 물론 왕위에 오르지는 않고요. 부귀와 안락을 모두 포기하고, 작은 마을에서 수행자로 살면서 국정을 돌보거든요. 형만 한 아우인가 봅니다(사실 라마와 바라타 모두 비슈누의 화신입니다). 아버지는 약속을 지킨 뒤 목숨을 잃고, 아들은 약속을 지키기 위해 험한 곳에서 거친 음식을 먹으며 묵묵히 14년을 견디지요. 진실함을 지키는 데는 이렇게 큰 용기와 인내가 필요합니다.

---

9 왕의 황금나막신. 라마는 바라타가 가져온 나막신에 올라서는 것으로 왕권을 계승하고는, 다시 그것을 바라타에게 주어 왕권을 이양한다.

인도에서는 진실함이 가장 기본적인 덕목입니다. 거짓을 말하면, 진실의 힘뿐만 아니라 인격의 기반을 무너뜨리게 됩니다. 그렇지만 진실함을 지키기 위해서는, 라마와 그의 형제들처럼 희생을 치러야 하지요. 더구나 세상 사는 일이 어디 진실함만 갖고 되던가요? 전쟁에서 이기고 싶다는 자신의 간절한 욕망 앞에서, 유디슈티라는 참으로 인간적인 타협을 보여 줍니다. 이기기 위해 계략을 반드시 성공시켜야 했던 유디슈티라는, 거짓말 아닌 거짓말로 스승 드로나를 죽음으로 몰아넣는답니다.

인드라가 아수라를 몰살하듯, 드로나는 판다와군을 학살하고 있었다. 누구도 그와 대적하려 들지 않았다. 그러자 크리슈나가 충고했다.

"전장에서는 그 누구도 드로나를 이길 수 없소. 그가 스스로 무기를 버린다면 모를까. 그러니 덕을 포기하고 승리를 구해야 하오. 내 생각에는, 외아들 아슈와타만이 살해되었다고 하면 드로나는 싸우기를 그만둘 것 같소. 아슈와타만이 전장에서 죽었다고 거짓말을 합시다."

유디슈티라는 마지못해 그의 충고를 받아들였다. 그러자 비마가 아슈와타만과 이름이 같은 코끼리를 죽이고는, 아슈와타만이 살해당했다고 드로나에게 전했다. 드로나는 그 말을 믿지 않았지만, 물에 잠기는 모래처럼 사지에서 기운이 빠져나가는 것을 느꼈다. 그가 정신을 차리고 다시 크샤트리야들을 도살하기 시작하자, 불의 신을 앞세운 성자들이 와서는 그에게 충고했다.

"그대는 의롭지 않은 싸움을 하고 있고, 그대에게 죽음이 다가오고 있소. 무기를 던져 버리시오, 드로나여! 그대는 베다를 배운 브라만이 아니오?"

드로나는 성자들의 말에 따라 무기를 놓으려 했으나, 그럴 수가 없었다. 드라우파디 왕비의 오빠인 드리슈타디윰나가 그의 목숨을 노리고 있었기 때문이다. 유디슈티라라면 절대 거짓말을 하지 않을 것이라고 생각한 드로나는, 자기 아들 아슈와타만이 정말 죽었느냐고 그에게 물었다. 유디슈티라는 이미 크리슈나로부터, "드로나의 분노가 반나절만 전장에 미쳐도, 내 장담하건대 그대의 군은 궤멸하고 말 것이오. 그러니 드로나로부터 우리를 구하시오"라는 강요를 받은 터였다. 거짓을 두려워하면서도 승리를 열망하는 유디슈티라는, "아슈와타만 (코끼리는) 죽었습니다"라고, 이름 뒤에 '코끼리'라는 말을 들릴 듯 말 듯 덧붙였다. 그의 말을 들은 드로나는 자신의 아들이 정말 죽은 줄 알고 절망에 빠졌다. 그는 무기를 내려놓으려 했지만, 자신을 죽이고 싶어 안달이 난 드리슈타디윰나와 계속 싸울 수밖에 없었다. 그러자 비마가 드로나에게 소리쳤다.

"천민처럼 살생을 저지르고 계시는군요. 브라만이시여, 아들이 죽었는데도, 여전히 가문과 아들을 위해 살생을 계속하실 겁니까? 왜 부끄러움을 느끼지 못하십니까?"

드로나는 그 말을 듣고 활을 내려놓았다. 그리고 선언했다.

"이제 나는 무기를 버릴 것이다."

그는 아들의 이름을 소리 높여 부르며 울부짖었다. 그러고 나서 무기를 버리고 가부좌를 틀었다. 칼을 들고 전차에서 뛰어내린 드리슈타디윰나가 무방비 상태의 드로나에게 돌진했다. 그리고 주문을 염하고 있는 드로나의 머리카락을 손으로 움켜쥐고 목을 잘랐다.

드로나는 판다와와 카우라와 모두에게 무예를 가르친 스승입니다. 경전을 공부해야 하는 브라만이 크샤트리야처럼 무기를 다루는 것이 온당하지는 않지만, 그렇다고 금지된 것도 아닙니다. 브라만 계급에서도 전사가 나오고, 크샤트리야 계급에서도 성자가 나왔으니까요. 존경하는 스승에게 판다와는 감히 사기를 칩니다. 스승의 아들과 똑같은 이름의 코끼리를 죽여 놓고, 드로나로 하여금 그의 아들이 죽었다고 오해하도록 만든 것이지요. 유디슈티라가 진실만을 말한다고 굳게 믿고 있었기 때문에, 드로나는 속은 것입니다. 자신의 말을 철석같이 믿는 스승에게 거짓말까지 하다니, 전쟁의 승패 앞에서는 진실함과 의로움도 소용이 없나 봅니다.

행복은 진실을 타고 흘러나온다

진실의 힘이 말을 통해서만 발현되는 것은 아닙니다. 그 힘은 마치 갑옷과 같아서, 그 무엇으로도 진실한 존재에게 상처를 입힐 수는 없다고 합니다. 앞서 등장한 질투의 화신 위슈와미트라는 위력적인 성자가 된 뒤에도 와시슈타에 대한 호승심을 버리지 못했습니다. 그래서 저주 때문에 나찰이 된 왕을 꼬드겨, 와시슈타의 아들 백 명을 잡아먹게 한답니다. 위슈와미트라 때문에 아들을 죄다 잃은 와시슈타 성자는, 슬픔에 빠져 자살을 결심합니다. 위슈와미트라의 가문의 대를 끊어 복수할 수도 있었지만, 선량한 그는 타인의 목숨 대신 자신의 목숨을 끊기로 하지요. 와시슈타는 메루산(수미산) 꼭대기에서 몸을 던지지만, 바위는 솜처럼 그를 받아 냅니다. 숲에 불을 지르고 뛰어들어도, 그의 몸은 타지 않지요. 몸에 돌을 묶고 바다에 빠져도, 파도는 그를 바닷가에 데려다 놓습니다. 그 어떤 방법으로도 진실하고 고결한 성자를 죽일 수는 없었답니다. 이런 기적은 성자에게만이 아니라, 진실을 지켜 온 사람 누구에게나 일어날 수 있는 일입니다.

『라마야나』의 주인공 라마가 숲에서 지낼 때, 그를 따라간 아내 시타가 나찰들의 왕 라와나에게 납치됩니다. 시타에게 반한 라와나는, 자신의 아내가 되어 달라며 시타를 정중하게 압박하지요. 고통스러운 시간을 견디던 그녀는, 용케 나찰의 아침거리도 마왕의 아내도 되지 않고 라마에게 구출됩니다. 하지만 시타를 기다리고 있었던 것은 남편과의 따뜻한 재회가 아니었습니다. 아내를 지키지 못한 남편의 잘못은 묻지도 따지지도 않으면서, 아내의 정절은 무조건 의심하는 어이없는 상황이 벌어진 것이지요. 그러자 시타는 순결을 증명하기 위해 처연히 불 속으로 들어갑니다.

라마는 자신의 마음을 숨기고는 아내 시타에게 말했다.

"어디든 가고 싶은 곳으로 가시오, 자나카의 딸이여. 고귀한 가문에 태어난 사내가, 어찌 다른 사내의 집에 살았던 여인을 다시 받아들일 수 있겠소? 혈통을 자랑스럽게 여기는 내가, 어찌 라와나의 품에 안겼던 그대를 다시 받아들일 수 있단 말이오?"

이런 끔찍한 말을 듣자, 시타는 비통하게 울며 말했다.

"당신을 향한 나의 헌신과 정절을 모두 무시하는군요."

그리고 라마의 아우 락슈마나에게 부탁했다.

"더는 살고 싶지 않습니다. 장작을 쌓아 주세요."

타오르는 불 앞에서 두 손 모아 시타는 기도했다.

"제 마음이 라마를 배신한 적이 없다면, 세상의 증인이신 불의 신이시여, 부디 저를 온전히 지켜 주소서."

불을 오른쪽으로 돌고 나서 그녀는 두려움 없이 불 속으로 들어갔다. 그녀를 지켜보고 있던 여인 모두가 비명을 질렀다. 그때 쉬바와 인드라를 비롯한 제신들이, 하늘을 나는 마차를 타고 그곳에 모여들었다.

"어찌 불 속에 몸을 던진 시타를 방관하는가? 보통 사내들이나 할 짓을 어찌 그대가 한단 말인가?"

신들은 이렇게 라마를 질책했다. 그 순간, 타오르는 장작더미 속에서 불의 신이 시타를 팔에 안고 나왔다. 붉은 옷에 금 장신구를 걸친 시타는, 떠오르는 해처럼 빛나고 있었다. 세상의 증인인 불의 신이 라마에게 선언했다.

"여기 시타가 있소. 그녀에게는 죄가 없소이다." 『라마야나』 6권

시타가 치른 불의 시험은, 중세 유럽에서 행해진 '불의

시죄(試罪)'와 비슷합니다. 불 속에서 멀쩡하게 걸어 나와야 무죄라는 것이지요. 진실의 힘이 자연의 힘을 이길 수 있다는 믿음에서 비롯된, 잔인하고 어이없는 재판입니다. 진실의 힘을 얼마나 굳건히 믿는지, 지금도 인도 신문에는 끓는 기름이나 불 속에 손을 넣었다는 기사가 납니다. 집에서 부리는 사람이 금붙이 따위를 훔쳤다고 의심한 고용주가, 그 사람의 손을 강제로 뜨거운 곳에 넣게 했다는 것입니다. 진실의 힘을 핑계 삼아 고문을 하는 것이지요.

인도 사람들이 진실의 힘을 믿는 이유는, 진실이 우리의 본성에서 나온다고 여기기 때문입니다. 사회적 규범의 토대가 사회적 합의와 규제에 있는 것이 아니라, 인간의 가장 깊은 본성 자체에 있다고 믿기 때문이지요. 이런 믿음은 루소가 『에밀』에서 주장한 것과 크게 다르지 않습니다.

> 그러므로 인간의 영혼 속에는 정의와 미덕의 생득적인 원리가 있어, 우리 자신의 준칙에도 불구하고 우리는 그것에 따라 자신의 행동과 다른 사람의 행동을 좋다 나쁘다 판단하고 있다. 바로 이러한 원리에다 나는 양심이라는 이름을 부여한다.장 자크 루소, 『에밀 또는 교육론 2』, 이용철 · 문경자 옮김, 한길사, 2007, 165쪽

'인간의 영혼 속 생득적인 원리'를 양심이라고 부르든 진실이라고 부르든, 그것은 모두 내면의 힘입니다. 앞서 '도/다르마'가 존재의 근원적 에너지이자 리듬이라고 했던 것을 기억하나요? 이 근원적 에너지에 주파수를 맞추는 것이 진실함이라고 할 수 있습니다. 채널을 맞추면 라디오에서 방송이 흘러나오는 것처럼, 진실함을 지키면 우리의 본성에서 근원적 에너지가 흘러나오지요. 존재의 근원적 에너지에 감응하는 방법이 진실함입니다. 그래서 진실한 사람들, "존재의 내적 규범에 충실한 사람들은 믿기 어려울 정도의 힘을 가지게 된다고"존 M. 콜러, 『인도인의 길』, 허우성 옮김, 소명, 2013. 31쪽 합니다. 물불 안 가리고 그 속에서도 멀쩡하거나 절벽에서 떨어져도 다치지 않는 것은, 이런 믿음 속에서는 예삿일이라고 할 수 있지요.

또한 선과 진실은 행복과, 악과 거짓은 불행과 같은 파장을 지니고 있습니다. 서로 동조하지요. 그러므로 선과 악, 진실과 거짓이 무의미하다면, 행복과 불행도 무의미합니다. 그렇기 때문에 행복과 불행을 초월한 성자는 선과 악 역시 초월한 것으로 여겨지지요. 자신의 행위 자체에 행복과 불행을 가져오는 힘이 있다는 믿음은, 꿈같은 삶 속에서도 여전히 거짓 대신 진실을 고집하는 이유가 됩니다. 선과 진실을 지킴으로써 존재의 근원적 에너지에 감응한다는 것은, 간단히 말해 행복을 의미합니다. 자신의 본성과 일치된 삶을 살면 편안하고 행복할 수밖에 없지요. 우리는 행복을 위해, 업을 따지거나 내세를 기다릴 필요가 없습니다. 지금 이 순간, 진실에 공명할 수만 있다면 그렇습니다. 인생은 꿈과 같을지 모르지만, 꿈속에서도 진정한 행복은 선과 진실이라는 통로를 통해 흘러나옵니다.

5장

사랑

신들의 왕은 왜 수행을 포기했나

목동들을 보호하는 크리슈나

비슈누의 화신인 크리슈나는 목동들에게 인드라가 아니라 그들이 돌보는 소가 곧 신이
라고 이야기하여 인드라 신의 분노를 산다. 신이란 곧 내가 아끼고 사랑하는 존재를 말
한다는 것. 격노한 인드라가 이레 동안 비를 퍼붓지만, 크리슈나는 산을 들어올려 목동
과 소를 그 아래로 피신시킨다.

영원회귀의 삶 속에서 해야 하는 일

천 개의 눈을 지닌 인드라는 물길을 막은 뱀 우리트라를 번개로 무찔렀다. 신성한 소마를 물처럼 들이킨 그가 숙적의 배를 천둥번개로 가르자, 거대한 뱀이 가두고 있던 물이 일곱 줄기로 흘러넘쳤다. 암소떼처럼 풀려난 물이 세상 곳곳을 채우며 생명을 되살렸다. 제신의 왕 인드라는 의기양양하게 신들의 도시 아마라와티로 개선했다. 찬란했던 도시는 이미 적에게 파괴된 뒤였다. 인드라는 창조의 신 위슈와카르만에게 재건을 명했다. 신들의 목수는 도시를 다시 짓기 위해 백 년을 매달렸다. 하지만 온갖 보석으로 치장한 도시를 보고도 인드라는 만족하지 않았다. 오만한 승리자를 만족시킬 수 있는 거처는 누구도 지을 수 없었다. 위슈와카르만은 조물주 브라흐마에게 가서 하소연했다.

"그대는 내일 이 소임에서 벗어나게 될 것이오."

이렇게 목수를 위로하고 돌려보낸 브라흐마는, 비슈누의 천계로 올라갔다. 그가 위슈와카르만의 호소를 전하자, 비슈누는 안심하라며 그를 돌려보냈다.

한편 웬 브라만 소년 하나가 인드라의 궁 앞에서 알현을 청했다. 문지기의 전갈을 들은 인드라는 상서로운 객을 환대했다. 이윽고 손님 대접을 마친 주인이 소년에게 물었다.

"무슨 일로 오셨소?"

"왕께서 도시를 지으신다는 것을 알고, 중요한 질문을 드리고자 왔나이다. 이 도시를 완성하는 데 시간이 얼마나 걸리겠습니까? 위슈와카르만이 재건에 얼마나 오래 매달려야 하겠습니까? 지금까지 어떤 인드라도 그렇게 호사스러운 궁전은 짓지 못했습니다. 또한 어떤 위슈와카르만도 그런 궁전은 완성하지 못할 것입니다."

비구름처럼 깊은 목소리로 소년이 말하자, 인드라는 오만하게 웃으며 물었다.

"오, 소년이여! 그대는 지금까지 인드라와 위슈와카르만을 몇이나 보거나 들었소?"

소년은 달콤하게 미소짓더니, 듣기 좋은 목소리로 말했다.

"비슈누의 배꼽에서 피어난 연꽃으로부터 태어나는 창조주 브라흐마를 저는 잘 알지요. 무시무시한 종말의 때에, 피조물이 죄다 사라져 대양 속에 잠기는 것도 잘 압니다. 인드라시여, 셀 수 없는 우주는 제각각이며, 지속시간도 저마다 다릅니다. 땅의 모래알을 셀 수는 있어도, 인드라의 수를 셀 수는 없나이다. 한 인드라의 수명과 왕권은 제한되어 있습니다. 인드라가 스물여덟 명 소멸해야 브라흐마의 하루가 지나가지요. 그 브라흐마는 백팔 년을 삽니다. 브라흐마의 수도 헤아릴 수 없거늘, 어찌 인드라의 수를 헤아릴 수 있겠나이까. 누가 브라흐마, 비슈누, 그리고 쉬바의 수를 헤아리겠습니까. 강 위를 떠가는 쪽배처럼, 그들은 위대한 비슈누의 몸을 이루는 몸털 구멍 속 맑은 물 위를 떠갑니다. 비슈누의 몸털 구멍을 셀 수 없는 것과 마찬가지로 우주의 수도 셀 수 없나이다. 각각의 우주마다 님 같은 신이 허다하게 살지요."

그때 소년은, 개미들이 수천의 열을 지어 행군하는 것을 보았다. 그것을 보고 소년은 크게 웃더니, 이내 진중해져서는 침묵을 지켰다.

소년의 말에 놀란 인드라가 말라 버린 목과 입술로 물었다.

"왜 웃는 것인가? 아이의 모습을 취한 그대는 누구인가?"

"개미 때문입니다. 이유를 묻지는 마십시오. 이것은 나무에서 뿌리를 잘라 버리듯이 인간의 교만을 파괴하는 비밀입니다."

이렇게 말하고 나서 소년은 미소를 지으며 잠자코 있었다.

"오 브라만이시여, 오래된 지혜의 빛으로 저를 깨우쳐 주십시오. 님은 지혜의 바다이시며 빼어난 분이십니다. 소년의 모습을 하신 님께서는 대체 누구십니까?"

비슈누 자신인 그 소년은, 신성한 지혜를 인드라에게 전해 주기 시작했다.

"인드라시여, 이 개미 하나하나가 전부 인드라였습니다. 긴 윤회 끝에 지금은 개미가 되어 있군요. 사람은 행위(카르마)에 의해 천상의 거처를, 혹은 브라흐마나 쉬바의 세상을 얻습니다. 자신의 행위 때문에 사람은 천국이나 지옥에 가지요. 행위 때문에 동물, 새, 곤충, 나무가 되기도 하고, 주인이나 노예가 되기도 합니다. 브라만이나 신 혹은 브라흐마로 태어나는 것도 다 행위 때문이지요. 시간과 함께하는 죽음이 모두의 머리 주변을 맴돌고 있습니다. 선악에 상관없이 모든 존재는 물거품과 같지요. 인드라시여, 현자는 항상 이 세상을 떠돌 뿐, 그 어떤 것에도 집착하지 않습니다."

소년은 말을 마치고 조용히 앉아 있었다. 그때 나이 든 성자 하나가 그곳에 왔다. 사슴 가죽을 두르고 결발(結髮)을 한 그 요기의 가슴을 수레바퀴 형태로 자란 털이 덮고 있었다. 듬성듬성 털이 빠진 흔적도 보였다. 그는 소년과 인드라 사이로 걸어오더니, 통나무처럼 서 있었다. 인드라는 성자에게 공손히 인사하고 손님 접대를 위한 음식을 바쳤다. 그러고 나자 소년이 성자에게, 인드라 자신이 묻고 싶었던 것을 물었다.

"브라만이시여, 어디에서 오시는 길입니까? 성함이 어떻게 되시나요? 여기에는 왜 오셨습니까? 가슴에 난 바퀴 모양의 털은 무슨 의미입니까? 궁금해서 견딜 수가 없군요."

위대한 성자가 이야기를 시작했다.

"아이야, 내 명은 곧 끝난다. 그래서 집을 짓지도, 혼인하지도, 생계를 꾸리지도 않지. 탁발로 살아갈 뿐이다. 내 이름은 털보라고 한다. 가슴에 난 털에는 비밀이 있는데, 사람들을 두렵게 하지만 현자들을 깨우치는 것이지. 이 털은 내 수명을 알려 준단다. 인드라가 하나 쓰러질 때마다 털이 하나씩 빠지거든. 지금 브라흐마에 주어진 수명의 나머지 반이 지나면, 나는 죽게 될 것이다. 곧 죽게 될 터인데, 아내나 아들, 집이 무슨 소용이겠느냐? 브라흐마가 하나 사라질 때마다, 비슈누께서는 눈꺼풀을 한 번 깜빡이시지. 이 최고의 지혜는 쉬바께서 내게 주신 것이다."

이렇게 말하고, 성자는 쉬바의 거처로 돌아갔다. 그는 쉬바 자신이었다. 소년의 모습을 한 비슈누도 사라져 버렸다.

인드라에게는 모든 것이 꿈 같았다. 도시에 대한 욕망은 이제 더 이상 그에게 남아 있지 않았다. 인드라는 즉시 위슈와카르만을 불러 치하하고, 그에게 많은 보석을 주어 돌려보냈다. 그는 아들에게 모든 것을 물려주고 구원을 찾기로 마음먹었다. 인드라가 심중의 계획을 밝히자, 그의 아내 인드라니는 슬픔에 잠겨 스승인 브리하스파티를 찾아갔다. 남편을 말려 달라는 청을 왕비로부터 들은 그는, 인드라를 불러 무척 신중하게 경전을 설했다. 이 성자는 혼인한 부부를 위해 자신이 직접 지은 사랑의 경전을 인드라 부부에게 가르쳤던 것이다. 그리하여 사랑의 가르침을 받은 인드라는 출가를 포기하고, 예전처럼 다시 통치를 시작했다. 인드라의 자만

심이 어떻게 산산조각났는지에 대한 이야기는 여기서 끝을 맺는
다.『브라흐마와이와르타 푸라나』 47장

그 옛날, 소와 아들, 그리고 긴 수명을 내려 달라고 기도
하던 인도 사람들은, 이제 초월적 지혜에 압도된 나머지 위
이야기 속 인드라처럼 해탈을 갈망하게 됩니다. 삶이라는
끝도 없는 꿈에서 깨어나기를 바라게 된 것이지요. 윤회의
수레바퀴를 빠져나오지 못하면, 상상할 수조차 없는 긴 시
간 동안 신들의 왕 인드라에서 인간으로, 다시 동물이나 곤
충으로, 끝없이 태어남을 반복해야 하니까요. 소박한 즐거
움을 주던 삶은 이제 한없는 징벌로 여겨지게 되었습니다.
하지만 삶이 징벌일 뿐이라면, '살아 있음'(평범한 삶)에는 아
무런 가치가 없을까요? 삶에서 벗어나기 위해 세상을 버리
고 은둔하며, 그저 깨달음을 위한 수행만을 하며 살아가야
할까요?

힌두교의 양대 기둥을 이루고 있는 것은 앞서 살펴본 카
스트와, 이제 살펴볼 '아슈라마'입니다. 힌두교에는 생의 주
기에 따라 삶의 과제를 주는 아슈라마가 있습니다. 사람의
생애를 네 시기로 나누고, 시기별로 다른 과제를 부여하는
것이지요. 첫번째 학생기에는 배움이 과제입니다. 보통 만

8~12살에 부모를 떠나 스승의 집으로 들어가서는, 12년 이상 엄격한 가르침을 받게 됩니다. 두번째 가장기에는 가족을 부양하고 사회적 의무를 다하는 것이 과제입니다. 결혼을 하고 자식을 낳아 가문을 이으며, 생계를 꾸리고 보시를 행하지요. 세번째 숲 생활기에는, 감각과 욕망을 제어하는 것이 과제입니다. 재산을 아들에게 물려주고, 가족을 떠나 (아내와 함께) 숲에서 살지요. 마지막 출가기에는, 해탈을 위한 수행이 과제가 됩니다. 홀로 세상을 떠돌며 탁발로 목숨을 부지하면서, 죽음을 기다리지요.

이렇게 네 단계의 아슈라마를 따르다 보면, 자신의 삶을 올바른 방향으로 이끌 수 있습니다. 놀다가 청춘을 허비한다든가, 가족을 부양해야 할 때 공부를 한다든가, 노욕을 부려서 추해진다든가, 죽음을 앞두고 온갖 보약을 삼키는 일은 없을 테니까요. 매 시기별로 삶이 요구하는 것을 해내지 못하면서 해탈을 추구할 수는 없습니다. 삶을 제대로 살아내지 못하는 이가 자유를 감당할 수는 없으니까요. 발달과제를 수행할 능력이 없는 사람에게, 수행과 명상은 도피처가 될 뿐입니다. 삶의 시기별로 바뀌는 과녁을 향해 노력이라는 화살을 쏘라는 지침이 아슈라마입니다. 노력의 활시위를 당기는 힘은 해탈이나 득도 같은 거창한 목표가 아니라,

바로 자신의 욕망에서 나오지요. 욕망을 버리는 힘도, 깨달음을 얻고자 하는 욕망에서 비롯된 것입니다.

인도인은 삶에서 네 가지 목표를 추구합니다. 육체적 쾌락[1], 물질적 부[2], 다르마, 그리고 해탈이지요. 정의/덕으로 해석되는 다르마는 평생 지녀야 할 목표지만, 육체적 욕망과 물질적 부는 가장기의 목표라고 할 수 있습니다. 그리고 해탈은 숲 생활기와 출가기의 목표가 되지요. 아이가 장난감을 가지고 놀고, 젊은이가 사랑을 하며, 성인이 부와 권력을 추구하고, 노인이 구원을 바라는 것은 당연한 일입니다.쿨러, 『인도인의 길』, 197쪽 아슈라마는 출가의 삶이 아직 버거운 평범한 사람까지도 수행으로 이끕니다. 인생의 각 단계에 의미를 부여하고, 삶 자체가 수행이 되도록 이끄는 방법이지요. 다시 말해, 배우는 즐거움과 사랑의 기쁨을 누리면서 세상을 운영하는 책임과 의무를 다하는 것이, 평범한 우리가 이 세상 살아가면서 해야 할 일이라는 것입니다.

위 이야기 속에서 인드라는 장엄한 우주적 지혜에 압도당한 나머지, 속세의 일에는 관심을 잃어버립니다. 그저 윤

---

1 카마: 좁게는 성적 쾌락, 넓게는 감각적 즐거움(놀이, 음악, 이야기 등)을 말한다.
2 아르타: 의식주를 비롯한 물질적 부뿐만 아니라 권력과 명예까지도 아울러 말한다.

회를 벗어나고 싶어 하지요. 하지만 그에게는 아내와 자식이 있을 뿐만 아니라, 제신의 왕으로서의 의무도 있습니다. 가족을 사랑하고 세상을 다스리는 것이 그가 해야 할 일입니다. 결국 수행자가 되는 것을 포기하고, 그가 또다시 선택한 일이기도 하지요. 붓다에게도 사랑하는 아내와 아들이 있었습니다만, 그는 출가의 길을 갑니다. 윤회에서 벗어나는 가르침을 전하는 것이 그의 선택이었으니까요. 깨달음을 얻고 난 뒤 붓다는 잠시 망설이지만, 살아 있는 모든 것에 대한 사랑 때문에 바로 열반에 들지 않고 45년간 스승으로서의 의무를 다합니다. 끝없는 윤회 속에서 우리가 행해야 하는 의무란, 스스로 선택한 일을 행하는 것이 아닐까요? 또한 사랑으로 기꺼이 의무를 짊어지라는 것이 아닐까요? 사랑, 자비, 연민……. 무엇이라고 부르든 우리는 '나'라는 울타리를 넓히는 행위를 해야 합니다.

박티, 평범한 우리가 할 수 있는 사랑

평범한 우리가 할 수 있는 사랑에 대해서는, 인도의 성자 라마크리슈나가 짚어 준 바가 있습니다. 어느 날 그에게 어떤 노부인이 찾아와 말했답니다.

"선생님, 전 제가 신을 사랑하지 않는다는 것을 알게 되었습니다. 신을 사랑하지 않는 제 자신을 그저 받아들일 수밖에 없어요."

그러자 성자가 그 부인에게 물었지요.

"그럼, 사랑하는 것이 전혀 없으십니까?"

"제 어린 조카를 사랑하긴 합니다만."

그녀가 이렇게 대답하자, 현명한 성자는 일러 줍니다.

"조카를 위해 애쓰고 계시다면, 그 조카가 바로 당신의 신입니다."

마찬가지로 비슈누의 화신 크리슈나는, 하늘에 있는 신 인드라가 아니라 자신들이 보살피는 소야말로 그들의 신이라는 것을 목동들에게 일깨워 줍니다. 격분한 인드라가 이레 동안이나 비를 퍼붓지만, 크리슈나는 새끼손가락 하나로 산을 들어 올려 그 아래로 목동들을 피신시키지요.

인도에는 평범한 일상 속에서 누구나 실천할 수 있는 박티(헌신)[3]라는 수행법이 있습니다. 그저 신을 사랑하고 신에

---

3 대서사시 『마하바라타』 제6권의 『바가와드 기타』에는, 크리슈나 신에 대한 사랑과 헌신을 수행법으로 하는 박티의 개념이 등장한다. 후대의 박티는 신을 직접 느끼는 감정적 경험을 강조한다.

게 헌신하는 것이 박티라고 할 수 있지요. 신을 사랑한다는 것은 거창한 것이 아니라, 라마크리슈나가 말했듯이, 가족이나 연인처럼 자신 곁의 사람들을 사랑하는 것이 아닐까요? 자신이 사랑하는 이가 곧 자신의 신인 것이지요. 사랑하는 이에게는 기꺼이 헌신하게 되니까요. 사랑(헌신)을 실천하는 것이 바로 삶이고요. 그래서 우리는, 사랑이 자신의 종교라고 했던 달라이라마의 말을 되새기게 됩니다.

그렇다면 우리는 사랑하는 이(신)와 어떤 관계를 맺을 수 있을까요? 종파마다 신과 신도의 관계를 다양하게 규정하고 있습니다만, 대체로 다섯 가지로 정리해 볼 수 있습니다. 첫번째는, 주인과 종의 관계라고 합니다. 신은 명령하고, 인간은 그저 따를 뿐인 관계지요. 두번째는 친구 관계라고 합니다. 『마하바라타』 속 크리슈나와 아르주나처럼요. 신이 올곧은 친구처럼 인간을 이끌어 주긴 하지만, 기본적으로 신과 인간은 대등한 관계입니다. 세번째는 부모와 자식의 관계 같다고 합니다. 성탄절의 아기 예수처럼, 신(신성)을 보살펴야 하기 때문이지요. 네번째는 부부의 관계 같다고 합니다. 마땅히 서로 헌신해야 하는 관계지요. 예수라는 신랑과 결혼한 수녀의 삶이 그렇습니다. 마지막은 불륜의 관계 같다고 합니다. 사랑을 위해서는 재산도 명예도 가족도,

그리고 목숨마저도 기꺼이 버리는 관계지요. 출가자의 삶이 바로 그러합니다.

'사랑하는 이가 제아무리 자신의 신이라지만, 육체적 사랑을 나누는 애인까지 신이라고 할 수는 없지 않을까?'

이렇게 19금 생각을 하는 이도 있을 것입니다. 신을 거룩하고 엄숙한 존재로만 생각하기 때문에, 신성한 신을 두고는 감히 야한 생각을 하지 못하는 것 아닐까요? 하지만 예수를 제외한 우리 모두는 육체적 사랑을 통해 잉태되어 이 세상에 왔습니다. 생명이 숭고하다면 생명을 잉태하는 행위도 숭고한 것이지요. 또한 생명을 잉태하기 위해서가 아니더라도, 몸을 통해 사랑하는 이와 교감하는 것은 큰 기쁨을 줍니다. 몸과 영혼을 나누어, 몸에 속한 모든 욕망을 불결하게 여기는 것은 깨달음을 얻는 도구인 몸을 무시하는 것입니다. 함께 몸을 나누는 이가 자신의 신이 되지 못할 이유는 없지요. 비슈누의 화신인 크리슈나는, 무려 일만 육천이나 되는 여목동과 동시에 사랑을 나눈답니다.

어느 날 크리슈나는 줌나 강에서 목욕하고 있는 여목동들을 보았다. 짓궂은 젊은 신은 그들의 옷을 훔쳐 나무 위에 숨었다. 옷이 사라지자, 여인들은 물에서 나오지 못했다. 크리슈나는 알몸의 그들을 놀리며, 자신이 있는 나무 앞까지 나온 여인에게만 옷을 돌려주었다. 실컷 여인들을 괴롭히고 나서 크리슈나는, 가을에 함께 춤을 추어 주겠다고 그들에게 약속했다. 그리고 달빛이 은근한 어느 가을밤, 그는 숲속에서 피리를 불어 여목동들을 불러냈다. 그들 모두 남편의 품에서 몰래 빠져나와, 크리슈나와 함께 춤을 추었다. 그들은 저마다 크리슈나가 자신과 춤을 추고 있다고 생각했지만, 그는 이미 라다라는 여인과 함께 그곳을 빠져나간 뒤였다. 마침내 이를 알게 된 여인들이 울면서 그를 찾아 헤맸다. 크리슈나는 라다를 버리고 다시 여인들과 춤을 추었다. 격정적인 욕망의 춤은 여섯 달이나 계속되었다. 여인들은 줌나 강에서 목욕을 하고 각자의 집으로 돌아갔는데, 누구도 그들이 여섯 달 동안 자리를 비웠다는 것을 알지 못했다.

인도신화의 성적 분방함은, 영적 희열이 성적 쾌락에 비유되기 때문이기도 합니다. 크리슈나가 유부녀와 놀아나는 것이 신화의 본뜻이 아니라는 것입니다. 남편과 가정을 버리는 불륜의 사랑에 신과의 사랑(박티)을 비유했을 뿐이지요. 인도 라자스탄 지역에는, 신과 사랑에 빠져 가정을 버리고 악사로 세상을 떠돈 여인 미나의 실제 이야기가 남아 있기도 합니다.

인도가 수행을 중시하는 영적 문화를 갖고 있다고 해서, 몸의 쾌락과 욕망을 무시할 것이라고 지레짐작하면 안 됩니다. 욕망과 감정을 억누르는 것은 자연스러운 일이 아니라고 여겼거든요. 인도인이 추구하는 삶의 목표에는, 육체적 쾌락(카마)도 당당히 자리를 차지하고 있습니다.[4] 그래서 인도에서는 사랑의 육체적 기술을 상술한 『카마수트라』가 정식 경전(수트라)입니다. 실존했던 위대한 성자이자 철학자인 샹카라는 (엄연한 학문인) 이 기술을 체득하기 위해서, 죽은 왕의 몸속에 들어가 왕비들과 뜨거운 사랑을 나누기도 했다지요. 카주라호를 가득 채운 화끈한 체위의 부조는, 성애도 진정한 사랑에 속한다는 가르침을 보여 줍니다. 이 가르침의 밑바닥에는, 육체가 천한 것이 아니라는 존중이 깔려 있지요. 지나치지 않은 욕망이라면 인도에서는 바람직한 것입니다.

욕망(카마)이 지나친 것은 칭찬할 만한 일이 아니다. 하지만 욕망을 전부 버리는 것 또한 칭찬할 만한 일이 아니다. 『마누법전』 2권 2장

---

4 육체적 쾌락인 카마를 추구하는 것은 가장기의 목표이다. 학생기와 출가기에는 카마의 추구가 금지된다.

욕구불만이 될 만큼 욕망을 억누르지도 않고, 그렇다고 지나치게 추구하지도 않는 것이 중도라고 할 수 있겠지요. 삶이라는 강을 건너 해탈이라는 피안에 도착하려면, 욕망이라는 물살을 지나치게 거스르면 안 되니까요. 자신의 욕망을 잘 모르고 한 선택은 잘못된 결과를 가져옵니다. 해야 하는 일과 하고 싶은 일 사이에서 갈팡질팡하다가 삶에서 좌초하기 마련이지요. 사실 자신의 욕망 앞에 벌거벗은 채로 서는 것 자체가 수행인지도 모릅니다. 고행의 신 쉬바는 섹슈얼리티를 상징하기도 하지요. 인도의 신과 성자가 지나치게 밝혀서 민망한가요? 욕망을 감추고 거룩한 체하는 것이 더 큰 병입니다. 자아의 숨겨진 그림자를 만드니까요. 물론 자신의 욕망에 지나치게 솔직하다 보면, 난감해질 때도 있지만 말입니다.

신들의 스승 브리하스파티에게는 아름다운 아내 타라가 있었다. 어느 날 집 앞을 거닐던 타라를 보고, 달의 신 찬드라는 그만 넋을 잃고 말았다. 찬드라 역시 수려한 용모로 이름 높은 신이었다. 두 사람은 곧 사랑에 빠졌다. 타라는 남편 브리하스파티를 버리고 찬드라의 집으로 가버렸다. 브리하스파티는 아내를 데려오라며 신들을 여러 차례 찬드라의 집으로 보냈지만, 사랑에 빠진 타라는 들은 척도 하지 않았다. 결국 집 나간 아내를 데려오기 위해 브리하스파티가 직접 찬드라의 집을 찾아갔지만, 타라는 남편을 외면했다. 그러자 브리하스파티는 찬드라에게 악담을 퍼부었다.

"브라만을 죽인 자, 금을 훔친 자, 술주정을 하는 자, 그리고 남의 아내와 함께 사는 자는 무서운 죄를 저지른 것이다. 그런 죄인은 하늘에서 살 자격이 없지. 그러니 내 아내를 돌려주지 않는다면, 넌 하늘에서 쫓겨나야 마땅할 것이다!"

"타라는 자신의 뜻에 따라 제게 온 것입니다. 전 그녀의 뜻에 따를 뿐이지요. 제게 싫증 나서 그녀가 저를 떠난다면, 전 상관하지 않을 것입니다."

찬드라는 이렇게 응수했다. 브리하스파티는 분을 이기지 못해 혼자 집으로 돌아왔지만, 미련을 버리지 못하고 계속 아내를 기다렸다. 하지만 타라는 끝내 돌아오지 않았다. 그가 다시 한번 찬드라의 집을 찾아갔지만, 찬드라의 문지기가 그를 쫓아내 버렸다. 분노에 휩싸인 브리하스파티는, 신들의 제왕이자 자신의 애제자인 인드라에게 도움을 청했다. 인드라가 비장한 각오로 찬드라를 찾아가 협박했지만, 찬드라는 굴하지 않았다. 그러자 인드라는 신들의 반대를 무릅쓰고, 찬드라에게 선전포고를 했다.

마침내 타라를 두고 전쟁이 시작되었다. 세상이 온통 혼란에 휩싸이자, 뒤늦게 조물주 브라흐마가 수거위를 타고 나타났다. 그는 찬드라를 꾸짖고 나서, 타라를 브리하스파티에게 돌려주라고 그에게 명했다. 명을 거역할 수 없었던 타라는, 내키지 않는 마음으로 브리하스파티에게 돌아갔다. 그때 이미 타라는 아이를 잉태하고 있었다. 이윽고 세상이 깜짝 놀랄 만큼 아름다운 사내아이가 태어났다. 타라가 임신 중이었다는 것을 미처 몰랐던 브리하스파티는 자신이 아이의 아버지라고 생각했다. 하지만 아이에게 이름을 주는 경사스러운 날에 찬드라가 나타나더니, 자신이 아이의 아버지라고 주장했다. 누가 아이의 아버지인가를 두고 또다시 전쟁이 일어날 판이었다. 마침 그 자리에 있었던 브라흐마가 타라에게 진실을 물었다.

"누가 아이의 아버지인가?"

"찬드라입니다."

타라의 대답을 들은 브라흐마가 브리하스파티에게 말했다.

"아이를 친아버지에게 돌려주는 것이 좋겠소."

어쩔 수 없이 브리하스파티는 아이를 찬드라에게 주고 말았다.[5]

무려 신들의 스승이라는 브리하스파티는 창피하게 오

---

5 찬드라는 달, 브리하스파티는 목성, 타라는 별을 뜻하기 때문에, 이 이야기는 보통 천문신화로 읽힌다.

쟁이 진 것도 모자라, 사랑 찾아 떠난 아내를 억지로 다시 데려옵니다. 게다가 그는 임신한 형수를 겁탈한 전력도 있답니다. 이런 스승에게서 신들이 과연 무엇을 배웠을지 궁금하지 않을 수 없지요. 그에 비하면 제우스는 참 염치 있다고 할까요? 육체적 욕망을 지나치게 소홀하게 여기지 않은 나머지, 이런 일도 일어나나 봅니다. 어쨌든 몸을 무시하지 않는 인도의 가르침은, 육체적 성을 통해서 정신적 깨달음을 얻으려고 했던 밀교에 이르러 절정을 맞게 됩니다.

신성함은 내 안에 있다

인도에는 왜 그렇게 (인구보다) 신과 신상이 많을까요? 굳이 신을 섬길 필요 없이 사랑하는 이를 섬겨도 될 텐데요. 인도에서 신은 삶의 목적이 아니라, 깨달음의 도구일 뿐입니다. 자신의 마음에서 사랑과 경외를 끌어내기 위해, 누구나 몇 개쯤은 '애완용' 신을 가지고 있지요. 귀여운 아기 모습의 크리슈나(비슈누의 화신)와 혀를 빼문 무서운 여신 칼리가 대표적입니다. "신들은 보다 깊은 에너지와 질서를 상징하고 있을 뿐"콜러, 『인도인의 길』, 118쪽, 우리는 이미 우리 안에 신성(존엄함)을 가지고 있습니다. 신을 사랑하든 인간을 사랑하든, 진정한 사랑은 내 안에서 흘러나오는 빛입니다.

윤회가 매번 새로운 생이라는 무대를 열어 줄 때마다, 우리는 사랑을 해야 합니다. 각자가 맡은 배역에 최선을 다하게 해주는 것은 사랑의 힘일 테니까요. 영원히 반복되는 삶을, 형벌에서 유희로 바꾸어 주는 것이 사랑입니다. 이내 허물어지고 마는 모래성을 몇 번이고 쌓고 또 쌓는 어린아이처럼, 의무의 고통을 헌신의 즐거움으로 바꾼 현자는 즐겁게 윤회 속을 헤엄쳐 다니지요. 그래서 인드라는 출가의 삶이 아니라 세속의 삶을, 다마얀티는 신이 아니라 날라를 선택한 것입니다.

그나저나 숲에 버려진 다마얀티는 어떻게 되었을까요?

날라가 떠난 뒤 다마얀티는 잠에서 깨어났다. 남편이 보이지 않자, 그녀는 인적 없는 숲속에 홀로 버려졌다는 것을 알았다. 두려워 몸을 떨며, 다마얀티는 서럽게 울부짖었다.

"왜 나를 버렸나요? 나는 이미 죽은 목숨입니다. 이 적막한 숲이 무서워요. 다르마를 알고 진실을 말하던 당신이, 어떻게 잠든 나를 두고 갈 수 있나요?"

다마얀티는 남편을 찾아 야생동물이 들끓는 숲을 헤매었다. 갑자기 거대한 구렁이가 나타나, 그녀를 돌돌 감아 버렸다. 구렁이가 자신을 삼키려고 하는 순간에도 다마얀티는 자신이 아니라 날라를 걱정하며 울었다. 그때 짐승을 쫓던 사냥꾼이 그녀의 외침을 듣고 달려왔다. 다급하게 날카로운 칼로 뱀의 대가리를 잘라 버리고 나서도, 사냥꾼은 움직임이 멎을 때까지 뱀을 난도질했다. 뱀에게서 다마얀티를 풀어주고 나서, 그가 그녀의 몸을 닦아 주었다. 다마얀티를 안심시킨 뒤, 사냥꾼이 먹을 것을 주며 물었다.

"사슴 눈의 여인이여, 당신은 누구요? 이 깊은 산속에는 왜 왔소? 빛나는 여인이여, 어쩌다 이렇게 험한 꼴을 당했소?"

다마얀티는 자신의 사연을 그에게 말해 주었다. 사냥꾼은 그녀가 옷을 반만 감고 있는 것을 보았다. 그녀의 풍만한 가슴과 엉덩이, 매끄럽고 흠 없는 팔과 다리가 그대로 드러나 있었다. 보름달 같은 얼굴과 곱게 휜 눈썹을 가진 다마얀티를 보고, 그는 그만 욕정에 사로잡히고 말았다. 사냥꾼이 달콤하고 다정하게 대해 주자, 그녀는 곧 그의 음흉한 속내를 알아차렸다. 다마얀티는 활활 타는 불처럼 분노했다. 그녀를 손아귀에 넣으려던 천박한 사냥꾼은, 매섭게 화를 내는 다마얀티를 쉽게 손아귀에 넣을 수 없다는 것을 깨달았다. 말로는 사냥꾼을 물리칠 수 없다는 것을 알고, 다마얀티는 마음속으로 저주했다.

'날라가 아닌 사내를 마음에서조차 제가 생각한 적이 없다는 것이 사실이라면, 짐승처럼 살아가는 이 상스러운 놈이 당장 죽어 자빠

지게 하소서.'

다마얀티의 저주가 끝나자마자, 마치 불붙은 나무가 땅에 쓰러지듯 사냥꾼은 땅바닥에 쓰러져 죽었다. 연꽃 눈의 다마얀티는 더 깊은 숲속으로 발길을 옮겼다. 날짐승이 우글대는 무섭고 인적 없는 숲이었다. 사흘 밤낮을 걸은 그녀는, 아름다운 고행자의 숲에 이르게 되었다. 사슴과 원숭이, 그리고 수행자가 모여 사는 아슈람을 보고, 다마얀티는 조심스럽게 그곳으로 들어갔다. 고행자 모두가 그녀를 반겨 맞았다. 다마얀티는 도 높은 고행자들에게 공손하게 절을 올렸다. 고행이 재산인 그들은, 법도에 따라 그녀를 대접하고 나서 물었다.

"우리가 무엇을 해주면 좋겠소? 흠잡을 데 없이 아리따운 그대는 누구이고, 무엇을 구하려는 것이오?"

다마얀티가 대답했다.

"브라만들이시여, 니샤다 족에게는 날라라는 이름을 가진 군주가 있었지요. 그 왕이 바로 제 남편이랍니다. 덕 없이 천박한 사람이, 진실과 다르마를 지키는 제 남편을 노름에 끌어들였답니다. 속임수에 능한 그는 날라에게서 왕국과 재산을 앗아갔지요. 남편 만나기만을 고대하는 다마얀티라고 저를 알아 주세요. 혹시 날라라는 이름을 가진 왕이, 공덕 많은 이 고행의 숲에 오지는 않았었나요? 오로지 그를 찾기 위해, 호랑이와 짐승이 득실거리는 이 무섭고 위험한 숲에 왔답니다. 며칠 밤낮을 더 찾아보고, 그래도 날라 왕을 찾지 못한다면, 더 나은 세상을 위해 이 육신을 버리려고 합니다. 황소 같은 남편이 없는데, 무엇을 바라고 목숨을 잇겠습니까?"

슬피 우는 다마얀티를, 진실을 말하는 고행자들이 위로했다.

"착한 여인이여, 당신 앞날에 좋은 일이 있을 것이오. 우리는 고행의 힘으로 예견할 수 있다오. 곧 남편을 만날 수 있을 것이오."

이렇게 말한 뒤 고행자들은 사라져 버렸다. 제사의 불과 아슈람도 함께 모습을 감추었다.

'내가 본 것이 꿈이었단 말인가?'

다마얀티는 넋을 잃고 서 있다가, 더 어두컴컴한 곳으로 길을 잡아 걸었다. 가는 길에 그녀는 크고 작은 산, 강과 호수, 그리고 새와 짐승 따위를 수없이 보았다. 그러다가 다마얀티는 길게 뻗은 대로에 이르렀고, 그곳에서 상단을 만났다. 온몸이 상처투성이인데다가 옷을 반만 감은 그녀는, 때와 먼지에 절어 정신 나간 여인처럼 보였다. 여윌 대로 여윈 얼굴의 그녀를 불쌍히 여기며, 사람들이 물었다.

"당신은 누구요? 이 깊은 산속에서 무엇을 찾고 있소?"

모여 있던 남녀노소 상인에게, 그리고 그들의 수장과 길잡이에게 다마얀티 공주가 대답했다.

"위다르바의 왕이 내 아버지이며, 니샤다의 왕이 내 남편이라오.

날라를 알거든 어서 말해 주시오."

그러자 대상을 이끄는 수장이 다마얀티에게 말했다.

"날라라는 사람은 본 적이 없소만."

그녀는 다시 그에게 물었다.

"이 상단은 어디까지 가오?"

"공주여, 우리는 진실을 말하는 체디 왕의 상인입니다."

수장의 말을 듣고, 다마얀티는 그들을 따라갔다. 여러 날을 간 상단은, 험한 산중에서 연꽃이 가득한 호수에 이르렀다. 물 맑은 호수를 보고, 상인들은 지친 가축을 쉬게 하려고 그곳에 머물렀다. 늦은 밤이 되어서야 그들은 잠자리에 들 수 있었다. 밤이 반쯤 지났을 무렵, 물을 마시러 온 코끼리 떼가, 깊이 잠들어 있던 사람들을 사정없이 짓밟고 지나갔다. 코끼리의 엄니에 찔리거나, 발 혹은 몸뚱이에 차이기도 했다. 소, 당나귀, 낙타, 그리고 말까지 사람들과 함께 떼죽음을 당했다. 놀라 이리저리 날뛰다가 서로를 치어 죽이기도 했다. 자다가 날벼락을 맞은 상인들은 안전한 곳을 찾아 숲을 헤매었다. 아침이 되자 살아남은 사람들이 수풀 속에서 기어 나와 부모형제, 그리고 자식과 동료가 죽은 것을 보고 통곡했다.

"전생에 내가 무슨 못된 짓을 저질렀기에, 이 인적 드문 숲에서 만난 사람들마저 코끼리 떼에 밟혀 죽는 꼴을 본단 말인가?"

무사했던 다마얀티도 이렇게 탄식하며 울었다. 그녀는 살아남은 브라만들과 함께 계속 길을 갔다. 오랜 여행 끝에, 그녀는 여전히 옷을 반만 감은 채 체디 왕의 도시에 들어섰다. 마르고 초췌한 다마얀티, 머리를 풀어헤치고 정신 나간 듯이 걷는 그녀를 도성의 아이들이 죄다 나와 구경했다. 아이들에게 둘러싸인 채 왕궁 앞에 있는 그녀를, 왕의 어머니가 보았다. 모후는 아이들을 내쫓고, 다마얀티를 마루로 데려와 물었다.

"이런 상황에서도 참으로 자태가 곱구나. 말해 보아라. 그대는 누구이며 누구의 딸인가?"

그녀의 말에 다마얀티가 대답했다.

"저는 유서 깊은 가문에 태어난 시녀입니다. 영웅 같은 남편을 그림자처럼 따라다녔지요. 불운하게도 그는 헤어날 수 없는 노름에 빠졌고, 모든 것을 잃자 저를 버리고 홀로 떠나 버렸답니다. 저는 설움에 겨워, 밤낮으로 그를 찾아 헤매고 있지요."

눈물을 줄줄 흘리며 이렇게 탄식하는 다마얀티를, 왕의 모친이 안타까워하며 위로했다.

"착한 여인이여, 내 곁에서 살게. 하인들이 자네 남편을 찾아 줄 게야. 떠돌던 자네 남편이 혹시 이곳으로 올지도 모르지. 여기 살면서 남편을 찾게."

"영웅의 어머님이시여, 이곳에 머물겠습니다. 하지만 저는 다른 사람이 남긴 음식을 먹지도, 다른 사람의 발을 씻기지도 않을 것입니다. 또한 누가 됐든 남자와는 말을 섞지 않겠습니다. 저를 탐내는 자가 있으면, 당신께서 그자에게 벌을 내리셔야 합니다. 그렇지만 남편을 찾아야 하니, 브라만은 만나게 해주세요. 이렇게만 해주신다면, 저는 여기 머물겠습니다."

다마얀티가 이렇게 청하자, 왕의 어머니가 흔쾌히 동의했다.

"참으로 장한 결심이로군. 모든 것은 자네 뜻에 따르겠네."

그녀는 수난다라는 딸을 불러 말했다.

"수난다야, 여신처럼 보이는 이 여인을 네 시녀로 삼아라. 이 여인과 거리낌 없이 지내도록 하렴."

한편 다마얀티를 떠난 날라는, 깊은 산속에 큰 불이 난 것을 보았다. 불길 속에서 뭔가가 큰 소리로, "날라여, 어서 뛰어오시오"라며 울부짖고 있었다. 날라는 두려워 말라고 외치며, 그는 불에 뛰어들었다. 불속에 뱀 왕이 똬리를 튼 채 앉아 있었다. 두려움에 합장한 손을 벌벌 떨며, 뱀 왕이 날라에게 말했다.

"왕이시여, 저는 뱀 카르코타카라고 합니다. 예전에 제가 수행력이 대단한 성자를 사로잡은 적이 있었답니다. 그 성자는 화가 나서 저를 저주했지요. 그 저주 탓에 이곳에서 꼼짝하지 못하고 있었습니다. 저를 구해 주시면, 전하께 이익이 되는 일을 알려 드리겠습니다. 당신의 벗이 되어 드릴게요. 세상에 저처럼 능력 있는

뱀은 없답니다. 제 몸을 작게 만들 테니, 어서 저를 불 속에서 꺼내
주십시오."

이렇게 말한 뒤 뱀은 자신의 몸을 엄지만 하게 줄였다. 날라는 그
를 들고 불길이 미치지 않는 곳으로 달렸다. 안전한 곳에 도달한
날라가 그를 내려놓으려 하자, 뱀이 말했다.

"왕이시여, 걸음 수를 세며 몇 발자국 움직여 보십시오. 그렇게 하
시면 전하께 가장 유익한 일을 해드리겠습니다."

날라가 걸음 수를 세며 열 발자국을 걷자, 뱀 왕이 그를 물었다. 뱀
의 독니가 살에 닿자마자, 그의 모습이 변하기 시작했다. 자기 모
습이 추해지는 것을 보고 날라는 깜짝 놀라 멈췄섰다. 본래 크기
로 돌아간 뱀이, 날라를 위로했다.

"사람들이 당신을 알아보지 못하도록 전하의 모습을 바꿨습니다.
전하의 몸속에 들어가 당신을 괴로움으로 몰아넣은 놈은, 제 독
때문에 지독한 고통을 맛볼 것입니다. 하지만 전하는 고통을 느끼
지 않으실 겁니다. 여기에서 벗어나시면 리투파르나 왕에게 가셔
서, 당신이 바후카라는 이름의 마부라고 말씀하십시오. 그 왕이
노름을 잘 아니까요. 니샤다의 왕이시여, 지금 당장 아름다운 도
시 아요디야로 가십시오. 님께서 말 다루는 비법을 가르쳐 주시
면, 그 대가로 그 왕은 님께 노름의 진수를 가르쳐 줄 것입니다. 주
사위 노름의 비법을 익히시고 나면, 전하께서는 왕국을 되찾으시

고 아내와의 인연도 다시 이으실 수 있습니다. 그러니 슬퍼하지 마소서. 인간의 왕이시여, 원래 모습을 되찾고자 하실 때, 저를 떠올리며 이 옷을 입으십시오."

말을 마친 뱀 왕이 날라에게 옷 두 벌을 주더니 홀연히 사라졌다.

길을 떠난 날라는, 열흘이 되는 날 리루파르나의 도성에 도착했다. 날라는 왕을 찾아가서 말했다.

"저는 바후카라고 합니다. 이 세상에 저보다 말을 잘 다루는 사람은 없답니다. 또한 저는 세상 누구도 모르는 특별한 음식을 만들 수 있고, 세상 어떤 재주든지 죄다 알고 있습니다. 무슨 일이든 다 할 수 있으니, 리루파르나여, 저를 써 주십시오."

그러자 리루파르나가 허락했다.

"좋다, 바후카. 여기 머물러라. 말을 모는 방법에 대해 내 각별한 관심이 있지. 내 말이 빨리 달릴 수 있도록 살펴라."

이리하여 날라는 융숭한 대접을 받으며 왕궁에 머무르게 되었다.

꿈결같은 세상에서 우리가 해야 할 일은, 다마얀티처럼 진정한 사랑을 하고 사랑을 위해 헌신하는 것입니다. 다마얀티처럼 신이 아니라 인간을, 천상이 아니라 지상을 선택하는 것이지요. 아내를 버린 날라 같은 사람은 너무 찌질해서 사랑할 수가 없다고요? 다마얀티의 지극한 사랑도 도박에 빠진 남편 탓에 파경을 맞았는데, 아직도 사랑 타령이냐고 타박할 만도 합니다. 하지만 사랑은 자격이 있어서 받는 것이 아니라, 능력이 있어서 주는 것입니다. 사랑을 받는 객체의 문제가 아니라 사랑을 주는 주체의 문제지요. 우리는 수행뿐만 아니라 사랑을 통한 헌신으로도 자기 안의 신성(존엄함)에 닿을 수 있습니다. 신이든 인간이든, 밖의 대상을 향하는 사랑을 통해 어떻게 자신 안의 신성에 닿느냐고요? 이 문제는 설명하기 어려워서, 그저 비유만 들 수 있습니다. 광대한 인드라의 그물처럼(화엄종의 십현문+玄門), '나'와 '우리'와 '모두'는 하나로 이어져 있다고요. 인드라의 궁궐을 덮고 있는 이 그물에는 코마다 보주(寶珠)가 달려 있는데, 각각의 구슬이 다른 구슬 전부를 비춘다고 합니다. 서로가 서로에게 영향을 미친다는 비유지요. 사랑은 나뉘어 있는 것(이원성)을 하나로 통합하는 힘입니다. 신은 타자의 얼굴로 말을 건넨다고 했던 레비나스(Emmanuel Levinas)의 말을 기억합시다.

6장

행복

야차는 왕에게 무엇을 물었나

야차의 질문에 대답하는 유디슈티라
판다와 형제들의 맏형인 유디슈티라가 호숫가에서 야차의 질문에 답하고 있다. 유디슈티라는 "행복을 한 마디로 표현하면 무엇인가"라는 질문에 "품성", 곧 '성격'이라고 답한다. 성격은 타고나는 기질과 달리 끊임없이 갈고 닦아야 하는 것으로서, 이 성격에 행복과 불행이 달려 있다는 것이다. 그림 속 유디슈티라의 뒤로는 성급하게 호수의 물을 마신 네 형제가 쓰러져 있다.

자신부터 온전하게 사랑하기

옛날에, 길목을 지키며 행인을 터는 강도가 있었다. 강도짓으로 생계를 이어 가던 그의 이름은 라트나카라라고 했다. 어느 날 그는 삼계를 두루 돌아다니며 좋고 나쁜 소식을 전해 주는 성자 나라다를 붙잡았다.

"가진 것 다 내놓아라!"

이렇게 윽박지르는 강도 앞에서도, 성자는 차분하게 그에게 물었다.

"네 어찌 이런 사악한 짓을 하느냐?"

"다 처자식 먹여 살리자고 하는 짓이야."

"네 처자식이 네가 쌓은 악업도 같이 나누겠다고 하더냐?"

"다 식구들 때문에 하는 짓인데, 당연히 그러겠다고 하겠지."

"네 말이 맞는지 궁금하구나. 당장 집에 가서 물어보아라."

"물어보나 마나지."

하지만 내심 가족들의 대답이 궁금했던 라트나카라는, 성자를 나무에 묶어 두고 집으로 달려갔다. 그의 기대와는 달리 아내와 아들, 그리고 노부모까지도 그의 악업을 함께 지려고 하지 않았다. 절망한 그는 나무에 묶여 있던 나라다를 풀어 주고는, 성자의 발앞에 엎드렸다. 사실 나라다는 장차 그가 위대한 시인이 되리라는 것을 알고, 일부러 그곳에 걸음한 터였다. 성자의 가르침을 받은 라트나카라는 출가하여 혹독한 고행을 했고, 마침내 위대한 성자가 되었다.

나무 그루터기처럼 꼼짝하지 않고 앉아 수행했기 때문에, 라트나카라의 몸 위에 흰개미들이 탑을 쌓았다고 합니다. 이 개미탑(왈미카) 때문에 그는 '왈미키'라는 이름으로 알려지게 되었지요. 그가 바로 대서사시 『라마야나』를 지었다는, 인도 최초의 시인입니다. 강도에서 성자 겸 시인으로, 환골탈태의 진수를 보여 주는 위인이지요. 그런데 수행에만 몰두하던 성자가 어쩌다 시를 읊게 되었을까요?

어느 날, 왈미키는 제자 하나를 데리고, 광활한 숲을 살피면서 거닐고 있었다. 그러다가 성자는 달콤한 소리를 내는 두루미 한 쌍이 붙어 다니는 것을 보았다. 그때 그가 지켜보고 있는데도, 웬 사냥꾼이 수컷을 활로 쏘았다. 피에 젖어 땅 위에서 몸부림치는 제 짝을 보고 암컷은 애처롭게 울었다. 이렇게 새가 죽는 것을 보고 연민을 느낀 성자는, 두루미 암컷의 울음소리를 들으며 이렇게 읊었다.

욕심에 분별을 잃어버려

새 한 쌍 한 쪽을 죽였으니

사냥꾼이여, 그대는 이제

평온일랑 얻지 못하리라[1]

'슬픔 때문에 내가 대체 무엇을 읊은 것인가?'

성자는 이런 생각에 잠겼다가, 곁에 있는 제자에게 말했다.

"슬픔 때문에 내가 읊은 것, 각 행의 음절 수가 같아 현으로 반주

하기에 좋은 이것을 '시'라고 하리라."

그러자 그의 제자는 그가 읊은 시구를 기꺼이 외웠다.

아슈람에 돌아오고 나서도 왈미키는 여전히 두루미 생각에 빠져

있었다. 그때 네 개의 얼굴을 가진 창조주 브라흐마가 성자를 만

나기 위해 나타났다. 그를 보고 놀란 왈미키는 즉시 일어나 공손

하게 합장한 채 서 있었다. 가장 높은 자리에 앉고 나자, 그 신은

성자에게도 앉으라고 명했다. 세상의 할아버지 브라흐마의 면전

에 앉아 있으면서도 왈미키는, 다시금 두루미 생각을 하고 있었

다. 그러다가 암컷이 애처로운 나머지, 저도 모르게 그 시를 다시

---

1 여덟 음절 네 행의 원문을, 열 음절 네 행으로 번역했다.

읊었다. 브라흐마는 웃으면서 왈미키에게 말했다.

"이것이 그대가 지은 시구려. 그대가 이 시구를 지은 것은 내가 의도한 바대로요. 최고의 성자여, 라마의 생애 전체를 시로 지으시오. 현명하고 용감한 라마의 이야기를 모두 말이오. 그대의 시 가운데 어떤 말도 그릇되지는 않을 것이오. 그러니 신성한 라마의 이야기를, 마음을 즐겁게 할 시로 지으시오. 이 땅 위에 산과 강이 남아 있는 한, 라마의 이야기는 널리 회자될 것이오. 그리고 그대가 지은 라마의 이야기가 이 세상에 남아 있는 한, 그대는 언제까지나 내 세상에 존재하게 될 것이오."

신성한 브라흐마는 이렇게 말하고 그 자리에서 사라졌다. 위대한 성자는 제자들과 함께 놀라워했다. 그의 제자들이 기뻐하며 스승을 칭송했다.

"위대한 성자께서 같은 음절수의 행 네 개로 읊은 슬픔이 낭송되어 시가 되었네."

그리하여 성자 왈미키는 의미와 운율이 뛰어난 시어로 서사시 『라마야나』를 지었다. 왈미키, 『라마야나』 1권, 김영 옮김, 부북스, 2018에서 발췌

윤회와 업을 믿는 인도에서, 강도짓의 업보는 아주 무겁습니다. 하지만 단지 악업이 무거워서 라트나카라가 절망했

을까요? 가족이 그를 저버렸기 때문에 좌절한 것입니다. 앞서 사랑을 통한 헌신으로써 신성에 닿을 수 있다는 이야기를 했습니다. 라트나카라는 강도짓까지 저지르며 헌신적으로 가족을 부양했으니, 신성에 닿을 수 있지 않을까요? 그러니 가족에게 외면받았다고 절망할 필요는 없지 않을까요? 하지만 그의 헌신은 진정한 사랑에서 나온 것이 아닙니다. 가족 가운데 누구도 라트나카라의 죄를 나누어 지려 하지 않자, 그는 미련 없이 가족을 버리거든요. 진정한 사랑에서 나온 헌신은 대가를 바라지 않습니다. 그는 가장으로서 인정받고 사랑받고 싶었을 뿐, 가족을 자신의 신으로 여긴 것이 아닙니다. 그가 진정으로 가족을 사랑했다면, 사랑하는 이들에게 자신의 죄가 전가되는 것을 바라지도 않았을 테지요. 모든 죄를 기꺼이 혼자 지고 가려고 했을 것입니다. 또한 그의 가족 가운데 누구도 진정으로 그를 사랑하지 않았기 때문에, 생계 때문에 그가 강도가 되어 죄를 짓는 것을 말리지 않았지요. 가족을 위해 강도짓을 했다는 것이 거짓이라는 사실을 깨달았기 때문에 그는 출가한 것입니다.

라트나카라처럼 우리도 삶에 속고 있는지 모릅니다. 진정으로 사랑하지도 필요하지도 않은 것을, 그렇다고 믿어버리는 것은 아닐까요? 실제 우리 삶을 채우고 있는 것 대부분이 그런 거짓 믿음에서 온 것입니다. 남들 다니니까 학교니 직장이니 왔다갔다하고, 남들 하니까 결혼하고 아이 낳고, 심지어는 취미조차도 남들 보기에 폼 나는 것을 선택하는 것이지요. 학벌·돈·안정 따위가 아니라, 배우는 것이 좋아서 일하는 것이 즐거워서 누군가를 진실로 사랑해서, 학교니 직장이니 결혼 따위를 필요로 하면 안 되는 걸까요? 세상 그렇게 찬란하지 않다고요? 현실이 녹록하지 않다는 것은 늘 좋은 핑계가 됩니다. 주어진 상황에 끌려다니기 전에, 자신에게 정말 의미 있는 것이 무엇인지 생각해 보고 선택할 기회는 충분히 있거든요. 뒷감당하다가 삶을 끝내고 싶지 않다면, 반드시 미리 생각해야 합니다.

옛날에, 수행에 열중하던 성자가 있었습니다. 어느 날부터인지 쥐 한 마리가 그의 초막을 휘젓고 다니며 시끄럽게 굴었답니다. 성자는 쥐를 잡기 위해 고양이를 키우기로 했지요. 고양이에게 줄 우유가 필요해서, 암소도 한 마리 들였습니다. 소는 누가 돌보나요? 성자는 소를 돌볼 여인도 구해야 했지요. 그리고 두 사람 사이에 아이가 태어났습니다. 성자가 원했던 것은 그저 조용히 수행하는 것뿐이었습니다. 하지만 상황에 몰려 생각 없이 한 선택이 어떤 결과를 가지고 왔나요? 아내가 된 여인이 돈을 벌어 오라며 바가지를 늙지 않더라도, 아이 울음소리를 들으며 그가 수행을 계속할 수는 없었을 것입니다.

우리가 삶에서 바라는 것은, 생각보다 대단하지 않은 것들인지도 모릅니다. 그 대단치 않은 것을 달라고 시시콜콜신에게 기도하는 것보다, 제때 잘 선택하는 것이 더 중요하지요. 인도에서 신은 그저 우리의 삶에 불쑥 끼어드는 행운이나 불행으로 여겨지곤 합니다.[2] 예상할 수 없는 삶의 변수를 신의 뜻이라고 여기는 것이지요.

> 세상을 좌우하는 일에는 인간에 의한 것과 신에 의한 것, 두 가지가 있다. 예측할 수 없고, 원인을 알 수 없는 것은 신의 행위이다. 원인을 알 수 있고, 따라서 예측 가능하다면 인간에 의한 것이다. 카우틸리야, 『아르타샤스트라』 6권 2장 6~8절

스스로의 운명을 만드는 것은 자신이 무언가를, 그리고 누군가를 사랑하고 소중히 여기는 방식입니다. 부가 귀중한 사람은 돈을 위해, 지위가 중요한 사람은 출세를 위해, 사랑

---

2 후대로 갈수록 신의 구원이 중요한 화두로 등장하게 된다.

이 소중한 사람은 사랑을 지키기 위해 많은 것을 희생할 테니까요. 사랑에는 무엇보다, 자기 자신을 대하는 방식이 제일 중요합니다. 자신을 온전하게 사랑하고 대접할 줄 아는 사람이 타인도 그렇게 할 줄 아니까요. 스스로를 응석받이로 만든 사람은 보모가 되어 주는 사람을, 스스로의 주인인 사람은 대등한 동반자를 사랑하게 됩니다. 대가를 바라면 실망하기 쉽고, 대상을 고르면 버려지기 쉽지요. 사랑에도 자격과 지혜, 그리고 용기가 필요하답니다. 다마얀티처럼 강건하고 지혜로운 사람만이, 진정한 사랑을 하고 사랑을 지키는 법이지요. 누군가를 진정으로 사랑하게 되면, 우리 안에 봉인되어 있던 신성(존엄함)이 밖으로 흘러나오게 됩니다. 우리는 흘러나오는 신성 속에서 평범하고 행복한 신으로 살아갈 수 있지요. 남녀 간의 사랑뿐만 아니라, 친구 간의 우정과 자식을 향한 자애 등등 모든 종류의 사랑이 신성을 여는 열쇠가 될 수 있습니다. 왜 굳이 열어야 하냐고요? 다 행복하자고 하는 일이지요. 우리 모두는 존엄한 존재이고, 그것을 깨달아야 비로소 지복을 누릴 수 있습니다.

행복에 대해 묻고 답하다

인도 사람들은 삶과 행복에 대해 어떻게 생각했을까요? 인도의 행복론은 『마하바라타』 속, 인간 유디슈티라가 반신족 야차와 나눈 대화에 잘 드러나 있습니다. 사람이 어떻게 살아야 하는지에 대해, 유디슈티라는 친절하게 일러 주지요.

유디슈티라 왕이 나쿨라에게 말했다.

"마드리의 아들아, 나무에 올라 사방을 살펴보아라. 주변에 물이나, 물가에서 자라는 나무가 있는지 보렴. 아우야, 네 형제들이 목말라하는구나."

재빨리 나무에 올라 사방을 살펴보고 나서, 나쿨라가 맏형에게 말했다.

"왕이시여, 물 가까이에서 자라는 나무가 많이 보입니다. 왜가리 우짖는 소리도 들리는군요. 저쪽에 호수가 있는 것 같습니다."

그러자 쿤티의 진실하고 올곧은 아들 유디슈티라가 그에게 말했다.

"아우야, 어서 가서 마실 물을 길어 오너라."

맏형의 말에, 나쿨라가 호수를 향해 달려갔다. 곧 호수에 이르러, 그는 왜가리에 둘러싸인 맑은 물을 보았다. 그가 물을 마시려고 하자, 허공에서 목소리가 들렸다.

"성급하게 굴지 마라. 이 호수는 이미 내가 차지했노라. 마드리의 아들아, 내 질문에 답한다면 이 물을 마셔도, 가져가도 좋다."

목이 몹시 말랐던 나쿨라는, 그 목소리를 무시하고 시원한 물을 마셨다. 그러고 나서 그대로 쓰러져 버렸다. 나쿨라가 오래도록 돌아오지 않자, 유디슈티라가 아우 사하데와에게 말했다.

"사하데와야, 네 쌍둥이 형이 오래 걸리는구나. 네 형을 데려오고, 물도 길어 오너라."

사하데와는 대답하고 나서, 나쿨라와 같은 방향으로 갔다. 그는 땅에 쓰러진 형을 보았다. 슬픔과 목마름에 몸이 타들어 가는 것 같아, 그는 물을 향해 뛰어갔다. 그러자 목소리가 말했다.

"성급하게 굴지 마라. 이 호수는 이미 내가 차지했노라. 내 질문에 답한다면 이 물을 마셔도, 가져가도 좋다."

나쿨라처럼 사하데와도, 그 목소리를 무시하고 물을 마시고는 쓰러져 버렸다. 쿤티의 아들 유디슈티라는 이제 아르주나에게 말했다.

"네 형제들이 오래 걸리는구나. 적을 괴롭히는 아르주나야, 그들을 데려오고 물도 길어 오너라."

사려 깊은 아르주나는 활과 칼을 꺼내 들고 호수를 향해 갔다. 그는 범 같은 아우들이 자는 듯 쓰러져 있는 것을 보았다. 쿤티의 사자 같은 아들은 슬픔에 사로잡혀 활을 치켜들고 숲을 살펴보았다. 하지만 왼손잡이 궁수 아르주나는 드넓은 숲에서 아무것도 발견하지 못했다. 지친 그는 물에 달려들었다. 그때 다시 허공에서 목소리가 들려왔다.

"왜 이곳에 왔느냐? 무력으로는 이 물을 마실 수 없다. 쿤티의 아들아, 내 질문에 답한다면 이 물을 마셔도, 가져가도 좋다."

이렇게 제지당하자, 아르주나가 말했다.

"내가 널 볼 수 있는 곳에서 나를 막아라. 내 화살로 네 놈을 꿰어, 다시는 네가 그 따위 말을 못하게 해줄 테니."

그는 하늘에 화살을 퍼부었다. 진언이 걸린 화살이 하늘을 온통 뒤덮었다.

그러자 그 목소리가 말했다.

"쿤티의 아들아, 왜 쓸데없이 파괴하려 드느냐? 내 질문에 답하고 나서 물을 마셔라. 질문에 답하지 않고 물을 마시면, 너는 죽을 것이다."

셀 수 없는 화살을 쏘아 보낸 아르주나는 너무나 목이 마른 나머지, 경고에 아랑곳하지 않고 물을 마셨다. 그리고 그 자리에 쓰러지고 말았다. 유디슈티라가 이제 비마에게 말했다.

"나쿨라와 사하데와, 그리고 무적의 아르주나가 물을 뜨러 간 지 너무 오래되었구나. 그래도 아직 돌아오지 않으니, 가서 그들을 데려오너라. 물도 길어 오고."

완력 넘치는 비마는 호수로 갔다. 호랑이 같은 형제들이 쓰러져 있는 것을 보고, 비마는 이를 야차나 나찰의 짓이라고 생각했다. 형제들을 쓰러뜨린 놈과 싸우겠다고 다짐하며, 그는 먼저 물을 마셔야겠다고 생각했다. 그가 물을 향해 달려가자, 목소리가 다시 말했다.

"성급하게 굴지 마라. 쿤티의 아들아, 이 호수는 이미 내가 차지했노라. 내 질문에 답한다면 이 물을 마셔도, 가져가도 좋다."

비마도 그 목소리를 무시하고 물을 마셨다. 그러고 나서 대번에 쓰러져 버렸다. 한편 아우 넷이 모두 돌아오지 않자, 가슴이 탄 유디슈티라는 벌떡 일어섰다. 그리고 사람의 소리라고는 들리지 않는 숲으로 들어갔다. 사슴, 곰, 그리고 새가 떼 지어 있는 곳이었다. 유디슈티라는 몹시 지쳐 호수에 다다랐다. 그곳에서 그는, 말세에 쓰러진 세상의 수호신들처럼 인드라 같은 아우들이 쓰러져 죽은 것을 보았다. 여기저기 흩어진 활과 화살 옆에 누운 아르주나와 비마, 그리고 생명이 떠나 미동도 하지 않는 쌍둥이를 보고, 그는 고통의 눈물을 흘리며 길고 뜨거운 한숨을 내쉬었다.

'대관절 누가 이 영웅들을 쓰러뜨렸단 말인가? 이들에게서는 무기의 흔적이 보이지 않는다. 게다가 다른 누구의 발자국도 없다. 아무래도 뭔가 대단한 존재가 내 아우들을 죽인 것 같구나. 물을

마신 뒤에 그 까닭을 알아내리라.'

그가 물에 몸을 담그자, 허공에서 다시 목소리가 들려왔다.

"쿤티의 아들이여, 성급하게 굴지 마라. 이 호수는 내 오랜 재산이다. 내 질문에 대답한 뒤에, 물을 마시든 가져가든 해라."

유디슈티라가 물었다.

"당신은 누구십니까? 얼마나 강하시기에, 저 산 같은 사내들을 쓰러뜨렸단 말입니까?"

그 목소리가 말했다.

"그대에게 축복을! 나는 야차다. 기력 넘치는 그대의 형제들을, 내가 죄다 쓰러뜨렸노라."

거친 야차의 말을 듣고 그는 그 목소리를 향해 다가갔다. 그리고 산처럼 거대하고 당당한 야차가 둑에 기대선 것을 보았다. 왕을 보고 야차가 입을 열었다.

"왕이여, 나는 네 형제들을 거듭 막았다. 하지만 그들이 억지로 물을 마시려 했기 때문에 그들을 죽인 것이다. 왕이여, 살고 싶다면 이 물을 마시면 안 된다. 성급하게 굴지 마라. 이 호수는 내 오랜 재산이다. 쿤티의 아들이여, 내 질문에 답한 다음, 물을 마시고 퍼가거라."

야차의 말에 유디슈티라가 말했다.

"야차시여, 당신의 오랜 재산을 저는 탐하지 않습니다. 제가 가진 지혜만큼 당신의 질문에 답하겠습니다. 물어보십시오."

"성스러운 것을 한 마디로 표현하면 무엇인가? 명예를 한 마디로 표현하면 무엇인가? 무엇이 사람을 천상으로 이끄는가? 행복을 한 마디로 표현하면 무엇인가?"

야차가 묻자, 유디슈티라가 답했다.

"성스러운 것을 한 마디로 표현하면 경건함이고, 명예를 한 마디로 표현하면 보시입니다. 또한 진실이 사람을 천상으로 인도하지요. 행복을 한 마디로 표현하면 품성입니다."

"최고의 곡식은 무엇인가? 최고의 재물은 무엇인가? 가장 좋은 축복은 무엇이고, 무엇이 가장 큰 행복인가?"

"최고의 곡식은 능력이고, 최고의 재물은 배움입니다. 최상의 축복은 건강이고, 만족이 가장 큰 행복이지요."

"무엇을 버려야 사랑을 할 수 있고, 무엇을 버려야 탄식하지 않을 수 있는가? 또한 무엇을 버려야 부유해지고, 무엇을 버려야 행복해지는가?"

"자만을 버려야 사랑할 수 있고, 분노를 버려야 탄식하지 않을 수 있습니다. 욕심을 버려야 부유해지고, 탐욕을 버려야 행복해집니다."

"그대는 내 질문에 올바로 답했도다. 이제 온갖 풍요를 다 지닌 사람이 누구인지 말해 보아라."

야차가 마지막 질문을 하자, 유디슈티라가 말했다.

"선행의 소리는 하늘과 땅에 닿습니다. 그 소리가 살아 있는 자를 사람이라고 합니다. 그 사람들 가운데, 행복과 불행, 기쁜 일과 기쁘지 않은 일, 그리고 과거와 미래가 같은 사람이 온갖 풍요를 다 가진 사람입니다."

야차는 그의 대답에 만족했다.

"그대는 사람과, 온갖 풍요를 다 지닌 사람에 대해 바르게 설명했다. 내 흡족하니, 형제 가운데 한 명을 살려주리라. 누구를 살리고 싶은가?"

"나쿨라를 살려주십시오."

유디슈티라가 이렇게 답하자, 야차가 물었다.

"그대는 비마를 사랑하고 아르주나에게 의지한다. 왕이여, 그런데도 이복형제인 나쿨라를 살리고자 하는가?"

"자비는 최고의 다르마입니다. 저는 두 어머니를 구별하지 않습니다. 야차시여, 나쿨라를 살려주십시오."

"그대는 욕망보다 자비를 우선하는구나. 아주 흡족하도다. 내 그대의 형제를 모두 살려주리라."

야차가 이렇게 말하자, 판다와 모두가 살아 일어났다. 그들의 배고픔과 목마름도 한순간에 가셨다. 유디슈티라가 다시 물었다.

"당신은 누구십니까? 야차이신 것 같지 않습니다."

"부드러운 용기를 가진 아들아, 나는 너를 낳은 신 다르마다. 너를 시험하기 위해 이곳에 왔느니라. 네 자비로움에 내 마음이 뿌듯하구나."

이렇게 말한 뒤, 세상을 풍요롭게 하는 신 다르마는 사라졌다.『마하바라타』3권

유디슈티라의 친아버지인 정의의 신 다르마는 반신족 야차의 모습으로 아들을 시험합니다. 야차는 사람을 해치는 사납고 사악한 존재로 불경에 등장하지만, 원래는 선악의 면모를 모두 가진 반신족입니다. 부의 신을 섬긴다고 하지요. 거대한 야차의 갖가지 질문에 유디슈티라는 명쾌한 답을 합니다. 정의의 신이 낸 수수께끼에 그가 어떻게 답했는지 다시 한번 살펴볼까요?

질문 행복을 한 마디로 말하면?
답변 품성(성격)

지덕복(지식, 덕, 행복)이 하나라는 인도 철학을 그대로 드러낸 멋진 답변입니다. 배움이 인격으로, 인격이 덕행으로, 그리고 덕행이 행복으로 직결된다는 뜻이지요. 아름다움과 행복을 느끼는 능력은 사람마다 다르다고 합니다. 그 능력이

바로 성격(품성) 아닐까요? 그래서 성격이 운명이라는 말을 헤라클레이토스가 했나 봅니다.

질문 최고의 재물은?

답변 배움

많이 배우면 부자가 될 수 있다는 뜻이 절대 아닙니다. 재물은 값진 것을 뜻하니까요. 배움은 세상 그 어떤 재물보다도 값진 것입니다.

질문 최상의 축복은?

답변 건강

두 말 필요 없는 답입니다. 그런데도 사람들은 일을 하다가 건강을 해치지요.

질문 가장 큰 행복은?

답변 만족

커지기만 하는 인간의 욕망을 다 채울 수 있는 것은 세상에 없습니다. 하지만 만족은 그 어떤 행복이든 최대로 키워 주지요.

질문 무엇을 버려야 사랑할 수 있는가?

답변 자만

질문 무엇을 버려야 탄식하지 않을 수 있는가?

답변 분노

질문 무엇을 버려야 부유해질 수 있는가?

답변 욕심

질문 무엇을 버려야 행복해질 수 있는가?

답변 탐욕

자기만 잘났다고 생각하는 나르시시스트가 그 누구를 진정으로 사랑할 수 있을까요? 불을 뿜듯 화를 폭발시키고 나서 그 누가 후회하지 않을 수 있을까요? 늘 과욕을 부려 가진 것도 잃는 사람이 과연 부유해질 수 있을까요? 하나를 가지면 열을 가져야 행복해질 것 같고 열을 가지면 백을 가져야 행복해질 것 같은데, 과연 언제 행복해질 수 있을까요?

질문 온갖 풍요를 다 지닌 사람은(모든 것을 다 가진 사람은)?

답변 깨달은 사람

모든 것을 다 가진 사람이 되려면, 우선 '사람'이 되어야겠지요. 사람이라면 당연히 측은지심을 지녀야 합니다. 선행의 소리가 살아 있다는 것은, 끊임없이 다른 사람을 돕는다는 뜻입니다. 그럼, 어떤 사람이 모든 것을 다 가진 사람일까요? 바로 깨달음을 얻은 사람입니다. 깨달은 이에게는 행복이든 불행이든 차이가 없고, 과거든 미래든 의미가 없으니까요. 일에 차별을 두어 기뻐하거나 슬퍼하지 않는다는 뜻입니다. 죽은 사람 같다고요? 지금 이 순간, 지금 여기에 온전히 현존하는 사람일 뿐입니다. 그런 사람이야말로 모든 것을 다 가졌다고 할 수 있지요. 아무것도 바라지 않으니까요.

유디슈티라가 훌륭한 답을 하자, 야차는 만족하여 아우 가운데 하나를 살려주겠다고 합니다. 유디슈티라는 친아우가 아니라 이복아우를 고르지요. 굳이 이복아우를 고른 것 자체가 친모와 계모를 따졌기 때문이라고요? 그가 이복아우를 살리려고 한 이유는, 두 어머니를 다르게 생각해서가 아니라, 어느 쪽 어머니든 대가 끊기면 안 되기 때문이었습니다. 유디슈티라가 자비로운지는 모르겠지만, 최소한 자상하다는 것은 알 수 있지요.

지금 이 순간 행복을 선택하는 용기

유디슈티라와 야차의 대화를 살펴보면, 평범한 우리가 어떻게 살아가야 하는지 알 수 있습니다. 열심히 배우고 남을 도우며 주어진 의무를 다하는 한편, 쉼 없이 성품을 닦아야 하는 것이지요. 성품, 즉 성격이 인생의 격과 행복을 결정합니다. 성격은 타고나는 것 아니냐고요? 타고나는 기질과 성격은 다릅니다. 기질이라는 바탕 위에 형성되는 경향성이 성격이니까요. 성격은 끊임없이 갈고 닦아야 하는 것입니다.

앞서 2장에서 우리는 행위(생각, 말, 행동)가 패턴으로 굳어져 저도 모르게 행동으로 나온다는 것을 이미 살펴본 바 있습니다. 이 행위의 패턴이 성격을 이룹니다. 내가 생각하는 패턴, 내가 말하는 패턴, 그리고 내가 행동하는 패턴 자체를 내 성격이라고 부르는 것이 당연합니다. 사람은 변하지 않는 '존재'가 아니라, 변화하는 '현상', 그 자체니까요. 그리고 바로 성격이 운명을 결정하지요. 꼭 자기충족적 예언이 아니더라도, 바로 지금 자신의 삶을 천국이나 지옥으로 만드는 이가 바로 자기 자신이라는 것은 누구나 경험하고 있는 사실입니다. 그러니 성격이 행복과 불행의 원인이 되는 것이지요. 마하트마 간디는 이런 말을 했습니다.

네 믿음은 네 생각이 된다. 네 생각은 네 말이 된다.

네 말은 네 행동이 된다. 네 행동은 네 습관이 된다.

네 습관은 네 가치가 된다. 네 가치는 네 운명이 된다.

패턴들을 이미 한 몸인 양 장착하여 성격이 굳어질 대로 굳어진 성인(成人)은 지금 뭘 어떻게 해야 행복해질 수 있을까요? 세 가지 행위 가운데에서도 생각이 가장 중요합니다. 생각이 바뀌어야 행동이 바뀌니까요. 생각 습관을 바꾸는 인지치료가 효과가 있는 것은 그 때문입니다(생각을 바꾼답시고 억지 긍정을 새로운 행위 패턴으로 장착하지는 마세요. 자신을 속이는 일이니까요). 생각은 쉽게 바뀌지 않지만, 적어도 우리는 매 순간 자신의 태도를 선택할 수는 있습니다.[3] 상황에 매몰되지 않고 주어진 상황에서 벗어나, 스스로를 관찰하는 태도 말입니다. 인도신화에는 두 마리 새의 비유『문다까 우파니샤드』 3권 1장 1~2절가 있습니다. 한 그루 나무에 늘 함께 있는 새 두 마리가 있는데, 한 마리가 열매를 쪼아 먹을 때 다른 한 마리는 그저 지켜보기만 한다고 합니다. 하나의 육신(나무)에 깃

---

3 "인간에게서 모든 것을 앗아갈 수 있지만 앗아갈 수 없는 한 가지가 있다. 그것은 그의 마지막 자유, 다시 말해 특정 상황에서 자신의 태도를 선택하는 자유, 그리고 자기만의 방식을 선택하는 자유이다."(빅터 프랭클, 『죽음의 수용소에서』, 존 카밧진, 『처음 만나는 마음 챙김 명상』, 150쪽에서 재인용)

든 두 가지 의식을 새에 비유한 것이지요. 우리는 삶을 향유하는 의식 말고도 스스로의 삶을 지켜보는 의식을 지니고 있습니다. 상황에 끌려가기 전에 잠시나마 태도를 선택할 시간을 주는 것은, 지켜보는 의식이고요. 고착된 패턴대로가 아니라, 자신의 생각대로 살 기회를 이 의식이 주지요. 물론 그 기회를 기꺼이 선택하는 용기가 필요하지만요. '생각대로 살지 않으면 사는 대로 생각하게 된다'라는 말은 '용기를 내어 생각대로 살지 않으면 사는 데로 합리화하게 된다'라는 말로 이해해야 합니다. 생각 없이 살아 놓고 뒤에 변명하지 않으려면, 지금 자신의 행위를 선택하는 용기가 필요하지요.

옛날 어느 마을에 막대한 부를 모은 상인이 있었다. 그의 옆집에는 하루 벌어 하루 먹고사는 날품팔이꾼이 살았다. 하지만 맛있는 음식을 벗과 나누며, 시끌벅적하게 어우러지는 행복을 누리는 집은 부잣집이 아니었다. 나날의 즐거움을 위해 일당을 죄다 써 버리는 가난한 집에 풍요가 넘쳤다. 돈 걱정 없이 행복하게 사는 옆집을 부러워하며, 상인의 아내가 남편에게 물었다.

"옆집은 가난한데도 왜 우리보다 훨씬 행복해 보이죠?"

상인이 아내에게 설명해 주었다.

"옆집 사람들이 근심 없이 사는 것은, 아직 99의 욕망을 모르기 때문이오."

"99의 욕망이라고요? 그게 대체 무슨 말이죠?"

그의 아내는 더한 의문에 빠져들었다.

"곧 알게 해주리다."

남편은 빙그레 웃기만 했다. 그날 밤, 상인은 옆집 문 앞에 몰래 주머니를 하나 던져 두었다. 그날부터 날품팔이꾼의 집에서는 음식 냄새도 노랫소리도 나지 않았다. 날품팔이꾼의 아내는 종일 야자 잎사귀로 깔개를 짰고, 남편은 일을 마치고 돌아와 아내가 짠 깔개를 팔러 시장에 나갔다. 일만 하는 부부가 걱정스러운 나머지, 상인의 아내가 옆집에 가서 물었다.

"요즘 무슨 일이에요? 남편 일자리가 줄었나요?"

"일거리는 오히려 늘었는걸요."

날품팔이꾼의 아내가 대답했다.

"그런데 왜 밤낮없이 깔개를 만드는 거죠? 예전처럼 친구들을 부르지도 않고요. 무슨 걱정거리라도 생겼나요?"

대답을 망설이던 날품팔이꾼의 아내가 비밀을 지키겠다는 다짐을 받고는 입을 열었다.

"보름 전쯤 남편이 집앞에서 주머니 하나를 주웠어요. 쩔렁거리는 그 주머니를 잽싸게 챙겨서는 문을 걸어 잠그고 열어 보았죠.

주머니 가득 동전이 들어 있었어요. 남편과 같이 세어 보니, 99루
피더군요.”

“99요? 100루피 아니고요?”

“아뇨, 몇 번을 세어 봐도 딱 99였어요.”

두 여인은 동시에 한숨을 내뱉었다.

“100이 아니라 99루피라는 것이 너무 아쉬워서, 남편과 나는 그
날 일당에서 1루피를 떼어 100루피를 만들었어요. 그래서 다음
날 쓸 돈이 반 루피밖에 안 남았죠.”

“100을 채웠군요. 그런데 깔개는 왜 그렇게 짜는 거예요?”

“남편이 이튿날 그러더군요. 이제 100을 채웠으니까, 200도 채울
수 있을 거라고요. 그러더니 날마다 1루피를 저축하고 반 루피만
내게 생활비로 주었어요.”

상인의 아내는 옆집에서 일어난 일을 비로소 이해했다.

“200을 만들려고 밤낮없이 깔개를 짜는군요. 99의 욕망이란 게
이렇게 무서운지 몰랐어요.”이옥순, 『인생은 어떻게 역전되는가』, 푸른숲,
2000, 181~190쪽 참조

날품팔이꾼 부부는 99루피를 100루피로 만들고 싶어, 1
루피의 행복을 포기합니다. 하루만 포기하면 애매한 99를
100으로 만들 수 있기 때문이지요. 완전하게 만들고 싶다는

욕망은 누구나 가지고 있기 마련입니다. 완결되지 않은 것은 사람을 불편하게 만들거든요(자이가르닉 효과). 그래서 100루피를 채운 부부는 그 뒤로 다시 하루 1.5루피의 행복을 되찾았나요? 이제 그들 부부에게 100루피는 200루피의 불완전한 부분이 되었을 뿐입니다. 200루피를 채우고 나면, 그 200루피가 다시 1,000루피의 일부가 되겠지요. 욕망 때문에 하루를 희생할 수는 있습니다. 그러나 욕망 때문에 행복을 계속 유예하는 것은 변명이고 합리화가 아닐까요? 미래가 아니라, 지금 행복을 누리겠다는 태도만이 당장 행복을 가져옵니다. 행복해지기 위해서 정말로 필요한 것은, 태도를 선택하는 힘과 생각대로 살고자 하는 용기라고 할 수 있습니다. 상황을 통찰하고 웃어넘기는 유머도 큰 도움이 되겠지요.

그럼, 태도를 선택하는 힘과 생각대로 살고자 하는 용기는 어떻게 기르냐고요? 유디슈티라가 말하지 않았습니까, 성격이 중요하다고. 마음을 챙기며 인격을 닦는 것이 수행이고, 바로 그 힘과 용기를 기르는 방법입니다. 고매한 사람이 꼭 잘 먹고 잘사는 것은 아니라고요? 행복이 어디 먹고 사는 데에만, 꼭 돈에만 달려 있답니까? 지금 이 순간, 지금 이 자리에서 평온을 느낄 수 있는 능력 자체가 진정한 행복이 아닐까요? 인간은 끊임없이 뭔가가 부족하다고 느끼며 그것을 채우려고 합니다. 있는 그대로의 자신을 받아들이는 것을 어려워하지요. 사실 불완전한 자신을 완벽한 신처럼 사랑하는 능력이야말로 최고의 능력일지도 모릅니다.

불완전한 인간을 신처럼 사랑한 다마얀티

이제 모자란 날라를 신처럼 사랑한 다마얀티가 어떤 결말을 맞았는지 살펴볼까요?

날라가 왕국을 빼앗기고 다마얀티가 남의 시중을 드는 처지에 이르렀을 때, 위다르바의 왕 비마는 브라만들을 불러 많은 재물을 주며 명했다.

"날라와 내 딸 다마얀티를 찾아보시오. 그들을 내 앞에 데려오는 자에게는 소 천 마리를 주겠소. 도시 크기의 마을도 줄 것이오. 날라와 다마얀티가 어디 있는지만 알아내도 소 천 마리를 주겠소."

브라만들은 왕의 제안을 받아들이고는, 날라와 다마얀티를 찾아 곳곳을 떠돌았다. 어느 날 수데와라는 브라만이 체디 왕국에 이르렀다. 그는 왕의 아침 기도 시간에 다마얀티를 보았다. 야위긴 했지만, 눈이 큰 그 여인이야말로 비마의 딸이 틀림없다고 그는 생각했다. 브라만은 다마얀티에게 다가가 이렇게 말했다.

"공주님, 저는 수데와입니다. 당신 오라버니의 절친한 벗이지요. 비마 왕의 명으로 당신을 찾으러 왔습니다. 당신의 부모님과 오라버니들은 다 잘 있습니다. 공주님의 두 아이도 잘 지내지요. 하지만 당신 생각에, 수많은 친척들이 죽은 목숨이나 다를 바 없이 지낸답니다."

오라버니의 다정한 벗을 보게 된 다마얀티는 서럽게 울었다. 그녀가 울자, 체디 왕의 어머니가 내실에서 나와 수데와에게 물었다.

"이 빛나는 여인은 누구의 아내이며 누구의 딸입니까? 브라만이시여, 그녀가 어쩌다 이런 처지가 되었는지 님께서는 알고 계신지요?"

수데와는 편안히 앉아, 다마얀티의 내력을 사실대로 말했다.

"위다르바의 왕 비마는 용맹하고 고결하신 분입니다. 이 여인은 그분의 딸이며, 다마얀티라고 하지요. 니샤다 왕 날라의 아내랍니다. 왕은 노름으로 왕국을 빼앗기고 나서 아내와 함께 왕국을 떠난 뒤, 그 누구에게도 모습을 보이지 않았지요. 우리는 다마얀티를 찾으러 온 세상을 떠돌았답니다. 이 검은 여인은 날 때부터 두 눈썹 사이에 연꽃을 닮은 점 하나를 가지고 있습니다. 저는 그것을 한눈에 알아봤지요."

브라만의 말을 들은 수난다 공주가 다마얀티의 미간을 씻어내자,

숨겨져 있던 점이 드러났다. 수난다와 모후는 눈물을 흘리며 다마얀티를 껴안았다.

"이 점을 보니 틀림없이 내 아우의 딸이로구나. 어여쁜 아이야, 나와 네 어미는 다르샤나 왕의 딸이란다. 네가 태어났을 때, 아버지의 궁궐에서 너를 본 적이 있지. 빛나는 아이야, 내 집도 네 아버지의 집처럼 여기렴."

왕의 어머니가 이렇게 말하자, 다마얀티도 기뻐하며 말했다.

"이모님이신 줄도 몰랐지만, 저는 이곳에시 편하게 지냈답니다. 이제 제가 떠날 수 있게 해주세요. 너무 오래도록 집을 떠나 있었나 봅니다. 제 아들딸은 친정에 살고 있답니다. 아비도 어미도 없는 터라, 가여운 아이들이 무척 고단할 것입니다. 제게 탈것을 주십시오. 한시라도 빨리 위다르바로 가고 싶습니다."

다마얀티의 이모는, "그래, 그러려무나"라며 기쁘게 허락했다. 그녀는 곧 위다르바에 도착하여, 친지들의 따뜻한 환대를 받았다. 부친의 궁에서 하룻밤을 편히 쉰 뒤, 공주가 어머니에게 이렇게 말했다.

"어머니, 제가 살기를 바라신다면 제발 날라를 이곳으로 데려와주세요."

왕비는 눈물에 말이 막혀 한마디도 하지 못했다. 한바탕 울고 난 왕비가 비마 왕을 채근했다.

"당신 딸 다마얀티가 남편 때문에 울고 있답니다. 빨리 날라를 찾으세요."

그러자 왕은 다시 도처에 브라만을 보내기로 했다. 왕명을 받은 브라만들이 다마얀티에게 와서, 날라를 찾으러 떠난다고 알렸다. 다마얀티가 그들에게 당부했다.

"사람이 모이는 곳이면 어디에서든 이 말을 외쳐 주세요.

노름꾼이여, 내 옷 반을 잘라 어디로 갔소?

그대를 사랑하는 헌신적인 아내를 두고

잠든 그녀를 홀로 두고 어디로 갔소?

어리석은 그 여인은 아직도 당신을 기다린다오

왕이여, 옷을 반만 감은 그녀가

서러워서 하염없이 울고 있다오

영웅이여, 은정을 베풀어 아내에게 답하오

누군가가 이 말에 반응을 보인다면, 무슨 수를 쓰든 그 사람이 누구이며 뭘 하는 사람인지 알아내야 합니다. 하지만 그가 여러분의 신분을 알게 하지는 마세요."

브라만들은 노름꾼 날라를 찾아 헤매며, 사람이 모이는 곳이면 어디든 다마얀티가 일러 준 말을 잊지 않고 읊었다. 시간이 흐른 뒤,

한 브라만이 위다르바로 돌아와 공주에게 말했다.

"다마얀티님, 밤낮으로 날라를 찾아 헤매던 중에 저는 아요디야에서 리투파르나 왕을 보았답니다. 그에게 당신이 일러준 말을 그대로 들려주었지요. 리투파르나 왕은 그 말을 듣고도 아무런 반응이 없었습니다. 또한 왕의 측근 누구도 반응을 보이지 않았지요. 그런데 제가 혼자 있을 때 가만히 말을 걸어 온 사람이 있었답니다. 그는 바후카라고 하는, 못생기고 팔이 짧은 마부였습니다. 말을 잘 다루고 훌륭한 음식을 만드는 재주가 있었지요. 그는 긴 한숨을 내쉬더니 울면서 이런 말을 했습니다.

아무리 어려운 처지라도 귀한 여인은

자신을 잘 지켜 기어이 하늘나라를 얻는다오

남편과 헤어졌다고 화를 내지 않는 법이라오

어리석고 박복한 사내가 부귀영화를 잃고

아내를 버렸더라도 화를 내서는 안 되오

살아보려고 애쓰다가 옷마저 새에게 빼앗긴 사내에게

병으로 고통받는 사내에게

검은 살결을 지닌 아름다운 여인이여

화를 내는 것은 옳지 않소

존경을 받든 받지 못하든

왕국을 잃고 명예를 앗긴 남편에게

고운 여인이여, 화를 내면 아니 되오

그 말을 듣고 저는 서둘러 이곳으로 돌아왔답니다."

브라만의 말에, 다마얀티의 눈에 눈물이 가득 고였다. 그녀는 어머니에게 가서 조용히 말했다.

"어머니, 브라만을 아요디야로 보내 날라를 데려와야겠습니다. 이 일은 절대로 아버지께 알리지 마세요."

얼마 뒤 다마얀티는 브라만 수데와를 불러, 왕비 앞에서 그에게 말했다.

"아요디야의 왕 리투파르나에게 가서, 다마얀티가 남편을 새로 구한다고 말해 주세요. 다시 낭군고르기장을 연다고요. 사방에서 왕과 왕자가 몰려들고 있다고, 내일 해가 떠오를 때 공주가 새 남편을 고른다고 말하세요."

수데와는 리투파르나 왕에게 가서 그녀가 이른 대로 전했다. 리투파르나 왕은 바후카를 불러 부드럽게 말했다.

"바후카, 다마얀티의 낭군고르기장이 열리는 위다르바에 가야겠다. 가능하면, 하루 만에 가고 싶군."

왕의 말을 듣자, 날라의 가슴은 아픔으로 찢어지는 것 같았다. 고결한 사내는 곰곰이 생각했다.

'다마얀티가 다시 혼인을 한다니, 고통 때문에 마음의 중심을 잃었기 때문일까? 아니면 나를 불러들이기 위한 계책일까? 아아, 다마얀티가 참으로 가혹한 일을 꾸미는구나. 하긴, 경박하고 생각이 짧은 내가 아내를 버린 탓이지. 그래도 내 아이들의 어미인데, 다시 혼인을 할 리가 있나? 어쨌든 가서 사실을 알아봐야겠다.'

바후카는 두 손을 모으고 리투파르나 왕에게 말했다.

"범 같은 왕이시여, 위다르바 도성까지 하루 만에 가겠다고 약속드리지요."

마구간에 간 바후카는 말을 찬찬히 살펴보았다. 되풀이해서 살펴본 뒤, 그는 몸이 날렵하고 힘이 좋아 먼 곳까지 단숨에 달릴 수 있는 말 네 필을 골랐다. 말을 보고 왕이 화를 내며 말했다.

"이따위 말로 뭘 하려는 거지? 나를 농락하려는 건가? 허약하고 말라비틀어진 말들이 어떻게 먼 길을 달릴 수 있겠나?"

"이 말들은 틀림없이 내일까지 전하를 위다르바에 데려다줄 것입니다."

"바후카, 말에 대해서는 그대가 꿰뚫고 있지. 그대가 그리 믿는다면, 어서 말을 매어라."

그가 답하자, 왕이 허락했다. 리투파르나가 서둘러 준비된 마차에 오르자, 빼어난 말들이 땅을 짚고 일어섰다. 채찍으로 말을 일으켜 세운 날라는, 마부 와르슈네야를 마차에 태운 뒤 속도를 냈다.

바후카가 재촉하자, 마차에 탄 사람을 기절시킬 만큼 준마들은 빠르게 달렸다. 아요디야의 왕은 바람처럼 나는 말들을 보고 놀라지 않을 수 없었다. 한때 날라의 마부였던 마부 와르슈네야 또한 우레 같은 마차 소리를 듣고 생각했다.

'바후카가 혹시 제신의 왕 인드라의 마부 마탈리는 아닐까? 아니면 날라 왕? 그래, 이 바후카라는 자는 날라의 말 다루는 비법을 알고 있다. 솜씨가 같지 않은가. 바후카와 날라는 나이도 같지?'

말이 정신없이 달리고 있을 때, 왕이 웃옷을 땅에 떨어뜨렸다. 왕은 날라에게 다급하게 말했다.

"내 옷을 주워 와야겠다. 와르슈네야가 옷을 가져올 동안, 세차게 내달리는 이 말들을 잠시 멈추어다오."

"옷이 떨어진 곳을 벌써 십 리나 지나쳤습니다. 되찾을 수 없나이다."

날라가 이렇게 말하는 사이, 일행은 열매가 가득 열려 있는 위비타카 나무를 보았다. 나무를 보고 왕이 재빨리 바후카에게 말했다.

"마부여, 보아라. 나도 셈에는 아주 놀라운 능력이 있지. 바후카, 땅에 떨어져 있는 잎과 열매가, 나무에 달려 있는 것보다 백 하고도 하나 더 많구나. 땅에 떨어져 있는 것이 잎은 하나가, 열매는 백 개가 더 많군. 나뭇가지에는 오백만 개의 잎이 달려 있고. 열매는 모두 이천백아흔다섯 개야."

바후카가 마차에서 뛰어내리며 왕에게 말했다.

"대왕이시여, 전하의 셈을 의심하지는 않지만, 그래도 저는 왕께서 보시는 앞에서 잎과 열매를 세어 봐야겠습니다."

"지체할 시간이 없다."

왕이 마부에게 말하자, 바후카가 대답했다.

"잠시 기다리시든가, 정 급하시면 그냥 가셔도 좋습니다. 이쪽으로 길을 잡아 와르슈네야가 말을 몰 것입니다."

그러자 왕이 그를 달랬다.

"바후카, 그대만 한 마부는 세상에 없지. 오늘 안으로 날 위다르바에 데려다준다고 약속하면, 그대 말대로 하겠다. 뜨는 해를 위다르바에서 보게 해준다면 말이야."

"나무의 잎과 열매를 다 센 후에, 어김없이 위다르바에 모셔다 드리겠습니다."

바후카가 이렇게 대답하자, 왕은 내키지 않는 마음으로 허락했다.

"가서 세어 보아라."

마차에서 내린 바후카는 재빨리 나무를 잘라, 나뭇잎과 열매를 하나하나 세어 보았다. 자신이 헤아린 숫자가 왕이 셈한 것과 같자, 날라는 몹시 놀랐다.

"왕이시여, 놀랍고도 놀라운 일입니다. 어찌 그 수를 아셨는지 비법을 알고 싶습니다."

"셈하는 법은 물론 주사위 노름의 비법도 내 잘 알지."

마음 급한 왕이 대답하자, 바후카가 청했다.

"그 비법을 제게 가르쳐 주십시오. 그러면 저는 말 다루는 비법을 가르쳐 드리겠습니다."

바후카가 가진 재주를 배우고 싶은 욕심에, 왕이 그에게 말했다.

"좋다! 원한다면 당장 주사위 노름의 비법을 배워라. 바후카, 말 다루는 기술은 내 나중에 배우리라."

왕은 주사위 노름의 비법을 날라에게 전수해 주었다. 날라가 비법을 배우자마자, 그의 몸속에 있던 칼리가 튀어나와 뱀의 맹독을 쉴 새 없이 토했다. 원수를 만난 날라는 그를 저주하려고 했다. 칼리는 깜짝 놀라 두 손을 모으고는 그에게 말했다.

"왕이여, 제발 분노를 거두시오. 뱀 왕의 독 때문에, 내 이미 그대의 몸속에서 밤낮없이 타는 듯한 고통을 맛보았다오. 더할 나위 없는 명예를 그대에게 주리다. 그대의 명예를 부지런히 칭송하는 사람은 누구든 나를 피할 수 있도록 해주겠소."

이 약속에 날라 왕은 화를 거두었다. 두려움에 떨던 칼리는, 때를 놓치지 않고 재빠르게 나무 속에 숨어 버렸다. 누구도 날라가 칼리와 이야기하는 것을 보지 못했다. 날라는 기쁨에 넘쳐 빼어난 말들을 몰았다. 칼리에게 벗어난 그는 이제 걸모습만 예전과 다를 뿐이었다.

리투파르나가 위다르바에 도착하자, 시종들이 그의 도착을 비마 왕에게 알렸다. 낭군고르기장을 연다는 거짓 소문을 자신의 딸이 냈다는 것을 모르는 비마 왕은, 리투파르나가 느닷없이 들이닥치자 어리둥절했다. 그가 다마얀티 때문에 왔다는 사실을 알 리 없는 비마는, 그를 크게 환대하며 물었다.

"어서 오시오. 내가 뭘 해주면 되겠소?"

다른 왕이나 왕자를 보지 못한 데다, 낭군고르기장이 열린다는 말조차 듣지 못한 리투파르나는 그저 안부를 물으러 왔노라고 대답했다.

한편 다마얀티는 우기가 시작될 때 천둥이 우는 것처럼 깊게 우르릉거리는 마차 소리를 들었다. 그녀는 그 소리가 날라의 마차 소리 같다고 생각했다.

"세상을 메우는 듯한 저 마차 소리가 내 마음을 이렇게 울렁이게 하다니, 분명 날라 왕이 마부이기 때문이리라. 오늘 달 같은 그를 보지 못한다면, 내 기어이 죽고 말 거야."

다마얀티는 이렇게 탄식하며 정신없이 울다가, 날라를 보기 위해 왕궁의 계단을 올라갔다. 그리고 리투파르나 왕이 와르슈네야, 바후카와 함께 궁 한가운데 서 있는 것을 보았다. 서글프게 그들을 지켜보던 다마얀티는 생각에 잠겼다.

'번개가 치는 듯한, 날라의 마차 소리를 누가 냈단 말인가? 마차 소리가 날라의 것과 똑같네. 와르슈네야가 날라의 기술을 배웠나? 그의 마차 소리를 날라의 것으로 착각한 것일까?'

이런저런 생각 끝에, 다마얀티는 바후카에게 시녀를 보냈다.

"저기 마차 후미에 앉아 있는, 못나고 팔 짧은 마부가 누구인지 알아 오너라. 흠 없는 시녀야, 나는 그가 날라 왕이 아닐까 생각한단다."

시녀가 신중한 심부름꾼이 되어 바후카에게 말을 건네는 동안, 다마얀티는 옥상에서 그들을 지켜보았다.

"예전에 아요디야에 갔던 브라만이 한 여인의 말을 끊임없이 읊었지요.

노름꾼이여, 내 옷 반을 잘라 어디로 갔소?

그대를 사랑하는 헌신적인 아내를 두고

잠든 그녀를 홀로 두고 어디로 갔소?

어리석은 그 여인은 아직도 당신을 기다린다오

왕이여, 옷을 반만 감은 그녀가

서러워서 하염없이 울고 있다오

영웅이여, 은정을 베풀어 아내에게 답하오

당신이 예전에 브라만에게 했다는 말을 들으신 뒤부터, 공주님께서는 그 말을 직접 듣고자 하셨습니다."

시녀의 말을 듣자, 날라의 가슴은 찢어지는 것 같았다. 타는 듯한 슬픔을 억누른 그가 눈물에 잠겨 말했다.

"아무리 어려운 처지라도 귀한 여인은

자신을 잘 지켜 기어이 하늘나라를 얻는다오

남편과 헤어졌다고 화를 내지 않는 법이라오

어리석고 박복한 사내가 부귀영화를 잃고

아내를 버렸더라도 화를 내서는 안 되오

살아보려고 애쓰다가 옷마저 새에게 빼앗긴 사내에게

병으로 고통받는 사내에게

검은 살결을 지닌 아름다운 여인이여

화를 내는 것은 옳지 않소

존경을 받든 받지 못하든

왕국을 잃고 명예를 앗긴 남편에게

고운 여인이여, 화를 내면 아니 되오"

날라는 눈물을 거두지 못하고 울었다. 시녀는 그의 말과 눈물을, 다마얀티에게 사실대로 전했다. 그가 정말 날라가 아닐까 생각하며, 다마얀티는 시녀에게 말했다.

"바후카를 더 가까이 살펴보도록 해라. 그에게 말을 붙이지는 말고, 그저 곁에서 행동만 살펴보아라."

시녀가 다시 돌아와, 자신이 살펴본 바후카의 모습을 모두 고했다.

"낮거나 좁은 곳을 지나려고 할 때 그는 몸을 구부리지 않았습니다. 그가 가까이 가자, 저절로 문이 높아지고, 좁은 구멍은 크게 벌어졌지요. 바후카가 그저 쳐다보기만 해도 그릇에 물이 채워졌습니다. 그가 풀 한 줌을 꺾어서 더미를 만들면, 거기에 느닷없이 불이 붙었답니다. 정말 놀라운 일은, 불에 닿아도 그의 몸이 타지 않았다는 거예요. 게다가 그가 원할 때마다 즉시 물이 쏟아져 나왔습니다. 꽃을 한 뭉치 들고 손으로 살살 비비자, 꽃이 더욱 싱싱하고 향기로워지기도 했고요."

이를 듣자, 남편이 바후카의 모습으로 나타난 것이 틀림없다고 다마얀티는 확신했다. 그녀가 시녀에게 다시 명했다.

"다시 한번 가서, 바후카가 한눈파는 사이에 그가 요리해 둔 고기를 가져오너라."

시녀는 바후카가 요리한 뜨거운 고기 한 점을 가져와, 그녀에게 건네주었다. 예전에 날라가 요리한 음식을 먹곤 했던 다마얀티는, 그것을 먹어 보고 요리를 한 사람이 날라라는 것을 알아차렸다.

다마얀티는 자신의 두 아이를 시녀와 함께 바후카에게 보냈다. 제누이와 함께 온 자기 아들을 날라가 알아보았다. 자식들을 품에 안고 그는 슬피 울었다. 그러다가 갑자기 아이들을 내려놓더니, 시녀에게 변명했다.

"두 아이가 내 아이들과 너무 닮아서 그랬소."

시녀가 급히 돌아와 다마얀티에게 이를 전했다. 바후카가 날라라는 추측이 맞기를 애타게 기대하며, 다마얀티는 시녀를 다시 어머니에게 보냈다.

"어머니, 저는 바후카를 날라라고 생각해서, 줄곧 그를 살펴보았습니다. 그는 외모만 날라와 다를 뿐이니, 제가 직접 그를 살펴보고 싶습니다."

왕비가 비마 왕에게 이를 전하고 승낙을 받았다. 다마얀티가 날라를 자신의 방에 불러 말했다.

"바후카여, 잠든 아내를 버리고 혼자 떠나 버린 사람을 본 적이 있소? 대체 누가 죄 없는 아내를 인적 없는 숲에 버릴 수 있단 말이오?"

다마얀티의 눈에서 눈물이 뚝뚝 흘러내렸다. 그녀의 검은 눈동자에서 흘러내리는 눈물을 보자, 날라가 처량하게 말했다.

"순결한 여인이여, 왕국을 빼앗긴 것도 당신을 버린 것도 모두 내가 그리하고 싶어서 한 짓이 아니오. 칼리의 짓이었지. 굳은 결심과 고행으로 그를 이겨 낼 수 있었소. 그 못된 놈은 이제 내 몸을 떠났다오. 어여쁜 여인이여, 이제 우리의 고난은 끝날 것이오. 그나저나, 세상 어떤 여인이 자신을 사랑하는 남편을 버리고 새 남편을 구한단 말이오?"

날라의 탄식을 들은 다마얀티는 떨리는 손을 모으고 말했다.

"내가 잘못을 저질렀다고 오해하지 말아요. 신들도 마다하고 당신을 남편으로 고른 나예요. 당신을 이곳으로 오게 할 수 있는 계책일 뿐입니다. 하루에 천 리 길을 말로 달릴 수 있는 사람은 세상에 당신뿐이니까요. 내게 조금이라도 잘못이 있다면, 만물을 살피며 온 세상을 주유하는 쉼 없는 바람이 내 목숨을 앗아갈 거예요."

다마얀티의 말이 끝나자 허공에서 바람이 말했다.

"날라여, 그 말이 사실이라는 것을 내가 보증하리다. 그녀에게는 잘못이 없다오. 낭군고르기장은 당신을 이곳으로 오게 하기 위한 최고의 계책이었소. 의혹을 떨치고 아내와 재회하시오."

날라는 아내에 대한 의심을 버렸다. 그리고 뱀 왕이 준 옷을 입으며, 마음속으로 그를 불렀다. 그러자 날라는 본 모습을 되찾았다. 다마얀티가 그를 끌어안고 통곡했다. 그날 밤 그들은 숲을 헤매이던 지난 일을 이야기하며, 행복하게 밤을 보냈다. 아내와 헤어진 지 삼 년이 되는 해였다. 아침이 되자 날라는 옷차림을 갖추고, 다마얀티와 함께 장인을 보러 갔다. 비마 왕은 몹시 기뻐하며, 마치

아들인 듯 날라를 맞아 주었다. 자신이 바후카로 알고 있었던 날라가 다마얀티와 재회했다는 것을 듣고, 리투파르나도 기뻐했다. 날라는 그를 불러 용서를 구한 뒤, 그에게 말 다루는 비법을 가르쳐 주었다.

비마 왕의 궁에서 한 달을 지내고 나서, 날라는 일행을 꾸려 니샤다로 떠났다. 그는 푸슈카라 왕을 찾아가 말했다.

"다시 주사위를 던져 봅시다. 내게 막대한 재물이 생겼소. 내가 가진 모든 것과 다마얀티를 전부 내기에 걸지. 푸슈카라여, 당신은 왕국을 거시오. 주사위를 한 번만 던져 승부를 결정지읍시다. 우리 둘의 목숨도 같이 거는 것이 어떻겠소?"

이 말을 듣고 푸슈카라는 껄껄 웃었다. 자신의 승리를 확신하며, 그가 날라에게 말했다.

"아름답게 단장한 다마얀티가 결국은 내 시중을 들게 되겠구려. 엉덩이 풍만한 절세미인을 오늘 내가 얻는다면, 내 모든 일이 성사된 것이나 다름없소."

무례하게 떠벌이는 말에, 날라의 화가 치솟았다. 그는 붉게 충혈된 눈으로 웃으며 말했다.

"내기나 하지, 무슨 말이 그렇게 많은가? 그런 말은 날 이긴 뒤에 해도 늦지 않다."

이렇게 시작된 노름에서, 날라는 단번에 그를 이겼다. 그리하여 그는 왕국과 재산을 되찾고, 푸슈카라의 목숨도 손아귀에 넣게 되었다. 날라가 웃으며 말했다.

"우둔한 자여, 예전에 내가 노름에 졌던 이유는 그대 때문만이 아니었소. 모든 것이 칼리의 농간이었지. 그대의 목숨을 돌려줄 테니 가서 잘 사시오."

날라가 위로하자, 푸슈카라는 합장을 하며 날라에게 감사했다.

"제 목숨을 살려 주시고 자리까지 돌려주신 왕이시여, 다함 없는 명예와 기쁨을 누리소서!"

푸슈카라를 보낸 날라는 명예롭게 자기 땅으로 돌아갔다. 그리고 자신의 왕국에서 명성을 누리며 살았다. 『마하바라타』 제3권

날라가 초능력자처럼 물불을 다루어서 놀라셨나요? 원래 말을 잘 다루긴 했지만, 결혼하기 전에는 그도 지극히 평범한 인간이었습니다. 다마얀티 덕분에 신처럼 특별한 능력을 지니게 된 것이지요. 다마얀티의 갸륵한 사랑에 감동한 네 신이 날라에게 여러 가지 축복을 내려 주었기 때문입니다. 물의 신 와루나는 물을, 그리고 불의 신 아그니는 불을 다룰 수 있는 능력을 그에게 주었습니다. 그리고 날라가 걷는 길에는 장애가 없으리라는 축복을 인드라가 내려 주었기 때문에, 그가 오면 낮은 문도 높아지고 좁은 구멍도 넓게 벌

어지는 것이지요. 음식을 맛있게 요리하는 능력은 야마가 준 것이고요. 날라가 이런 능력들을 갖고 있었기 때문에, 다마얀티는 그의 모습이 바뀌었어도 남편을 알아보게 됩니다. 사랑의 힘은 이래저래 놀랍기만 하지요? 이런 능력이 없어도, 부족한 지금 이 모습 그대로, 우리 각자는 이미 놀라운 존재입니다. 사랑을 할 수 있으니까요.

뒤서는 말

인간이 신보다 위대한 점이 있다면 단 한 가지, 바로 죽음입니다. 죽음은 (그 자체만 제외하면) 많은 것을 넘어설 수 있게 해주기 때문입니다. 죽음 뒤에는 세상 그 무엇도 우리를 따라올 수 없지요. 망망대해를 떠다니던 나무토막이 우연히 다른 나무토막을 만나게 되더라도 이내 그것과 멀어져 버릴 수밖에 없듯이, 가족과 친지, 그리고 부와 명예도 잠시 함께 한 뒤에는 헤어져야 합니다. 『라마야나』 2권 98장 25~26절. 『마하바라타』 12장 자아정체성을 형성하는 기억마저도 생을 떠날 때 잃어버리게 되니, 죽음은 자기 자신을 넘어설 수 있게 해주는 유일한 기회인지도 모릅니다.

인간은 죽음을 선물로 받았기 때문에, 평범하고 행복한 신으로 이 생을 살아갈 수 있습니다. 우리 모두가 신성(존엄함)을 가진 존재이고, 그런 고귀한 존재이기 때문에 자신의 운명을 스스로 만들 수 있는 것이지요. 운명과 숙명의 범주는 스스로 긋는 것입니다. 누구도 완벽하거나 완전할 수는 없지만, 우리가 이미 온전한 존재라는 것을 기억해야 합니다. 우리 모두 있는 그대로 온전한 인간이라는 것을요. 다른 그 무엇이 될 필요 없이, 평범함 속에서 있는 그대로, 몸과 마음의 행복을 누리면 됩니다. 진실함과 사랑의 힘으로 영혼의 빛을 꺼내 쓰면서요.

물론 주어진 현실은 팍팍합니다. 인간이 인간이기 위한 최소한의 의식주마저도 때로 위협받을 수 있습니다. 그러나 행복에 기뻐하고 불행에 슬퍼하는 것이 인간으로서 할 수 있는 전부라고 한다면, 이렇게 행복과 불행에 길들여진 우리는 종소리를 들으면 침을 흘리는 파블로프의 개와 과연 뭐가 대단히 다를까요? 불행을 피하고 행복을 갈구하면서, 삶에서 맞닥뜨리는 행복과 불행에 수동적으로 반응하는 것 이외엔 달리 할 수 있는 일이 없는 걸까요? 인간이 고귀한 이유는, 아마도 삶에 의미를 부여할 수 있는 능력 때문인지도 모릅니다. 그리고 바로 그것이 신성(존엄함)과 맞닿아 있기도 하지요.

왜 모든 인간이 존엄하며, 그 존엄함이 왜 신성을 의미하는지 굳이 설명하지 않겠습니다. 그것은 각자가 자신의 삶 속에서 직접 찾아내야 하니까요. 인도신화가 의미 있는 것은, 지금 바로 이 삶 속에서 그것을 찾는 우리의 여정을 안내해 주기 때문입니다.

이 책에서는 개인에 초점을 맞추어 인도신화를 다루었습니다. 개인이 아닌 시스템과 사회의 문제를 신화로 풀어보려면, 신화 속 영웅을 살펴보아야 합니다. 영웅신화는 다음 책에서 다루도록 하겠습니다. 어쨌든 개인의 성장이 그 개인에게만 영향을 미친다고 생각하면 안 됩니다. 나의 작은 깨달음도 우리와 모두에게 영향을 주니까요. 나와 우리와 모두가 다르지 않다는 것을 잊지 마세요.

신화가 그저 재미있는 이야기가 아니라는 것을, 우리의 무의식에 작용하는 강력한 툴이라는 것을 기억해 주시기 바랍니다. 아직도 신이 태어나고 있는 인도의 신화는 그래서 여전히 위험하고 아름답지요. 앞으로도 인도신화라는 어두운 밀림 속을 여행하면서 삶의 의미라는 과실을 발견하시기를, 그리고 껍질을 벗겨 자신만의 신화를 맛보시기를 기대합니다.

『마하바라타』 계보도

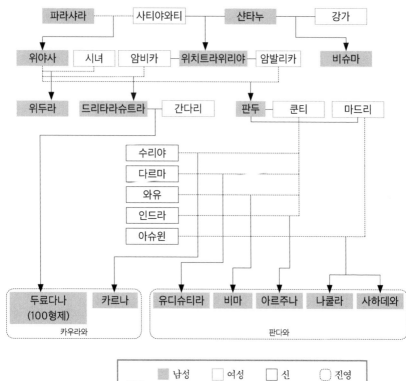

* 이 책에는 『마하바라타』에서 가져온 이야기들이 많이 수록되어 있다. 『마하바라타』는 주로 판다와(5형제)와 카우라와(100형제) 사이의 전쟁을 그린 작품이지만, 전쟁 이전의 복잡한 가계가 배경으로 등장하여 독자들이 자주 길을 잃는다. 이 책의 본문에서는 『마하바라타』의 이야기들을 주제별로 정리하는 데 중점을 두었기 때문에, 독자들의 이해를 돕고자 『마하바라타』의 가계도를 수록한다.

참고문헌

Bühler, G. *The Laws of Manu*. Delhi: Sri Satguru Publications, 2001.

Deshpande, Madhav. *A Sanskrit Primer*. Ann Arbor, Mich: Center for South and Southeast Asian Studies, University of Michigan, 1997.

Griffith, Ralph, T. H. *The Hymns of the Ṛgveda*. Delhi: Motilal Banarsidass Publishers, 2004.

Horner. I. B. *The Collection of the Middle Length Sayings*. Vol. 2. Delhi: Motilal Banarsidass Publishers, 1997.

Kautilya. *The Arthashastra*. New Delhi: Penguin Books, 2019.

Nagar, Shanti Lal. *Brahmavaivarta Purāṇa*. Vol. 2. New Delhi: Parimal Publications, 2012.

Pattanaik, Devdutt. *Indian Mythology*. Vermont: Inner Traditions, 2003.

Radhakrishnan, S. *The Bhagavadgita*. Noida: HapperCollins Publishers, 2014.

_____. *The Principal Upaniṣads*. Noida: HapperCollins Publishers, 2015.

Somadeva. *Tales from the Kathāsaritsāgara*. New Delhi: Penguin Books, 1994.

Vālmīki. "Boyhood". Vol. 1 of *Rāmāyaṇa*. Edited by Isabelle Onians. Translated by Robert P. Goldman. New York: New York

University Press and the JJC Foundation, 2009.

Vālmīki. *Rāmāyaṇa*. Vol. 1 & 2. Gorakhpur: Gita Press, 2006.

Vyasa. *Mahābhārata*. Translated by M. N. Dutt. New Delhi: Parimal Publications, 2013.

Walker, Benjamin. *Hindu World: An Encyclopedic Survey of Hinduism*. New Delhi: Rupa, 2005.

Whitney, William Dwight. *Atharva Veda−Saṃhitā*. Vol. 1. Delhi: Motilal Banarsidass Publishers, 2001.

Wilson. H. H. *Viṣṇu Purāṇam*. Delhi: Parimal Publications, 2020.

각묵. 『디가니까야』 제1권, 울산: 초기불전연구원, 2006.

그랜트, M.·J. 헤이즐. 『그리스·로마 신화사전』, 김진욱 옮김, 서울: 범우사, 1993.

루소, 장 자크. 『에밀 또는 교육론 2』, 이용철·문경자 옮김, 파주: 한길사, 2007.

법정. 『비유와 인연설화』, 서울: 동국역경원, 2005.

암스트롱, 카렌. 『신을 위한 변론』, 정준형 옮김, 서울: 웅진지식하우스, 2010.

왈미끼. 『라마야나: 어린 시절』, 김영 옮김, 서울: 부북스, 2018.

엘리아데, 미르치아. 『세계종교사상사』 제1권, 이용주 옮김, 서울: 이학사, 2005.

이옥순. 『인생은 어떻게 역전되는가』, 서울: 푸른숲, 2000.

캠벨, 조지프. 『신의 가면 1: 원시 신화』, 이진구 옮김, 서울: 까치, 2003.

_____. 『신의 가면 2: 동양 신화』, 이진구 옮김, 서울: 까치, 2003.

콜러, 존 M.. 『인도인의 길』, 허우성 옮김, 서울: 소명출판, 2013.

터너, 프랭크. 『예일대 지성사 강의』, 서울: 책세상, 2016.

플러드, 가빈. 『힌두교: 사상에서 실천까지』, 이기연 옮김, 부산: 산지니, 2008.

헤로도토스. 『역사』, 천병희 옮김, 서울: 숲, 2009.

찾아보기